< Illustrated by KWON >

Lancer of Regina

7

여왕의 창기병 7

권병수 판타지 장편 소설

초판 1쇄 찍은 날 § 2001년 10월 30일
초판 1쇄 펴낸 날 § 2001년 11월 10일

지은이 § 권병수
펴낸이 § 서경석

편집장 § 문혜영
편집책임 § 권민정
편집 § 허경란 · 박영주 · 김희정 · 장상수
마케팅 § 정필 · 강양원 · 김규진

펴낸곳 § 도서출판 청어람
등록번호 § 제1081-1-89호
등록일자 § 1999. 5. 31
어람번호 § 제1-0163호

주소 § 경기도 부천시 원미구 심곡1동 350-1 남성B/D 3F (우) 420-011
전화 § 032-656-4452   팩스 § 032-656-4453
E-mail § eoram99@chollian.net

값 7,500원

ISBN 89-5505-097-6 (SET)
ISBN 89-5505-177-8 04810

여왕의 장기명
Lancer of Regina

7
EPITAPH

n. 비명. 묘비명. 비문체의 시

권병수 판타지 장편 소설

도서
출판

청어
람

Lancer of Regina

목 차

Chapter 13

Crimson Regiment

〈 1 〉

　"이거 정말 괜찮은 걸까?"

　성벽 위에 건설된 제1갤러리에 서 있던 병사들은 성벽 안쪽을 내려다보면서 불안한 얼굴로 질문했다. 그의 곁에서 보초를 서던 병사는 질문에 대답을 하지 못했다. 그도 역시 노골적으로 드러나는 불안을 지우지 못했다.

　"멍청이들아! 너희가 봐야 하는 건 반대쪽이다!"

　엄격하고 까다로운 백인대장이 권위를 상징하는 포도 나무로 만든 순찰 봉으로 병사들의 머리를 때리며 화를 냈다. 성벽 안쪽에 달라붙어 성벽 아래를 내려다보던 병사들은 후닥닥 총 안으로 뛰어가 성벽 바깥으로 펼쳐진 들판과 그 너머에 버티고 있는 야산을 감시하는 원래 임무로 복귀했다. 백인대장은 한 번만 더 근무 중에 잡담을 하면 죽여 버리겠다고 협박하면서도 눈으로는 병사들처럼 성벽 안쪽을 내려다보았다. 그의 얼굴에도 강한 불신이 스쳐 지나갔다.

"하나, 둘, 셋! 으샤!"

쿠웅!

육중한 소리를 내면서 무거운 마름돌이 떨어져 나왔다. 성벽 안쪽의 진흙탕 문제를 해결하기 위해 두껍게 깔아놓은 모래는 마름돌이 떨어지는 소리를 나름대로 완화시켜 주었다. 뒤로 물러나 있던 인부들은 웃통을 벗어젖힌 모습으로 마름돌에 달라붙었다. 마치 빵 부스러기에 달라붙은 개미 떼 같은 모습이었다. 수도에서 마름돌의 무게를 버틸 수 있는 짐수레는 모조리 강제 징발하여 작업에 투입된 상태였다.

제3차 시민병—소집된 시기에 따라 부여된 명칭—들은 북쪽 성벽에 투입되어 폭 40미터 구간에 대한 제2갤러리와 안쪽 내력 성벽 해체 작업을 하고 있었다. 개전 이후 한 번도 전투가 벌어진 적 없는 비전투 지대였지만 수도를 지켜주는 성벽의 안쪽을 헐어내어 정면—서쪽 성벽—의 보강 사업에 투입하는 작업은 그 작업을 하고 있는 인부들인 3차 시민병들은 물론, 그 위에서 근무하는 병사들에게도 강한 불신을 심어주었다.

성벽이라는 구조의 특성상 바깥쪽에서 헐어내는 것은 적의 방어가 없어도 쉽지 않았지만 안쪽에서 헐어내는 것은 생각처럼 어렵지는 않았다. 작업 자체의 난이도는 둘째 치고 방어용 성벽을 스스로 헐어낸다는 발상이 그들의 발목을 무겁게 만들었다.

특히 반발이 심한 것은 병사들이나 작업에 참가한 시민병들보다 보수적이고 성벽 제일주의를 가진 백인대장들이었다. 성벽을 군건하게 방어해야 한다는 그들의 직업적이고 완고한 군인 정신과 방어력을 극도로 취약하게 만드는 성벽 철거 작업은 그 근저부터 격렬하게 충돌하고 있었다.

"솔직히 말씀드리면 성벽의 강도 유지에 대한 보증은 못합니다. 성벽이라는 건 그저 돌을 쌓아둔 울타리와는 근본적으로 다릅니다. 이건 건축학에 있어서 최고의 기술을 집약해 만든 문명의 결정체란 말입니다. 이런 식으로, 그것도 40미터나 되는 구간에 대한 철거는 성벽 전체의 지지력에 영향을 미칩니다. 건축에 대해서 잘 모르시겠지만 성벽은 매 10미터 구간마다 쐐기 형태로 내력 기둥을 갖고 있습니다. 이 기둥이 성벽이 넘어지는 것을 막는 역할을 합니다. 그런데 40미터나 되는 구간을 철거하면 무려 3개의 내력 기둥이 철거되고, 양측의 나머지 2개 내력 기둥도 한쪽으로만 지지력을 받기 때문에 강도가 절반으로 떨어집니다. 큰비라도 몇 번 내리면 이건 틀림없이 무너집니다."

강제로 징발당한 건축 기사인 준남작—유명한 건축 기사들은 드물게 준남작 지위를 받았다—은 일생일대의 수치를 당하는 얼굴로 심각하게 말했다. 그는 이런 미친 방법을 생각해 낸 사람이 누군지는 몰랐지만 실무 책임자에게라도 심각하게 경고를 해줘야겠다고 생각하고 차근차근 이론적으로 설명을 하려고 노력했다. 하지만 그는 그 상대를 잘못 골랐다.

"허허허."

건축 기사의 필사적인 항변을 묵묵히 듣던 실무 책임자는 멍청하게 웃으며 턱을 긁는 것으로 자신의 맡은 바 소임을 다하며 건축 기사의 투쟁 의식을 근저부터 꺾어버렸다.

레이드는 무관심한 얼굴로 서서 작업을 감독했고, 머리 속으로는 어디서 술 한잔을 해야겠다는 생각만 가득했기 때문에 건축 기사의 전문적인 설명은 전혀 귀에 들어오지 않았다.

건축 기사가 다시 한 번 성벽이라는 것이 어떤 원리로 땅 위에서 무너지지 않고 서 있을 수 있는지 설명하는 동안에 그것을 듣는 레이드의 최대 고민은 가장 최근에 도박을 했던 것이 언제였는지 기억하는 것이었다. 그는 오랜만에 카드 도박을 해보고 싶었다.

"혹시 카드 게임 잘하나?"

레이드의 질문에 건축 기사는 당장 자살하고 싶다는 생각을 했다. 즉, 고래고래 고함을 지르며 2미터에 가까운 거대한 체구를 가진—그리고 한눈에 봐도 용병 출신이라는 티가 나는—레이드에게 덤벼들어 목을 조르고 싶어했다. 하지만 평화주의적인 성격을 가진 건축 기사는 욕설을 퍼부으며 현장의 인부들에게 좀 더 조심스럽게 마름돌들을 뽑아내라고 지시했다.

도시는 여기저기서 정신없이 망치 소리와 더불어 작업장의 시끄러운 소리로 가득했지만 그 작업은 창조와 완성을 위함이 아니라 파괴와 철거를 위한 작업이었다. 도시 생활을 윤택하게 만들었지만 당장은 급하지 않은 모든 시설들이 철거되고, 그 자재들이 성문 쪽으로 운반되었다.

가장 많은 인원이 동원된 3차 시민병들은 시끄러운 소리를 내면서 각종 분수대와 군사적 효용이 적은 도로의 포장 돌들을 걷어냈다. 그리고 그 시끄러운 소음은 성벽 안쪽에서 은밀하게 벌어지고 있는 내력 성벽 해체 작업장에서 나오는 소음을 감춰주었다.

도시에서 벌어지는 해체 작업은 여러 가지 부자재를 얻기 위한 작업이기도 했지만 한편으로는 성벽 해체 작업의 소음을 적의 척후병에게 관측당하기 않기 위한 위장이기도 했다. 그리고 그런 작업은 서로를 보완하며 도시 전체에 걸쳐서 동시 다발적으로 진행되고 있었다.

몇몇의 감상적인 노인들이 제국시대부터 내려오던 역사적인 건축물이 전쟁을 위한 참호용 벽돌로 전락하는 것을 보고 눈물을 흘렸다. 하지만 누구도 역사적인 유물에 대한 파괴 활동을 제지하지는 못했다. 도시는 포위당했고 전쟁 중이었다.

레미 아낙스는 이언에게서 처음 이 계획을 듣고는 혀를 빼물고 꼬박 하루를 고민했다. 물자가 부족해진 도시가 수성전을 벌일 경우에 도시 건물을 해체하여 성벽용 자재로 사용하는 것은 이언이 최초로 착상한 방법은 아니었다. 하지만 이언이 제시한 몇 가지 내용들—북쪽 성벽의 내력 벽을 해체하는 작업을 포함하여—은 그녀로 하여금 이언의 지극히 극단주의적인, 하지만 효과는 확실한 가치 기준을 다시 평가하게 만들었다. 더 좋은 의견을 제시할 수 없을 만큼 효과적인 방법이었다.

결국 레미는 고민고민하면서 이 계획에 필요한 작업 인원과 작업 계획, 수송 계획 등을 작성했고, 아델만 국왕은 그것을 검토, 수정하여 명령을 내렸다. 그리고 무엇보다 레이드를 이 작업의 책임자로 선발한 레미의 판단은 옳았다. 이언이 하메른 백인대를 운용하며 유격전을 벌이는 것으로 지쳐 있다는 것도 있었지만 이런 작업장에는 레이드가 훨씬 유용했다.

레이드는 작업장에서 발생하는 모든 불평을 묵묵히 웃는 것으로 깡그리 묵살해 버렸다. 그리고 그의 덩치와 용병이었다는 전력은 그에게 반항하려는 의식을 뿌리부터 밟아버렸다. 용병대의 숙영지, 또는 참호를 비롯한 각종 군사 시설 건설에 경험이 풍부한 레이드는 작업장에서 효율적으로 인원을 배치하고 감독했고, 자잘하게 쏟아지는 불평들을 특유의 무신경함으로 묵살해 버렸다. 만약에 이언이었다면 벌써 여럿이 피를 흘리며 시체가 되어버렸을 상황도 레이드는 그저 허허 웃는 것으로 넘어갔다.

"작업 중지! 제2작업조 투입!"

레이드의 명령에 따라 2교대로 일하던 두 번째 작업조가 해체 작업에 투입되고 지금까지 일하던 작업조가 물러났다. 레이드는 일출 이후부터 일몰까지 전원을 작업에 투입하지 않고 작업 인원을 둘로 나누어 번갈아 작업시키며 24시간 작업을 하는 방법을 택했다. 레미가 제시한 작업 인원과 작업 계획, 작업 완료 기한을 읽어본 결론이었다. 또 다른 의미로써의 가혹함이 레이드에게 있었다.

"로젠 하우트 거리! 좌측으로!"

파일런이 클레이모어를 휘두르며 명령을 내리자 사방에서 동명 복창의 고함 소리가 들리며 명령이 빠르게 하달되었다. 로젠 하우트 거리라고 명명된 시민병 부대가 녹채의 좌측으로 기동하며 함성을 질렀다.

"휴젠 거리! 우전방 20미터 전진!"

"휴젠 거리! 우전방 20미터!"

파일런은 군인들처럼 확고한 지휘 체계를 갖기 힘든 시민병들을 출신 지역에 따라 크게 3개의 지역으로 나누고 그 지역의 가장 대표적인 시가지 이름을 부대의 이름으로 지정했다. 그렇게 해서 로젠 하우트, 휴젠, 클로티스라는 3개의 시민병 전투 부대가 재편성되었다.

출신 동네 이름을 부대 이름으로 사용한 파일런의 방법은 효과적이었다. 일단 부대원들이 서로 이름을 알고 있은 경우가 많았기 때문에 의사 소통이 빨랐고, 같은 동네 출신이라는 연대감은 부대원들의 시민병에게 결정적으로 결여되었던 소속감을 대체해 주었다.

결과적으로 시민병들은 최초에 징병되어 성벽 외부의 방어선 건설 작업에 투입될 당시의 무질서함과 지휘 체계 결여로 생겼던 막대한 인원 감소 곡선이 확실하게 완화되었다. 조금씩 들판 쪽으로 확장 건설되는 녹채와 토루에는 시민병들이 이해하기 쉬운 이름들이 붙었고, 그 결과 시민병들은 간단명료하게 자신이 방어해야 하는 지역을 구체화시킬 수 있었다.

"티거홀트 거리가 무너진다! 티거홀트!"

"티거홀트 거리! 틸레만 광장까지 전진!"

티거홀트 거리라는 이름으로 명명된 녹채를 농민병들이 넘어오자 해당 거리에 살던 시민병들이 함성을 지르며 틸레만 광장이라고 이름 붙인 방어선으로 이동하며 농민병들을 막아내기 시작했다. 티거홀트 나 틸레만 광장은 모두 수도의 로젠 하우트 거리 주변에 있는 지명들이었고, 당연히 로젠 하우트 부대의 담당 지역이었다.

"끄악!"

"컥!"

녹채를 넘던 농민병들이 비명을 지르며 피를 뿜어냈다. 로젠 하우트 거리 근처에 살던 힉스는 당연히 로젠 하우트 부대에 편성되어 있었고, 우연히 그의 담당 지역에 있는 녹채에는 그가 살던 만하임 거리라는 이름이 붙었다. 그리고 만하임 거리에는 그가 사랑하는 여자 야스민이 치즈를 팔며 살아가고 있었다.

"만하임이 뚫리면 탈리아 거리가 위험해!"

힉스는 이제 조금씩 익숙해지는—다시 말해서 조금 더 능숙하게 사람을 죽일 수 있게 변한—롱 소드로 이름 모를 농민병의 머리를 찍으며 고함을 질렀다. 피가 솟구쳐 힉스의 얼굴을 적셨지만 그는 전혀 개의치 않았다. 피 냄새와 시체가 썩는 냄새는 이제 신물이 났다.

"탈리아 거리 놈들은?!"

"융거바흐 거리로 지원 나갔어!"

"쌍! 탈리아 거리는 우리 지원이었잖아! 만하임 거리를 지켜!"

3개 부대로 재편된 시민병 부대는 아직 개활지에서 회전을 벌이기는 힘들었지만 녹채와 각종 방어 시설에 의존해 지역 방어 전술을 구사하는 것은 점차 자리를 잡아가고 있었다. 튜멜이 처음 기초를 잡고 파일런이 구체화시킨 이 방법은 빠르게 시민병들의 전투 양식으로 자리를 잡아갔다. 파일런은 흑과 백의 말판을 시민들이 살아가던 거리 이름으로 바꿔놓았고, 그 말판 위에 놓여져 있던 말들을 전부 거리 이름으로 명명된 시민병 부대로 바꿔놓았다.

"클로티스 거리는 로젠 하우트 거리의 배후로! 위험한 거리를 지원하라!"

파일런의 명령이 떨어지기 무섭게 움직이지 않고 있던 시민병 부대가 움직이기 시작했다. 시민병 중에서도 예비대로 편성된—그 전술 덕분에 시민들도 예비대를 편성할 여유가 생겼다—클로티스 부대가 로젠 하우트 부대의 배후로 들어가 취약한 지점에 투입되자 방어선의 전체 두께가 두꺼워졌다.

수십 명 단위로 녹채를 넘어왔던 농민병들은 갑자기 불어난 병력을 감당하지 못하고 피를 토하며 쓰러졌고, 다시 로젠 하우트 부대는 녹채까지 바짝 접근하여 농민병들을 막아냈다. 전투 경험이 비슷한 부대라면 가시덤불과 날카롭게 깎은 나무 울타리를 상처투성이로 타 넘는 부대보다 단단한 땅을 디디고 서서 울타리를 넘는 병사들만 상대하는 부대가 유리했다.

"성벽으로 지원 사격을!"

명령이 떨어지자 기수가 성벽을 향해 깃발을 휘둘렀고, 날카로운 소리를 끌며 쾌렐들이 발톱 같은 포물선을 그렸다. 약해진 방어선을 돌파하기 시작한 농민병의 배후로 따라붙던 맹약 기사단의 병사들을 노리고 쾌렐들이 쏟아져 내렸다. 성벽 위에 배치된 궁사대는 방어선의 양 끝단과 적의 주력에 대한 우선 사격 명령을 받은 상태였기 때문에 특별히 사격 지역을 지시할 필요가 없었다.

궁사대는 높은 성벽에서 전장을 관측하며 자신이 어디를 쏴야 하는지 미리 결정해 두고 있었고, 그것만으로도 명령을 받아 지역을 찾고 조준하여 발사하는 것보다 우월한 사격 속도를 보여주었다.

명령이 떨어지기 무섭게 곧바로 날아오는 쾌렐들 덕분에 공격하는 측의 입장에서는 제때 쾌렐에 대한 방어진을 구축하기 힘들었다. 적의 쾌렐 발사 명령을 듣고 돌격을 멈추고 방어 태세를 취하던 종래의 방식은 전혀 먹혀들지 않았다.

파일런은 방어선의 한가운데에서 조금 뒤로 물러난 자리에 상대적으로 높게 토루를 쌓고 화살을 방어하기 위해서 나무 울타리를 두른 지휘 진지를 구축했다. 그리고 그 위에 서서 전장을 관측하며 빠르게 명령을 내렸다. 겨우 2미터 높이의 토루에 건설된 지휘 진지였지만 긴 타원 곡선을 그린 방어선의 무게 중심에 위치하고 있었기 때문에 전 방향으로 관측이 용이한 위치였다.

"클로티스 거리는 다시 원위치! 로젠 하우트 거리와 휴젠 거리는 다시 방어선을 좁히며 밀집 대형으로!"

"클로티스 거리! 원위치! 클로티스 거리! 원위치!"

"로젠 하우트 거리! 케어스 시장으로 집결!"

"휴젠 거리! 코프스 다리로 집결!"

"전 부대! 현 상태에서 대기! 지휘관들은 인원 점검에 들어간다!"

"전 부대! 현 상태에서 대기! 지휘관들은 인원 보고! 지금 즉시!"

파일런은 어둡게 그늘진 눈으로 다시 한 번 소강 상태로 접어든 방어선을 둘러보면서 문제점을 점검했다. 이제는 작업에 투입되지 않고 전투에만 투입되는 1차 시민병들은 빠르게 자신들의 위치로 집결했다. 대열을 완벽하게 맞추지는 못했지만 한눈에 구별하기 쉽게 모여 있었다. 그것만으로도 큰 성과였다.

피에 젖은 시민병들은 숨 가쁘게 헐떡거리며 들판 저편으로 물러가는 농민병과 맹약기사단 병사들을 노려보며 인원 점검에 들어갔다.

"만하임 거리 총원 12명 중 전사 1명 부상 3명입니다. 현재 인원 9명입니다. 부상자 1명은 치료가 시급합니다."

만하임 거리라고 이름 붙은 부대의 조장 힉스는 바쁘게 뛰어다니는 지휘 장교에게 보고했다. 시민병 부대는 만하임 거리에 살던 힉스의 부대처럼 다시 세부적으로 거리 이름별로 세분화되었다. 즉, 로젠 하우트 부대의 만하임 부대라는 식으로 내려가는 것이다. 일반적인 군대라면 이러한 명명 체계는 단위 부대 간의 유기적인 연결이 어렵기 때문에—지휘관이 그 많은 거리 이름을 다 외울 수는 없었다—운용하기 어려운 체제였다.

때문에 정규 부대들은 전부 숫자로 부대 이름이 명명되는 것이다. 13백인대라면 제1독립대의 3번째 백인대라고 이해하기 쉬웠지만 만하임 거리라고 하면 이것이 백인대인지 독립대인지도 구별하기 어려 웠다. 이런한 명명 체계는 지금 같은 상황에서 지역적인 방어전으로 나갈 때나 운용할 수 있는 방법이었다. 물론 일정 규모 이상의 대부대 를 특정 명사로 분류하는 것은 이전부터 있어왔기 때문에 파일런으로 서는 로젠 하우트, 휴젠, 클로티스 부대를 운용하는 것 자체가 문제는 없었다.

"2명 차출하여 부상자를 성문 안으로 후송할 것! 차출자는 최단시 간 원대 복귀! 이상!"

"알겠습니다."

힉스는 아직 세련되지 못한 동작으로 지휘 장교에게 경례를 붙이고 는 두 명에게 명령을 내려 복부를 심하게 찔린 동료의 후송을 지시했 다. 그리고 지쳐 버린 눈으로 하늘을 올려다보며 자신의 애인을 떠올 렸다.

'야스민, 난 이번에도 살아남았어. 그런데 이제 점점 전투에 익숙 해져. 난 이대로 좋은 걸까?'

힉스는 고개를 흔들며 눈을 감았다. 그저 한없이 피곤했다. 뺨에서 말라붙기 시작한 핏자국이 비릿한 냄새를 풍기며 피부를 당겼다. 그 는 굳은살이 박힌 손바닥으로 피딱지를 털어내면서 상당히 부서진 녹 채를 노려보았다. 윗사람들의 눈에는 그저 길게 연장된 녹채의 일부 분으로 보일 테지만 그에게 있어서는 이름 그대로 '만하임 거리'였 다. 그리고 그것은 그가 목숨을 걸고 지켜야 하는 이름이었다. 그는 지금도 여전히 그녀가 만하임 거리에 살고 있는지 궁금해졌다.

"......"

소란스러운 소리에 그가 고개를 돌렸을 때, 작업을 중지하고 있던

3차 시민병들이 다시 움직이며 수도 안에서 수송해 온 석재를 가지고 방벽을 구축하기 시작했다.

힉스는 저 방벽이 완성되면 자신들이 좀 더 안전하게 싸울 수 있을 거라고 생각하며 고개를 돌렸다. 일단은 저 방벽이 완성될 때까지 확장된 이 힘겨운 방어선을 어떻게든 지켜 나가야 했다. 먹구름 사이로 내민 태양은 아직도 긴 하루가 계속될 것이라고 알려왔다.

"수도에는 석재가 없을 텐데 어디서 저렇게 많은 석재가 나오는 거지?"

코퍼 기사대장은 적의 방어선에서 충분한 거리가 떨어진 언덕 위에서 신음하듯 중얼거렸다. 움직임이 좋아진 시민병들과 근위대 병사들 때문에 농민병들은 전혀 전과를 올리지 못하고 피해만 속출하고 있었다. 무한정으로 농민병들을 끌어다 쓸 수 없는 현실이기 때문에 그것은 심각한 문제였다.

"척후병들에 따르면 도시를 아예 때려 부수고 있는 모양입니다."

"그건 알아. 수도에 석재와 목재 재고가 없다는 것은 예전부터 알던 사실이 아닌가? 내가 묻고 싶은 것은 저렇게 완벽하게 쓸모가 있는 석재를 어디서 빼왔냐는 것이야. 저건 좀 이상하지 않은가?"

코퍼는 손끝으로 방벽을 가리키며 물었다. 부관 하우젠은 좀처럼 좋은 대답을 하지 못하고 입을 다물었다.

성문을 중심으로 반달 형태로 성벽과 맞닿은 구조로 건설되는 방벽은 가장 먼저 구축된 정면을 기준으로 보면 높이 2미터, 두께 3미터의 규모를 갖고 있었고, 반달의 정점과 성문과의 거리는 대략 150미터 이상으로 보였다. 그런 규모의 방벽에 동원되는 석재와 목재, 흙, 잔

돌, 석고, 타르의 양은 단순히 군인인 코퍼가 보기에도 결코 적은 양은 아니었다.

빠르게 쌓고 있었기 때문에 성벽처럼 견고하지는 못했지만, 엄청난 인원이 동원된 탓에—그리고 기존에 건설된 토루가 토목 공사를 생략할 수 있게 만들어주었기 때문에—방벽은 심각할 정도로 빨리 건설되고 있었다. 이대로라면 왕비의 군대가 도착하기 전에 완공될 것이 분명했다.

수도를 지키는 국왕의 군대는 전체 주력 병력의 숫자와 전투력 면에서는 확실히 열세였지만 한 가지는 확실히 유리한 점이 있었다. 그것은 토목 공사에 동원되는 막대한 비전투원의 숫자였다.

개활지에서의 대규모 회전에서도 보급품을 수송하는 비전투원의 숫자는 전투의 승패를 가늠하는 중요한 변수로 작용했다. 전쟁은 결코 전투원만을 갖고 수행하는 행위가 아니었기 때문이다. 하물며 전투의 절반은 토목 공사라는 농담이 오가는 공성전에서 비전투원의 압도적인 우세는 정예 주력 병력을 갖고도 불리한 상황에 빠지는 변수를 만들어냈다.

전투 병력 만능주의에 빠진 사람들의 편견을 깨버리는 전쟁의 현실은 바로 이곳에서 증명되고 있었다. 전쟁은 머릿수 싸움이고, 그 머릿수라는 것은 결코 전투원만의 머릿수를 의미하는 것은 아니라는 전술론의 금언이 이곳에서 모범적으로 실천되고 있었다.

일당백의 전력을 자랑하는 정예 부대로도 이길 수 없는 군대는 지금처럼 대규모 토목 공사를 벌이는 군대였다. 소드 마스터는 일 대 일 결투에서나 쓸모있지 전쟁에서는 삽질하는 10명의 노동 인부보다 쓸모없는 밥벌레에 불과하다는 금언은 이제 현실에서는 상식화되어 가고 있었다.

코퍼 기사대장은 벌써 확장해 버린 녹채에 의지해 싸우는 방어진을 뚫고 저 방벽 건설을 저지할 전술을 짜내기 위하여 고민했지만 뾰족한 수가 없었다. 일단 전술 면에서 새로 임명된 듯한 정체 불명의 지휘관이 이끄는 방어 부대는 든든한 녹채에 의존하여 지역 방어 전술로 확고하게 방어선을 구축하고 있었기 때문에 공격이 어려웠고, 여차하면 뒤에서 방벽을 건설하는 인부들도 곡괭이를 든 전투원으로 변신할 수 있었기 때문에 섣불리 치고 들어갈 수도 없었다.

무엇보다 무서운 점은 자신의 병사들은 밤에 쉬게 해줘야 하지만 저들은 그렇지 않다는 점이었다. 코퍼 기사대장은 아침에 일어나면 밤사이에 놀랄 만큼 진척된 공사 상황을 보며 허탈하게 웃어야 했다. 저들은 밤에도 횃불을 밝히고 공사에 열중했다. 수도였기 때문에, 엄청난 인적 자원을 보유하고 있었기 때문에 가능한 일이었다.

밤에 야습을 해보기도 했지만 적의 방어 부대들이라고 호락호락 야습을 허용하지 않았다. 그리고 코퍼 기사대장이 야간 작전을 포기하게 만드는 요소 중 하나는 다름 아닌 정체 불명의 유격대가 존재한다는 사실이었다.

규모도 알 수 없는 이 부대 때문에 그들은 밤에도 편하게 쉬지 못했다. 낮에는 거의 보이지 않았지만 그 유격대의 일부는—그는 그렇게 믿었다—보란 듯이 낮에도 기습을 걸어왔다. 틀림없이 병력을 둘로 나누어 밤낮으로 운용하는 것이 틀림없었다.

"저 돌들… 저렇게 방벽 쌓기에 알맞게 다듬어진 돌들이 어디서 나올까?"

"어딘가의 건물 한 채를 통째로 헐어버린 듯합니다. 혹시 사자성의 성벽을 헐어버린 건 아닐까요? 사자성의 성벽 일부를 헐어 사용하는 것 같아 보입니다."

부관 하우젠의 가설은 코퍼 기사대장도 수긍할 수 있는 가설이었다. 어차피 현재의 전투원 숫자로 추측해 볼 때 국왕 측에서는 도시를 감싸는 외성 벽과 왕성을 지키는 내성 벽을 동시에 방어할 인원이 없었다. 그렇다면 외성 벽이 돌파당했을 때, 사자성을 지키는 전투원을 확보할 수 없다는 의미였다. 전투원이 없는 성벽이란 어차피 무용지물이었다. 그건 그저 높은 담에 불과했다. 그럴 바에는 차라리 사자성의 성벽을 헐어 외성 벽의 방어력을 높이는 방법이 효과적일 수도 있었다.

"그렇군. 마치 애초부터 방벽을 쌓기 위한 돌들처럼 적당한 크기와 모양으로 다듬어진 돌들의 출처는 결국 사자성밖에 없겠지. 원래부터 그 목적으로 다듬어진 돌이라면 다시 가공할 필요도 없이 곧바로 방벽 공사에 투입되겠지. 그러니까 저렇게 역사에도 남을 만큼 엄청난 속도로 방벽을 구축할 수 있는 거고."

"네, 쉽게 말해서 성벽의 위치를 변경하는 작업이니까요. 이론적으로는 그렇습니다. 사자성의 성벽 돌들을 들어내어 바깥으로 실어와 다시 쌓는다. 작업 인원도 확실히 줄어들고 방벽 건설용으로 돌을 다시 다듬을 필요가 없으니 시간도 몇 배로 절약됩니다."

부관 하우젠은 페나 왕비가 도시의 석재 재고를 소진한 것이 오히려 이런 나쁜 결과를 가져온 것 같다는 의견을 꾹 눌러 삼켰다. 차마 그런 말을 할 용기는 없었다. 그녀가 석재를 남겨두었다면 그 석재들을 다시 가공하여 방벽 건설에 투입할 것이고, 그러면 인원도 시간도 부족했을 것이다. 적어도 저런 식으로 보란 듯이 엄청난 속도로 쌓을 여력은 없었을 것이다.

"미칠 노릇이군. 그 불리한 상황에서 저런 생각을 짜낸 자는 누구란 말인가? 어떻게 저런 생각을 머리 속에서 찾아낼 수 있는 거지?"

코퍼 기사대장은 씁쓸한 눈으로 공사 현장을 멀리서 지켜보면서 투덜거렸다.

"할 수 없다. 우리로서는 저걸 그냥 보고 방치할 형편은 아니다. 다시 부대를 정비하여 들어가라. 지휘는 자네에게 맡긴다. 나는 역대 전술 중에서 저런 전술이 있었는지 찾아보고 싶다."

"네, 알겠습니다."

최고 지휘관이 자리를 이탈한 상황에서도 이기는 군대는 여지껏 없었다. 그건 병사들의 사기에도 문제가 있고, 전장 전체를 관찰하며 시시각각 변하는 상황에 대처할 능력을 가진 장교가 부족하기 때문이다. 그럼에도 불구하고 코퍼 기사대장은 전장에서 그대로 이탈해 버렸다. 그리고 부관 하우젠이 부대의 지휘를 맡았다.

"아무래도 지휘관이 전장을 이탈하면 얼마나 위험한 것인지 가르쳐 줄 필요가 있겠군. 녹채 개방 준비!"

파일런은 지휘 진지에 서서 언덕 너머로 사라져 버린 기사대장의 깃발을 바라보면서 명령을 내렸다. 그의 명령이 하달되자 병사들은 재빨리 녹채 쪽으로 달려가 녹채를 고정하고 있던 말뚝을 뽑아냈다. 녹채의 일부분은 직경 30센티의 말뚝 30여 개로 고정되어 있었고, 이 말뚝들을 뽑아내면 녹채의 일부를 여닫을 수 있게 만들어져 있었다. 물론 외부에서 볼 때는 구별이 어려웠고, 지금까지 한 번도 사용한 적이 없었기 때문에 알아차리는 것은 쉽지 않았다.

"경장 기병대는 북쪽으로 우회한다."

파일런은 자신의 갑옷을 다시 한 번 점검하고 클레이모어를 빼 들면서 명령을 내렸다. 건설 중인 방벽 앞에서 대기하고 있던 경장 기병들을 지휘하는 기병대장이 경례를 붙이고 빠르게 말을 몰고 사라졌다. 파일런은 클레이모어의 손잡이를 으스러지도록 움켜쥐면서 길게 심호흡을 했다. 전투를 앞두고 그의 심장은 힘차고 빠르게 피를 뿜어 온몸으로 순환시켰고, 가벼운 흥분은 그의 신경을 예리하게 담금질했다. 파일런은 빈틈없이 완벽한 솜씨로 손질된 클레이모어를 햇살에 비춰 보았다.

　셀 수 없이 많은 사람들의 피를 빨아먹은 클레이모어는 한 치의 빈틈도 용납하지 않으며 눈부신 한광을 뿜어냈다. 여행을 하면서 클레이모어는 또다시 몇 가지 상처들이 훈장처럼 남았고, 조금씩 낡아가고 있었다. 단지 지금도 존재 의의가 확실한 이유는 워낙 손질이 잘 되어 있었기 때문에 클레이모어 특유의 예리함과 롱 소드와는 비교하기 힘든 파괴력을 유지하고 있었기 때문이다.

　'이제 이 녀석도 나처럼 낡았군. 새로운 검으로 바꿔야 할까?'

　파일런은 힘있는 발걸음으로 대기 중인 근위대 예비대 병력 쪽으로 걸어가면서 그런 생각을 했다. 멀리서 고함 소리와 병사들이 대지를 뛰어오는 소리가 들려왔다. 방벽 쪽에서는 작업 중지의 깃발이 올라왔고, 방벽을 건설 중이던 인부들은 겁먹은 얼굴로 모여들었다.

　파일런은 피를 먹으며 낡아가는 자신의 클레이모어와 피와 상처로 얼룩진 갑옷의 무게를 새삼 느끼며 피로를 느꼈다. 육체적인 피로가 아닌, 그가 시간의 무게, 혹은 기억의 무게라고 부르는 피로였다. 늙은 파일런은 다시 한 번 심호흡을 하고는 힘있는 목소리로 명령을 내렸다.

"로젠 하우트 거리! 좌측으로!"

파일런의 명령이 시작되자 병사들은 술렁거리며 움직이기 시작했다. 병사들은 갑작스럽게 자신들의 지휘관이 되어버린 그를 존경하고 있었다. 그리고 적어도 그의 명령을 받고 있는 동안에는 죽을 확률이 낮아진다고 믿고 있었다.

"휴젠 거리 우측으로! 클로티스는 전방으로! 이번에는 예비대가 없다! 각자의 위치에서 최선을 다해서 적을 저지하라!"

"와아아아!"

파일런의 명령이 빠르게 병사들에게 전달된 뒤에 뒤늦게 시민병들 사이에서 함성이 쏟아져 나왔다. 파일런은 움푹 들어간 어두운 눈매로 사방을 둘러보고 다시 고함을 질렀다. 하얀 수염으로 감춰진 그의 입술은 끊임없이 단어들을 토해내며 명령을 내렸다.

"중장 보병대! 전원 전투 대기! 명령이 내려지면 돌격한다! 긴장을 늦추지 마라! 적의 지휘관은 전장을 이탈했다! 지휘관이 빠진 군대에게 지지 마라!"

"네, 알겠습니다!"

거의 일제히 중장 보병대의 병사들이 대답했다. 시민병들과는 또 다른 모습이었다. 잘 짜여진 구령과 일제히 발을 구르는 대답, 무기를 다시 한 번 가다듬는 묵직한 쇳소리들이 병사들을 전투 상태로 흥분시켰다. 병사들은 투구를 단단히 눌러쓰고 갑옷 끈을 단단히 조였고, 들고 있던 무기를 다시 한 번 단단히 움켜잡았다.

"파이크 병들이 먼저 전장에 돌입! 아군의 진입로를 개척한다!"

"네, 알겠습니다!"

"후속 부대는 개척된 전장에 최단시간 내에 산개! 대열을 정비한다!"

"네! 알겠습니다!"

"제2독립대는 예비대로 돌린다! 제1독립대의 전장 투입이 완료되면 적의 측면을 공격한다!"

"네, 알겠습니다!"

우렁찬 구령 소리가 파일런의 명령이 하달될 때마다 터져 나왔다. 파일런은 자신의 클레이모어―그가 휘두르는 클레이모어는 어떤 지휘봉보다 깊은 신뢰를 만들어냈다―를 들고 마지막 명령을 내렸다.

"전원 무장!"

"전워어어언! 무자아앙!"

철컥! 척! 차라락!

2개 독립대로 편성된 중장 보병들이 힘차게 움직였다. 그들은 소모적인 방어전을 시민병들에게 거의 맡겨둔 상태였기 때문에 농민병들과 함께 공격을 반복하던 맹약기사단의 병사들보다 피로가 적고 원기왕성했다. 그리고 덤으로 파일런의 압도적인 전투력과 지휘력, 박력에 취해 있었다.

"녹채가 열리면 돌격한다! 녹채를 열어라!"

"부대! 앞으로!"

녹채가 열리고 캔들스틱을 손에 든 병사들이 일제히 땅을 박차고 뛰기 시작했다. 병사들은 스스로의 투쟁 의식을 고취시키고 적의 기세를 누르기 위하여 목청껏 고함을 질렀다. 갑옷과 파이크로 무장한 중장 보병들이 녹채를 열고 돌격하자 선두에서 뛰어오던 농민병들이 겁에 질린 얼굴로 멈춰 섰다. 하지만 그걸 모르는 후위에서 밀려드는 아군에게 밀려 주춤주춤 중장 보병의 파이크가 만들어낸 숲으로 뛰어들어야 했다. 주춤거린 덕분에 공격력이 둔화된 농민병들의 대열을 캔들스틱이 잘라내기 시작했다. 공격력이란 힘과 속도로 결정되었다.

이제는 캔들스틱이 손에 익은 중장 보병의 창병들이 짐승처럼 괴성을 지르며 파이크를 미친 듯이 휘둘렀고, 그 길고 예리한 창날에 찔린 농민병들은 무력하게 들판에 버려졌다.

"사람 살려! 허억!"

캔들스틱에 찔려 피가 쏟아지는 복부를 누른 채 애원하던 농민의 얼굴에 단단한 롱 소드가 작렬했다. 방패와 롱 소드를 장비한 중장 보병 후위 부대들은 파이크 창병들이 개척한 전선으로 투입되어 그들의 공격력을 두껍게 지원해 주며 무자비하게 롱 소드를 휘둘렀다.

턱!

용감하게 창병을 노리고 찔러 들어온 농민의 쇠스랑은 단단한 군용 방패에 걸려 막혔다. 캔들스틱으로 정면을 찌르던 병사가 힐끔 고개를 돌렸다. 그의 측면을 엄호해 준 병사는 방패로 막아낸 쇠스랑을 발로 밟으며 용감했던 농민의 턱을 롱 소드로 박살 내버렸다.

파일런이 이끄는 중장 보병들과 충돌했던 농민병들이 좌우로 흩어졌고, 얇아진 대열을 돌파한 파이크 창병들은 곧바로 맹약기사단 중장 보병들과 충돌했다. 앞에서 자신들을 막아주던 농민병들이 흩어지자 당황했던 맹약기사단 중장 보병들이 미처 대응하기도 전에 캔들스틱들이 맹약기사단의 할버드 창병들을 도륙하기 시작했다. 그리고 그 틈을 타서 방패와 롱 소드를 쥔 중장 보병들이 할버드가 공격하기 어려운 거리 안쪽으로 뛰어들었다.

"내 손!"

롱 소드에 잘려진 손목이 하늘을 날고 병사가 비명을 지르며 무릎을 꿇었다. 방패로 그의 얼굴을 찍은 병사는 넘어지는 병사의 복부에 롱 소드를 수직으로 찔러 넣었다. 피가 촤악 뿜어져 나와 병사의 다리를 적셨다. 피에 젖은 풀밭이 미끄러워지기 시작했다. 후열에 서 있던 맹약기사단 중장 보병들이 그들을 상대하기 위하여 나서는 순간, 캔들스틱들이 대열의 틈 사이에서 튀어나와 병사들의 목과 가슴을 찔렀다. 아주 정확하고 일사불란한 공격이었다.

첫 번째 충돌에서 기세를 잡은 중장 보병대는 파이크 창병과 롱 소드 중장 보병들의 교차 엄호 전술을 펴면서 서서히 적의 대열을 무너뜨리기 시작했다. 피를 뒤집어쓴 병사들은 살기와 피 냄새에 취한 붉은 눈으로 함성을 지르며 공격의 기세를 늦추지 않았다.

"어? 뭐……?"

백인대장은 바닥에 떨어진 자신의 양쪽 손목을 내려다보면서 중얼거렸다. 파일런의 무거운 부츠가 그의 무릎을 걷어찼고, 클레이모어가 흥건한 핏방울을 허공으로 날리며 날아가 그 뒤에 서 있던 병사의 목을 절반쯤 잘라냈다. 파일런의 클레이모어가 움직일 때마다 검신을 타고 흐르던 핏방울들이 속도를 이기지 못하고 허공으로 흩어졌다. 그리고 클레이모어는 새로운 육체를 부수며 들어가 새로운 피를 빨아먹었다.

"제2독립대! 측면으로!"

"우와와!"

"죽여라!"

대지를 박차는 소리가 들리고 녹채를 나와 대열을 정비한 2독립대 중장 보병들이 메이스와 워 햄머를 휘두르며 맹약기사단의 좌측—무기를 들지 않은 방향—을 노리고 돌격했다. 좌측 열에 서 있던 병사들이 당황한 얼굴로 방패를 들어 방어했지만 달려오던 여세를 몰아 내려친

메이스는 간단하게 방패를 부숴 버렸다. 방패 쪽을 치고 들어갈 부대였기 때문에 그들은 무겁지만 위력이 확실한 둔기로 무장하고 있었다. 이것도 역시 파일런의 지시였다. 파일런은 1독립대의 전위는 캔들스틱으로 무장시켰고, 2독립대의 전위는 워 햄머와 메이스로 무장시켰다. 부대의 목적과 병사들 개개인의 임무에 따라 무장을 달리한 것이다.

측면이 뚫리기 시작하자 맹약기사단 중장 보병들의 대열은 전투력이 급격히 낮아졌다. 그러자 정면에서 충돌했던 파일런의 1독립대 병사들은 다시 한 번 캔들스틱과 롱 소드의 교차 전술로 적을 밀어붙이기 시작했다. 캔들스틱으로 간격을 만들면 롱 소드 보병이 재빨리 그 간격 안으로 들어가고―조금만 늦으면 죽는 것은 오히려 그들이다―그 틈에 다시 캔들스틱 창병들이 다시 전진하며 또 다른 간격을 만들어냈다.

창병과 보병의 혼성 부대 전술은 어디서나 훈련받는 기초 전술이었지만, 중요한 것은 그것을 효과적으로 지휘관이 이해하고 운용하느냐는 것과 병사들이 서로를 신뢰하며 기꺼이 간격 안으로 빠르게 뛰어들어가느냐였다.

파일런의 중장 보병대는 그것을 충실하게 구현했다. 파일런은 새로운 전술을 병사들에게 강요하기보다는 착실한 기초 전술을 충실하게 실행하도록 병사들을 지휘했다.

빠직!

"칵! 파, 팔이……."

다행히 방패는 무사했지만 방패를 들고 있던 왼손이 부러진 병사가 비명을 질렀다. 워 햄머를 휘둘렀던 병사는 재빨리 손 안에서 손잡이를 빙글 돌려 워 햄머의 햄머 뒤에 달렸던 날카로운 피크 부분으로 팔이 부러진 병사의 콧잔등을 찍었다. 피와 뼛조각, 이빨이 사방으로 파편처럼 튀어 나갔다.

챙!

메이스를 휘둘러 롱 소드를 튕겨낸 병사는 방패의 모서리로 적 병사의 미간을 찍었고, 그가 비명을 지르는 동안에 메이스를 휘둘러 병사의 목을 때렸다. 우둑 소리가 나면서 목뼈가 부러졌고, 메이스의 날카로운 모서리에 찢겨 나간 근육이 너덜거리며 피를 뿜어냈다. 병사들이 입고 있는 체인메일은 촘촘하게 짜여져 있었기 때문에 핏방울들이 흘러내리지 못하고 축축하게 엉겨 붙었다. 검푸른 빛깔이던 체인메일들이 서서히 탁한 붉은빛으로 물들기 시작했다.

병사들의 절반 이상이 메이스 류의 둔기로 무장한 2독립대는 1독립대에 비하여 무겁지만 확실한 파괴력을 가진 부대였다. 1독립대의 혼성 부대 전술처럼 빠르거나 시시각각 변하는 전장 상황에 따른 대응은 어려웠지만 일단 난전으로 끌고 들어가면 그 위력이 증대되었다. 뒤엉킨 혼전 속에서 2독립대 병사들이 휘두르는 메이스 앞에서는 방패나 갑옷 따위가 아무런 의미도 없었다. 그것은 그저 인간의 육체보다 늦게 부서지는 장해물에 불과했다.

"우와아아아!!"

등 뒤에서는 시민병들이 농민병을 상대로 비슷한 전개를 보이고 있었다. 전투가 벌어질 때마다 무장이 좋아지고 움직임이 가벼워진 시민병들은 이제 개전 초기의 시민병들이 아니었다. 그들은 점차 전사로 성장하고 있었다. 그들은 죽은 병사의 시체에서 갑옷을 벗겨 입었고, 죽은 병사의 뻣뻣한 손가락을 자르고 무기를 집어 들었다. 그리고 좀 더 능숙하게 사람을 죽이기 시작했고, 뭉쳐 있을 때 살아남을 확률이 크다는 것을 몸으로 배웠다.

지휘부 측에서는 그들에게 배식을 제공하는 것 이외에는 아무것도 해줄 수 없었지만 그들은 스스로 시체를 뒤져 장비를 챙겨 나갔다. 훨씬 많았던 농민병들은 이제 절반 이상으로 줄어버렸고, 전투력을 대비했을 때 시민병들의 절반에도 미치지 못했다.

"죽여! 죽여! 죽여 버려!"

전투의 흥분에 잔뜩 취한 시민병들 몇 개 소부대가 오히려 녹채를 넘어 농민병들을 공격하기 시작했다. 그런데도 농민병들은 마땅한 지휘 체계가 없어서 넘어온 소수의 시민병들을 포위, 섬멸하지 못했다. 파일런이 이끄는 중장 보병들이 어떤 방식으로 전장을 개척하는지 눈으로 보고서 배운 시민병들은 함성을 지르며 농민병들을 상대하기 시작했고, 점차 더 많은 시민병들이 녹채를 넘기 시작했다. 그제야 사태의 심각성을 발견한 지휘관들이 시민병들을 통제하려고 했지만 살인에 취해 버린 시민병들은 쉽게 제어되지 않았다.

"시민병들이 방어선을 넓힙니다! 명령을!"

아수라장을 헤치고 달려온 연락병이 덤벼드는 적병의 가슴을 찌르며 고함을 질렀다. 파일런은 병사들이 더욱 바짝 압박하도록 명령을 내리면서 힐끔 뒤를 돌아보았다. 녹채를 넘어서 나온 시민병들은 100여 명이었다.

"성벽으로 사격 신호! 위치는 방어선을 이탈한 시민병들의 전방!"

"네, 알겠습니다!"

격전이 벌어지는 전장에서는 동명 복창을 하지 않는다. 연락병은 자신에게 덤벼드는 적 병사의 롱 소드를 방패로 막아냈고, 곧바로 파일런을 호위하던 병사가 적 병사의 옆구리에 검을 찔러 넣고 우득 돌려 버렸다. 연락병은 재빨리 등을 돌리고 격전의 저편으로 달려가 버렸다.

콰라라라락!

전혀 예상하지 못한 상황에 콰렐들이 쏟아져 내렸다. 이마 한가운데 콰렐을 관통당한 농민병이 기묘한 표정으로 눈을 치뜨고 넘어졌다. 사방에서 콰렐이 박힌 농민병들이 고통스런 비명을 지르며 신을 찾았다. 하지만 신은 여전히 그들의 외침에 대답하지 않았다.

"아?!"

눈앞에서—겨우 5미터 전방에서—쏟아져 내리는 콰렐을 목격한 시민병들은 주춤거렸다. 그들은 그제야 녹채의 바깥쪽은 아군의 사격 지역이라는 사실을 기억해 냈다. 이곳에서는 아군의 콰렐에 맞아 죽어도 할 말이 없는 곳이다.

"만하임! 탈리아! 융거바흐 거리! 자리를 지켜라! 부대 복귀!"

"돌아와! 이 병신들아!"

가뜩이나 지휘 장교가 부족한 시민병 부대인데 장교가 둘씩이나 뛰어와서 이 황당한 상황을 수습하기 위하여 악을 썼다. 밖으로 나간 얼빠진 시민병들이 몰살하는 것으로 끝나는 것이 아니라, 그들의 공백을 메우기 위해서 전체 방어선이 얇아지는 경우가 생길 수도 있었다. 그러면 필연적으로 방어선 붕괴로 연결된다. 장교들은 그것을 걱정하고 있었다.

그제야 전투의 흥분을 가라앉히고 이성을 되찾은 시민병들은 서둘러 녹채를 타 넘기 시작했다. 농민병들이 그런 시민병들의 배후로 덤벼들었지만 시민병들이 물러선 자리로 곧바로 콰렐들이 날아왔다. 만약에 명령을 무시했거나 이성을 되찾는 시간이 늦었다면 그들은 모두 아군 콰렐에 몰살당할 뻔한 상황이었다.

"경장 기병대를 투입하라!"

부관 하우젠은 심각할 정도로 전열이 무너지는 것을 보면서 아군의 취약한 좌측으로 들어온 적의 중장 보병대를 가리키며 명령을 내렸다. 돌격 거리가 너무 짧았기 때문에 경장 기병대의 돌입을 망설이고 있었지만 이제는 상황이 너무 불리했다. 경장 보병대가 움직이기 시작하는 순간 반대 편에서 땅이 울리기 시작했다. 하우젠은 흠칫 놀라며 고개를 돌렸다. 그의 입술 사이로 비명 소리가 터져 나왔다.

"경장 기병대! 아차! 신이시여……!"

부관 하우젠은 그제야 적에게도 경장 기병대가 있다는 사실을 기억해 냈다. 그리고 그들이 안 보였다는 사실을 지금까지 인지하지 못한 자신을 자학했다. 그는 다급한 목소리로 비명처럼 명령을 내렸다.

"경장 기병대는 반전하라! 반전하라!"

뿔피리 소리가 들리고 이제 막 적의 중장 보병들에게 돌격하려던 경장 기병들은 당황하면 말을 멈춰 세웠다. 달리던 여력을 이기지 못하고 말들이 부딪쳤고, 대열이 흐트러졌다. 개중에는 비명을 지르며 낙마한 기수들도 있었다. 등 뒤에서 덤벼드는 적의 경장 기병대를 발견한 병사들은 질린 얼굴로 말의 배를 걷어차며 서둘러 돌격을 시작했다. 하지만 적은 이미 들판을 질주해 오며 가속을 마친 상태였다.

엉덩이를 찔린 말이 놀라며 앞발을 들고 발버둥을 치다가 넘어졌다. 말의 급작스러운 움직임에 튕겨져 나간 병사는 비명을 지르기도 전에 사방에서 쏟아져 내려온 메이스들을 맞고 너덜너덜해졌다.

지금까지 전투에 참가하지 않았던 2독립대의 후열이 경장 기병대의 측면으로 돌기 시작했다. 선두가 완전히 출발하지 않아서 머뭇거리고 있던 경장 기병대의 후위는 옆으로 치고 들어온 중장 보병들에게 속수무책으로 당하기 시작했다. 갈고리를 든 병사들이 말 위에 올라타고 있는 기병들의 목덜미를 찍어서 끌어내렸고, 목덜미에서 피를 흘리며 버둥거리는 기병들에게 메이스 세례가 쏟아졌다.

퍼석!

말 위에서 당황한 얼굴로 비명을 지르려던 기병의 얼굴 절반이 날아갔다. 아래턱만 남은 기병의 시체는 뒤따르는 무수한 말발굽에 밟혀 질퍽하게 으깨져 버렸다. 들판을 달려오면서 충분한 기동력을 얻은 파일런의 경장 기병대는 이제 말을 움직이기 시작하던 맹약기사단의 경장 기병대를 날카롭게 파고들었다. 경장 기병대의 프론티어들은 그대로 가슴을 뚫고 심장까지 들어오는 예리한 비수처럼 맹약기사단의 중추 신경을 끊어버렸다.

측면에서 중장 보병들에게 견제를 받으며 정면에서 기동력 최고 상태로 가속한 경장 기병대의 충격을 고스란히 받아야 했던 맹약기사단 기병대는 단 한 번으로 대열이 급격하게 무너지며 와해되었다. 말과 말들이 서로 충돌했고, 말 위에 올라탄 기병들은 양손으로 투 핸드 소드를 들고 상대를 후려쳤다. 검과 검이 엇갈리는 소음과 병사들이 내지르는 고함 소리가 어지러이 뒤엉켰다. 그리고 측면에서는 중장 보병들이 느리지만 착실한 속도로 기병들을 말 위에서 끌어내리며 피해를 강요했다.

보병들이 휘두른 갈고리에 귀를 찍힌 기병이 고통스럽게 비명을 질렀고, 말 위에서 끌어내려지는 순간에 귓바퀴가 통째로 뜯겨 나갔다.

그리고 놀라서 뒷걸음질치는 자신의 말에 밟혀 척추가 부러져 버렸다. 즉사를 하지 못한 불행한 병사는 허우적거리지도 못한 채 비명을 지르며 헐떡거렸다.

기병들을 상대하기 위해 후열이 빠져나가 측면을 공격하던 2독립대의 공격력이 얇아지자 곧바로 맹약기사단의 좌측 열이 움직여 2독립대를 압박하기 시작했다. 수적으로 밀리는 2독립대가 주춤거리며 물러섰지만 곧바로 전면에서 충돌한 1독립대 중장 보병들이 파일런의 명령에 따라 더욱 바짝 돌격해 들어갔다.

이미 전투의 승패는 판가름 난 상황이었고, 맹약기사단은 우세한 병력을 가지고도 밀리기 시작했다. 맹약기사단의 우측 열은 시민병들과 성벽의 사격에 밀린 농민병들의 후퇴 때문에 대열이 흐트러지며 물러섰기 때문에 적절한 기동으로 파일런의 중장 보병대 측면으로 반포위를 벌이지 못했다. 그들은 그저 눈앞에서 후퇴하는 농민병에서 밀려 뒤쪽으로 비스듬히 뒷걸음질치는 것이 고작이었다.

노련한 지휘관이라면 차라리 뒤로 주춤거리는 우측 열을 분리하여 아군의 배후로 기동시켜 방금 충돌한 경장 기병대의 측면을 노리거나 아예 배후로 마저 기동하여 파일런의 2독립대의 배후를 치고 들어가게 했을 것이다. 그리고 실제로 파일런은 그 상황을 가장 염려하면서 전장을 관찰하면서 전투에 참가하지 못한 맹약기사단 우측 열의 배후 기동을 감시했다. 그들이 대열을 이탈하여 배후 기동에 들어가면 곧바로 병력을 후퇴시킬 계획이었다.

하지만 그런 노련한 부대 운용을 기대하기에는 이제 20대 후반인 하우젠은 너무 젊었기 때문에 경험이 부족했다. 사실 파일런이 부대의 위험한 돌격을 결정한 것도 지휘관이 이탈한 상황이라면 그처럼 젊고 경험이 부족한 부관급이 부대를 지휘하고 있을 것이라는 판단에 서였다.

20살을 전후하여 군 생활을 시작한 장교들은 견습 장교를 거쳐 20대 중반에야 겨우 장교로 임관했고, 실제적으로 그들이 장교로써 써먹을 만큼 숙성되려면 30대 초반까지 기다려야 했다. 20대 장교들이란 좀 비싼 가격의 소모품이었다. 가끔씩 역사상에는 20대에도 놀라운 전술 운용 능력을 보여주는 천재들이 나타났지만—아직까지 대륙 역사상 10대 장교는 없었다—아주 희귀한 경우였고, 대부분은 30대부터 40대까지 그 능력을 최고로 발휘했다.

평생을 다양한 환경의 전장에서 살아온 파일런은 잘 숙성된 고급 와인과도 같은 존재였다. 희소가치도 있었고, 오랫동안 숙성되며 산화의 위험을 견뎌낸 와인이었기 때문에 맛도 향기도 빛깔도 최상급이었다. 평생 동안 최전선에서 살아오며 살아남은 장교라면 최고급 와인에 비견될 만큼 노련한 전술 지휘 능력과 풍부한 경험이 있었다. 파일런 디르거가 바로 그런 경우였다. 그는 일 대 일의 결투에서보다 부하들을 운용할 때 더욱 자신의 가치를 빛낼 수 있는 인물이었다.

〈 2 〉

　미치도록 그리운 이름이 있었다. 그가 세상을 살아가는 것처럼 세상을 살아가고 싶었다.

　언제인가… 그가 처음 내 손을 잡아주었던 때를 기억한다. 부드럽지만 망설임없는 단호한 손길로 그는 내 손을 잡아주었고 웃어주었다. 그는 세상만큼 거대한 남자였다. 그는 누구보다도 명석한 머리를 가졌고, 누구보다도 재기에 넘쳤고, 누구보다도 뜨거운 심장을 갖고 있었다. 그리고 주변에는 감히 흉내 낼 수 없는 품위가 후광처럼 눈부신 광채를 뿜어내곤 했다.

　사소한 일에도 가슴이 설레이던 소녀 시절, 그의 주변에 맴도는 그 화려하고 눈부신 후광을 볼 때마다 가만히 숨을 죽이곤 했다. 정말 하찮은 숨소리에 그 후광이 행여 무너져 내릴까 봐, 마치 섬세한 크리스털처럼 부질없이 깨져 버릴까 봐. 하지만 그는 언제나 그런 것쯤은 상관없다는 얼굴로 웃었다.

거울을 본 적이 있다. 그의 후광에 매료되어 거울 속의 나를 바라본 적이 있다. 비참했다. 나는 거울 속의 내 모습을 보며 울었다.

생기없이 죽어버린 눈동자에 가식과 허영으로 가득 찬 내 얼굴을 보며 울어버리고 말았다. 나는 어째서 그의 절반도 따라가지 못하는 걸까? 거울 속에 비친 내 얼굴은 그저 평범하고, 아무것도 될 수 없고, 아무것도 되려고 하지 않는 버려진 인형처럼 보였다. 나는 인형으로 살아가고 싶지는 않았다. 삶을 느끼고, 삶에 분노하고, 삶에 즐거워하고, 삶에 슬퍼하며 살아가고 싶었다.

그처럼 석양이 가득한 창틀에 무심하게 걸터앉아 섬세한 손가락으로 턱을 지그시 누르며 무언가를 골똘히 생각하는 모습을 갖고 싶었다. 화가 났을 때 아주 짧은 순간 그 아름다운 눈썹의 언저리가 살짝 움직였고, 크게 심호흡을 하고 나서 대수롭지 않게 웃어주는 그 여유가 나는 정말 부러웠다.

사소한 일에도 짜증 내고, 소리를 지르고, 울어버리는 나 자신이 너무나도 싫었다. 너무나도 추해 보였다. 그것이 견딜 수 없었다. 그를 조금이라도 닮고 싶어서 그가 보던 책을 읽었고, 그가 듣던 수업을 따라 들었다. 덕분에 나 역시 명석하고 영민하다는 칭찬을 받게 되었지만 그가 가졌던 후광을 얻지는 못했다. 그건 나 같은 인간은 감히 범접하기 어려운 미지의 영역에 불과했다.

결국 내가 그처럼 살고자 하는 욕망을 포기했을 때 세상 사람들은 나에게 또 다른 것을 강요했다. 그처럼 사는 것을 포기하고 지극히 평범하고 자유롭게 살고 싶다고 했을 때, 사람들은 화난 얼굴로 고개를 저었다. 그리고 나에게 도망치지 못할 족쇄를 채웠다. 그 차가운 감촉을 나는 기억한다. 내 보잘것없이 하찮은 육체를 구속하던 족쇄의 악의적인 차가움을 나는 기억한다.

그리고 사람들은 만족한 얼굴로 나에게 인사를 했다. 그리고 나는 내 꿈들을 강탈당했고, 내가 동경하던 그를 빼앗겼다. 그리고 내 친구를 빼앗겼다. 그리고 내가 사랑하던 모든 것들을 잃었다. 그리고… 나는 지금도 새벽의 기사에 관한 꿈을 꾼다. 그리고… 그리고… 그리고 나는 지금 이곳에서… 그리고 나는 그를 잊어가며 살아가고 있다. 인간의 망각이란 저주와 축복의 양날검이다.

"헉! 헉! 헉!"

땀방울이 정지된 것처럼 머뭇거리다 손등으로 떨어졌다. 레미 R. 아낙스는 거친 숨결을 고르기 위해서 힘겹게 헐떡거렸다. 그리고 천천히 고개를 들어 충혈된 눈을 깜박거렸다. 이제 낯익어 버린 침실. 타인으로부터 격리된 공간.

레미는 한참 동안을 멍하니 앉아 사물들을 인식하기 위해서 땀에 젖은 얼굴로 앉아 있었다. 그녀는 지금 자신이 앉아 있는 곳, 자신의 이름, 자신의 하루를 천천히 각인시켰다.

또다시 가면을 쓰고 하루를 가식과 위선으로 가득 채우며 살아가야 했다. 타인을 속이고, 자기 자신을 속이며. 레미는 자신의 모습이 정말로 추하고 역겹다고 생각했다. 그래서 웃어보았다.

"새벽의 기사라… 여기서 이러고 있어도 좋은 걸까?"

레미는 천천히 침대에서 내려와 향수가 뿌려진 수건을 집어 들었다. 그리고 축축하게 젖은 얼굴과 목덜미를 천천히 닦아냈다.

"어? 아, 안녕하십니까?! 좋은 아침입니다!"

레미의 침실을 지키고 있던 병사가 평소보다 이른 시간에 문을 열고 나온 그녀를 보고 당황한 얼굴로 인사를 했다. 근무 교대를 마친지 얼마 지나지 않은 듯 병사의 얼굴에는 피로한 기색이 없었다. 레미는 가벼운 현기증을 느끼며 손등으로 이마를 누르며 조용히 웃었다.

"좋은 아침이에요. 수고하시네요."

"아침 치장을 시중들 시녀들을 불러오겠습니다."

"아니에요. 곤히 자는 사람을 깨우고 싶지 않아요. 물에 적신 수건으로 대충 치장은 했으니 걱정하지 말아요."

"네, 알겠습니다!"

레미는 조용히 웃었다. '네, 알겠습니다' 라는 전형적인 군대식 말투가 그녀는 여전히 낯설었다. 그녀는 앞으로도 자신이 저 말투에 익숙해질 일은 없을 거라는 생각을 했다. 그녀는 정말 미안하다는 얼굴로 병사들을 바라보며 입을 열었다.

"검토해 봐야 하는 서류들이 밀렸는데… 안내해 주시겠어요?"

"네, 알겠습니다."

"고마워요."

선임 병사가 선도하고 다른 병사는 그녀의 등 뒤에 섰다. 그리고 세 사람은 사자성의 본성 쪽으로 걷기 시작했다. 서서히 이른 잠에서 깨어나는 사자성은 조금씩 부산스러워지고 있었다. 레미는 이미 알고 있는 길이지만 선임 병사의 선도를 받으며 그 병사의 뒷모습을 물끄러미 바라보았다.

움직일 때마다 잘그락거리며 귓가를 간지럽히는 체인메일 소리, 그 위에 제복으로 걸치고 있는 단순하지만 빳빳하게 손질된 서코트, 복도에서 근접전을 위한 숏 소드가 허리에 매달려 있었고, 손에는 경비

병의 상징인 붉은 술이 장식된 할버드를 들고 있었다.

흠집 하나 없고 거울처럼 반질반질하게 닦은 투구를 눌러쓴 병사는 그 통일된 외모 속에 자신의 개성을 묵묵히 눌러두고 있었다. 자신의 개성을 포기하고 통일된 개체의 일부분으로 사물을 인식할 수 있을 때 사람들은 그 사람을 군인이라고 부른다. 레미는 자신의 직무에 충실한 병사의 뒷모습을 보며 복잡한 기분이 들었다.

어째서 이 전쟁을 치러야 하는가? 어째서 사람들은 자신의 개성을 누르고 개체 중 일부로 단순화시켜 군인이 되어야 하나? 누가 옳은 것일까? 레미는 혼란스러운 기분으로 한숨을 쉬었다. 결국 끊임없이 질문하고, 고민하고, 어딘가 있을 더 나은 길을 찾아 방황해야 할 것이다. 씁쓸하게 웃었다. 그 사람이라면 단번에 최상의 결론을 찾았을지 모른다. 자신은 단지 그의 어설픈 대체물에 불과하다. 그것도 조잡하기 이를 데 없는.

"네에? 이걸 만들라고요? 나으리, 진심이십니까?"

마이스터는 벙찐 얼굴로 재차 물었다. 벌써 3번째 같은 질문이었다. 검은 상하의를 입고 가벼운 갑옷을 걸친 검은 머리의 사내는 마치 사신과도 같은 얼굴로 음산하게 웃었다. 그의 서늘한 웃음과 허리에 매달려 이따금 철그럭거리는 롱 소드는 잘 어울렸다.

한평생을 목수 일에 바쳤던 마이스터는 주름진 얼굴로 수심이 가득한 표정을 지으며 설계도를 바라보았다. 지극히 평범하고 일상적인 군용 설계도는 빛이 바래 그냥 이대로 바스라질 것만 같았다. 마치 그의 심정처럼.

"한 번만 더 똑같은 질문 하면 기둥에 매달아 병사들의 석궁 연습용 표적으로 만들어 버리겠어."

하 이언은 으르렁거리듯 낮고 음산하게 말했다. 작업장에 모여 있던 마이스터 급 목수들과 대장장이들은 움찔 놀라며 한 걸음 물러섰다. 완전 무장한 하메른 백인대 병사들에 의해 강제 징병당한 마이스터들은 사자성 한쪽에 마련된 작업장 안으로 끌려왔다. 그리고 이언으로부터 황당한 물건을 제작하도록 명령받았다.

"나으리… 하지만 공성전도 아니고 수성전을 하는데 파성추를 제작하라니요? 성을 방어하는데 파성추를 어디에 씁니까?"

"만들라면 만들어! 이걸로 이를 쑤시든 침실에서 쓰든 그건 내 마음이야. 그러니까 너희들은 이걸 만들어! 그것도 최단시간 내에! 필요한 건 뭐든지 가져다 써! 알아들었나? 이건 명령이고, 만약에 내 맘에 들지 않으면 너희는 모두 표적판 신세다. 각오해 둬."

"하지만… 여긴 아무것도 없잖습니까?"

마이스터 중 누군가가 텅 빈 작업장을 둘러보면서 조심스럽게 말했다. 작업장 안에는 완벽하도록 아무것도 없었다. 망치 한 자루, 썩어가는 나무 판 하나 없었다. 그런 가운데 성벽을 부술 만한 거대한 파성추를 제작하라고 명령받은 것이다. 하지만 이언은 마이스터들이 심장 발작을 일으킬 정도로 차갑게 웃었다.

"방금 말했지? 필요한 건 뭐든지 가져다 써! 대성당의 기둥이 필요하면 대성당이 무너지든 말든 기둥부터 뽑아. 사자성 지붕이 필요하면 기어 올라가서 뜯어와. 지금은 전시니까 군사 명령이 모든 것을 최우선한다. 알겠냐?"

대성당이나 사자성에서까지 필요한 자재를 뜯어다 쓰라는 소리에 마이스터들은 두 손을 늘어뜨리고 입을 멍하니 벌렸다. 도시가 포위당한 상태에서 성문을 부술 때 사용하는 파성추를 제작하라고 하는 것도 충분히 황당무계했다. 그런데 자재 하나 공구 하나 안 주고서는 국왕이 계신 사자성이나 신의 광휘가 증명되는 대성당에서 자재를 뜯어다 쓰라고 하고 있었다. 노련한 마이스터 몇 명은 재빠르게 머리를 굴려 파성추를 만드는 데 얼마나 많은 목재와 철이 소모되는지 계산해 보았다.

"그럼… 인부들은 어디서?"

"이 머저리들아! 너희들이 그러고도 마이스터들이냐? 수도에 넘쳐나는 게 사람들이잖아! 병사들 붙여줄 테니까 힘쓰게 생긴 놈들은 무조건 끌고 와서 일시켜! 필요하면 유괴를 하든 납치를 하든 하란 말이다!"

이언은 이제 전시 상황에서 납치까지 명령하고 있었다. 물론 엄밀히 말하자면 그건 납치가 아니라 강제 징용이었다. 마이스터들은 원래 천성이 고집스러운 사람들이다. 그래서 고집스럽게 자신의 기술에 자부심을 가졌고, 그렇기 때문에 남들보다 뛰어난 기술을 갖는다. 더 나은 기술을 소유하고자 노력했기 때문에 마이스터가 된 사람들이었다. 그래서 그들은 자신의 직업에 무엇과도 타협할 수 없는 자긍심이 있었다. 이언이 살기등등한 얼굴로 음산하게 협박을 했지만 마이스터들은 쉽게 물러서지 않았다.

"좋습니다, 나으리. 목적은 파성추를 만드는 것이고, 설계도면은 여기에 있고, 자재와 공구는 저희가 알아서 조달하고, 작업 인부들은 병사들을 시켜서 징용하고… 그럼 마지막 질문입니다. 용도가 뭡니까요?"

"너, 바보냐? 파성추라는 건 말이지, 길고 튼튼하게 만들어져 성문을 통째로 부숴 버리는 데 사용하는 무기야. 파성추의 유래에 대해서 설명해 줄까? 아니면 모양이 어떤 건지 그려줘?"

"물론 저희도 파성추가 뭔지는 알고 있습니다. 한 번도 만들어본 적은 없지만 도면이 있으니 만들 수는 있습니다. 문제는 어디를 부술 때 사용할 것이냐입니다. 목표를 알아야 거기에 맞게 크기와 강도를 결정하지요. 쓸모없이 크게 만들면 자재도 많이 소모되고 작업 기간도 길어집니다. 딱 적당한 크기로 만드는 게 관건이지요."

"……."

이언은 잠시 동안 뭐라고 설명해 줄까 고민하기 시작했다. 잠깐 동안 빠르게 머리를 굴리던 이언은 다시 한 번 특유의 미소를 지었다. 그리고 짧고 간결하게 말했다.

"우사자 성채."

"네?"

"우사자 성채의 성문을 부술 정도로 만들어. 크기는 작아도 좋고, 한두 번 사용하고 망가져도 좋아. 단지 첫 번째 타격을 가했을 때 충분히 파성추의 위력이 나오는 걸로 충분해."

"네에… 근데 우사자 성채를 공격할 생각이십니까?"

"그럼? 파성추의 다른 용도를 혹시 알고 있는 사람?"

"알겠습니다."

"한 가지는 명심해. 만약에 제작이 늦거나 행여 파성추를 제작하고 있다는 걸 발설하면 너희 전부 죽어. 산 채로 우물 속에 때려 넣고 파묻어 버릴 거야. 생매장을 당하고 싶은 놈들은 다른 사람들에게 파성추를 만들고 있다고 말해. 만약에 국왕 폐하가 와서 뭐 만드냐고 물어도 대답하지 마! 알겠어?"

"네, 알겠습니다요, 나으리!"

"너희에게 붙여주는 병사들이 감시할 거야. 행여 헛소리를 지껄이는 놈이 있는지! 지금 이 순간부터 쓸모없이 나불대는 놈은 산 채로 기름에 튀겨서 저녁 식사로 맛있게 먹어주지. 농담이 아니야. 난 사람 고기를 먹는 거 좋아해. 쫄깃쫄깃하니 맛있거든. 하하하!"

이언은 유쾌하게 웃으며 등을 돌려 작업장을 나갔다. 마이스터들은 식은땀을 흘리며 성호를 그었다.

"지금 이 순간부터 나 이외에 이 작업장 근처를 얼씬거리는 놈들은 검문도 하지 말고 그냥 쏴 죽여 버려! 알겠나?"

"네, 알겠습니다!"

"그리고 자재나 공구를 얻기 위해 나갈 때도 잘 감시해. 만약에 도망치거나 외부인과 대화를 시도하는 마이스터가 있으면 그놈들은 도망치지 못하게 두 다리를 잘라서 나한테 데려와. 세상에서 가장 끔찍한 죽음이 뭔지 가르쳐 줄 거니까. 그리고 근무 똑바로 서지 않으면 네놈들의 살가죽을 벗겨 내 부츠를 만드는 데 써버리겠어. 명심해!"

"네, 알겠습니다!"

병사들은 이언의 협박에 식은땀을 흘리며 대답했다. 병사들은 하메른 백인대의 악명을 들어서 알고 있었고, 그들을 지휘하는 이언에게 경외감을 느끼고 있었다.

이언은 정원을 가로질러 사자성 쪽으로 걸어가면서 문득 하늘을 올려다보았다. 눈부신 햇살 때문에 이언은 손바닥을 펴서 차양을 만들었다. 그리고 차갑게 웃었다.

"이 작전을 또 써먹어야 할 줄이야… 웃기는 인생이군."

"여기서 뭐 하니?"

"히익?!"

좁고 어두운 복도 안에는 조금 전까지 아무도 없었다. 젊은 장교는 흠칫 놀라며 고개를 돌렸다. 복도 모퉁이의 그늘 속에 여자 한 명이 서 있었다. 남자만큼이나 큰 키에 날씬한 체형을 가진 여자는 움직여도 아무런 소리가 나지 않는 부드러운 천으로 만든 검은 원피스를 입고 있었다. 그 매끄러운 옷에 감싸인 두 팔은 가늘었고, 드러난 목덜미와 얼굴은 만년설처럼 희고 투명했다. 여자는 피처럼 붉은 입술의 끄트머리를 살짝 움직여 관능적인 미소를 그렸다. 그리고 희고 가는 손가락을 천천히 움직여 헝클어진 머리결을 부드럽게 긁어 올렸다.

젊은 장교는 이해할 수 없는 표정으로 그녀를 바라보았다. 그늘에 몸을 숨기고 있었기 때문에 그녀는 부드러운 어둠에 잠겨 있었다. 오직 두 개의 눈동자만 기묘할 정도로 투명한 안광을 뿜어내고 있었기 때문에 마치 어둠 속에 두 개의 보석이 허공에 떠 있는 듯한 모습이었다. 비정상적일 정도로 하얀 피부에 비정상적으로 반짝이는 안광을 가진 여자는 여전히 조용히 그늘 속에 기대서서 움직이지 않았다.

"어, 어떻게? 아무런 기척도 들리지 않았어!"

"어머, 미안하구나. 난 원래부터 발소리나 인기척이 없단다. 후후."

"그, 그런……."

"후후, 그건 통신 비둘기 같은데? 과연 뭘 날리려고 하는 걸까? 그리고 누구에게? 궁금한데 한번 보여줄래?"

젊은 장교는 쥐고 있던 비둘기를 허공으로 놓았다. 회색 비둘기는 기다렸다는 듯이 푸드득 날갯짓을 하면서 사자성의 창문으로 날아가 버렸다. 비둘기가 남긴 깃털 하나가 한가롭게 복도의 어둠을 타고 흘러내렸다. 젊은 장교는 승자의 미소를 지으며 웃었다.

"이미 늦었다."

"그래? 그럴까? 아니라고 보는데?"

카라는 여전히 어둠 속에 몸을 절반쯤 가린 채 가만히 허공으로 손을 휘저었다. 갑자기 푸드득 소리가 나면서 창문으로 통신 비둘기가 들어와 망설임없이 카라의 품 안으로 날아들었다. 젊은 장교는 자신의 눈을 믿을 수 없었다. 그녀의 하얀 손길이 다정하게 비둘기를 쓰다듬었다. 그리고 다리에 매달려 있던 전언 통 안에서 꼼꼼하게 접은 종이를 꺼내고 비둘기를 날려주었다. 비둘기는 다시 미련없이 창문을 통해 바깥으로 날아갔다.

"미, 믿을 수 없어! 이건 꿈이야!"

"어머, 많이도 적었네? 너, 경비 장교지? 오가며 주워들은 회의 내용을 죄다 적어놨네? 게다가 병력 배치 상황도 있고."

"불가능해! 그건 암호문인데! 네년은 뭐 하는 년이냐?!"

"내가 누굴까? 그냥 하릴없이 어슬렁거리는 여자인 것 같은데?"

"나, 날 감시했던 거냐?"

"후후, 너, 교우 관계가 좋지 않더구나. 네 동료가 네 이름을 말해 줬거든."

젊은 경비 장교의 머리 속에는 요 며칠 사이에 흔적도 없이 증발해 버린 동지들의 리스트가 차라락 넘어갔다. 그들은 말 그대로 흔적도 남기지 않고 사라졌다. 그리고 지금 저 여자가 자신의 앞에 버티고 있었다. 상황 판단이 느린 인간은 절대 스파이가 될 수 없다.

촤아악!

경비 장교는 재빨리 롱 소드를 뽑아 들었다. 창문을 타 넘고 들어온 햇살에 반사된 검신은 눈부셨다. 카라는 눈을 가늘게 뜨면서 붉은 입술로 조금 깊어진 미소를 그렸다.

"그걸로 나를 죽일 수 있을까? 후후, 귀여워."

카라는 암호문을 주머니에 찔러 넣으며 조용히 앞으로 한 걸음 나왔다. 경비 장교는 분명 그녀가 빛이 닿는 복도로 나왔는데도 어둠 속에 서 있는 것처럼 보이는 착시 현상을 느끼며 당황했다. 그녀는 마치 어둠 그 자체로 보였다.

"너… 인간이냐?"

"글쎄? 난 누굴까?"

"죽어!"

롱 소드가 그녀의 목을 노리고 날아들었다. 하지만 롱 소드는 은빛 곡선을 그리며 허공을 휘저었다. 그리고 카라는 아주 살짝 롱 소드 사정 거리에서 물러서 있었다. 움직임도 느껴지지 않고 소리도 나지 않았다. 경비 장교는 재빨리 검을 회수하며 몸을 움츠려 몸에 탄력을 주었다. 카라는 한가한 얼굴로 손톱을 살펴보며 웃었다.

"한 가지 충고해 줄까? 넌 장교로서 재능이 없구나. 붉은 사막을 주름잡는 흑설대환란 병사들이 너보다 빨라. 빠르고 투쟁심이 강하지. 예전에 싸워봤는데 정말 식은땀이 흐르는 상대지."

"흐, 흑설대환란? 너, 누구야?"

"흐음… 가르쳐 줄까? 까짓거 가르쳐 주지 뭐. 전직 국왕 친위대 농담의 기사단 부관 카린샤 임로프 대위. 지금은 해고당하고 농담의 기사단 기사대장의 애인으로 지내고 있음. 만족했니?"

"농담의 기사단? 그게 뭐야?"

"몰라도 충분해."

"쳇!"

경비 장교는 입술을 깨물며 등을 돌리고 뛰기 시작했다. 이길 수 있을지 확신이 서지 않기도 했지만 정체가 탄로 난 이상 이곳에서 시간을 끄는 것은 불리했다. 그가 모퉁이를 도는 순간 무언가 그의 눈앞으로 날아왔다. 그리고 그는 의식을 잃었다.

"그 힘을 함부로 쓰지 말아! 대성당이 있는 곳이다! 어디에 대성당 측 스파이가 있을지도 모른단 말이다!"

튜멜은 검집으로 후려쳐 기절시킨 경비 장교를 내려다보면서 불만스럽게 말했다. 카라는 조용히 웃으면서 소리없이 다가왔다.

"이미 두 번이나 여기서 힘을 썼는걸. 겁이 나는 거니?"

"네가 문제가 아니라 국왕 폐하께서 곤란하실지 몰라서 그런다. 그리고 그때 두 번은 밀실이었기 때문에 목격자가 없었지만 지금은 상황이 다르잖아! 대성당 측에서도 스파이를 사자성에 심어두었다는 것이 확인된 상황이야. 그걸 모르는 건가?"

튜멜은 잔뜩 불만스러운 얼굴로 카라를 노려보았다. 카라는 한 손을 흐트러진 머리카락 속으로 찔러 넣은 채 활짝 웃었다.

"아까 비둘기를 부른 건 힘을 쓴 게 아냐. 그냥 동물을 부리는 데 익숙한 거야. 어쩌면 그것도 힘의 일부일지도 모르지만."

"그런데……."

튜멜은 서툰 솜씨로 경비 장교를 밧줄로 묶으면서 잠시 뜸을 들였다. 카라는 조용히 습관처럼 복도의 그늘에 서서 조용히 기다렸다.

"네 힘의 크기는 어느 정도야? 네 힘을 사용하면 이 전쟁을 단숨에 끝낼 수도 있는 거 아니야?"

"아무리 나라고 해도 몇천 명이 있는 숙영지 안으로 몰래 침입하는 건 불가능해. 그리고 힘을 전부 사용해도 나라고 무한정으로 사람들을 죽일 수 있는 게 아니야. 딱 한 번 우리 애인을 구하기 위해서 시체들을 조종한 적은 있지만, 그것만으로 난 한 달 동안 살아 있는 시체 꼴이었어. 그리고 그런 식으로 내 존재를 사람들에게 목격시키면 대륙에 있는 성당 기사단이 모조리 움직일 거야. 그럼 라이어른 따위는 지도에서 흔적도 없이 사라질걸? 마지막으로 해두고 싶은 말이 있는데, 뱀파이어는 무조건 살인과 전투에 능숙할 거라는 선입견을 버려. 전에도 말했지만 난 뱀파이어로 각성하기 전에는 세속 수녀였어. 어째서 내가 사람들을 죽이는 데 능숙할 거라고 생각하는 거야? 내가 살인귀로 보여? 나보다는 디르거가 훨씬 많은 사람들을 죽이는데 어째서 그 사람은 존경하고 나는 경멸하는 거지?"

"그, 그건……."

튜멜은 할 말을 잃고 입을 다물었다. 뭐라고 반박할 말이 떠오르지 않았다. 그녀의 말은 사실이었다.

"농담의 기사단 대위였다고는 해도 난 그저 평균 수준의 장교에 불과했어. 실제로 전투에 참가하는 일은 거의 없어. 농담의 기사단은 부관을 2명씩 임명하는데 한 명은 전투 장교, 다른 한 명은 업무 장교야. 난 당연히 업무 장교였기 때문에 전투에 참가할 일이 없었어. 숙영지나 후방 부대만 관리하는 걸로 충분했어. 그러니까 내가 군 출신이고 뱀파이어라고 사람을 수십 수백 명씩 죽일 수 있을 거란 편견은 갖지 마. 알았니?"

"아, 알았다. 그런데 그 농담의 기사단이라는 게 뭐야? 아까 말을 들어보니까 그럼 이언이 농담의 기사단 기사대장이라는 소리야? 그리고 네가 그 부관이었고? 농담의 기사단이란 게 어느 나라 소속이야?"

"어? 너, 몰랐니? 난 너도 알고 있는 줄 알았는데… 내가 말실수한 건가?"

카라는 한숨을 쉬면서 머리를 긁적거렸다. 자신이 포박한 것이 미덥지 않았는지 튜멜은 여전히 잔뜩 긴장한 얼굴로—그 경비 장교와 정면으로 맞붙으면 이길 자신이 없었다—경비 장교를 내려다보면서 또 하나의 의문이 떠올랐다.

"근데 그 암호문을 어떻게 그렇게 빨리 해독하는 거지?"

"몰라."

"뭐라고?"

"너, 바보니? 이 녀석들 암호를 내가 무슨 재주로 해독해? 그냥 넘겨짚어 본 거야. 이 녀석이 워낙 단순해서 걸려든 거지. 바보야, 이런 건 단순한 유도 심문이라구. 너, 정말 머리가 나쁘구나? 이제부터 이 안에 어떤 내용이 있는지 모두가 고민해 봐야지. 후후후."

튜멜은 자신이 갖고 있는 가장 나쁜 표정을 지으며 카라를 바라보았다. 이언도 그렇지만 카라의 사고방식도 도저히 적응하기 힘들었다.

"휴우… 고마워요."

레미는 피곤한 머리를 가누며 애써 밝은 얼굴로 말했다. 차를 준비해 온 시녀는 묵묵히 고개를 살짝 움직여 답례를 했다. 그녀는 이제 아델만 국왕의 비서관이나 마찬가지였다. 그녀가 처리하는 업무 내용도 그렇고, 주변에서 그녀를 대우하는 것도 그랬다. 그녀는 넘쳐 나는 각종 보고서 더미를 노려보며 고개를 설레설레 내저었다.

지난 일주일 동안에 사자성 안에서 적발된 스파이들은 왕비 측 스파이 4명에다 대성당 측 스파이 1명이었다. 그리고 1명의 스파이는 탈출을 기도하다 쇼의 쾌렐을 맞고 즉사했다. 붙잡힌 스파이들에게 시체를 보인 결과 그들 두 세력과는 관계없는 제3세력의 스파이였다. 적어도 사자성 안에는 최소한 3곳 이상에서 파견된 스파이들이 우글 거린다는 의미였다.

레미는 죽은 스파이가 어디의 스파이일지 추리해 보았지만 소득은 없었다. 소지품이나 기타 신변잡기에서 스파이의 흔적을 기대하는 것 자체가 무리였다. 그리고 스파이를 사자성에 파견할 가능성이 있는 세력은 너무나도 많았다. 발트하임과 힘 겨루기를 하는 페임가르트부 터 시작하여 라이어른의 나머지 5개 국 모두가 혐의 대상이었고, 폴리 안, 아메린, 크림발츠로 이어지는 3개 강대국들도 역시 혐의에 올랐 다. 어쩌면 이들 8개 세력과 거기에 덤으로 대성당까지 합하여 무려 9 개 세력에서 파견된 스파이들이 우글거릴지도 몰랐다.

그녀는 새삼 이런 게 정치란 것인가 놀라며 두 손을 들어버렸다. 찾 아내도 찾아내도 끝이 보이지 않았다. 그리고 스파이가 조직 내에 침 투해 있을 경우의 문제점은 그 스파이가 빼내는 정보의 내용보다는 조직 내에 제5열이 존재한다는 의심으로 인한 내부 혼란이 더 큰 문제 였다.

끔찍한 일은 그녀의 일이 그것으로 끝나지 않았다는 데 있었다. 파 일런이 진두지휘하는 방어전에 소모되는 인적, 물적 자원에 관한 보 고서, 각종 전투 보고서, 수도 치안에 관한 보고서, 여러 가지 물자에 대한 비축분 보고서, 하다못해 날씨에 대한 보고서까지 보고서의 행 렬은 끊어지지 않았다.

레미는 전쟁이라는 것이 실제로 전선에 나가서 목숨을 걸고 싸우는 사람의 비율이 생각처럼 높지 않다는 사실에 놀랐다.

실제로 싸우는 병사들보다 최소한 3배에서 그 이상으로 많은 인원들이 각종 보고서와 자료, 비축 물자 관리 따위에 투입되어야 했다. 즉, 100명의 병사를 운용하여 전쟁을 치르기 위해서는 적어도 300명 이상의 후방 지원대와 관료, 일선 담당자들을 요구했다. 달랑 100명의 병사를 갖고는 전투는 할 수 있어도 전쟁을 할 수는 없었다. 게다가 그 많은 인적 자원들 중에서 하나도 중요도가 낮은 부분이 없었다. 그녀는 새삼 전쟁은 병사들만 갖고 하는 것이 아니라는 교훈을 배웠다.

방금 전까지 현재 수도의 전투마 숫자와 말 사료에 대한 비축분, 그리고 하루 단위로 소모되는 사료의 예상 소모량, 그것에 따른 앞으로 전투마 운용 계획, 또한 말 사료를 관리 수송하기 위해서 증원되어야 하는 인원, 그 인원들을 먹이기 위한 식량 배급량 결정, 또 그 인원들을 먹일 식량을 관리하기 위해 필요한 인원… 겨우 말이라는 것 하나를 위해 보고된 서류가 장장 120페이지에 달했다.

그리고 그것은 오늘 레미가 처리한 보고서 중에서 가장 분량이 적고 간결했다. 사자성에 거주하는 거의 모든 관리들과 시종들이 업무에 투입되었지만 인원이 너무 부족해서 업무 처리 속도는 너무 느렸고, 업무 부하는 과부하를 넘어섰다. 악순환의 연속이었다. 그녀는 어쩌면 전선에 나가 있는 병사들이 가장 단순하게 하루를 보내고 있다는 생각을 했다.

"……?"

레미는 차례를 기다리고 있는 장장 300페이지짜리 보고서—현재 수도의 각 가구에서 소모하는 식량의 평균과 수도에 남아 있는 식량 재고에 대한 보고서였다―를 노려보며 저것 하나쯤은 사람들 몰래 어디에 버려 버릴까 고민하다가 고개를 들었다. 시녀는 심각한 얼굴로 그녀를 힐끔거리고 있었다. 레미는 실없는 생각이나 하는 자신이 바보스러웠다.

"저한테 할 말이 있나요?"

"아, 아니에요, 레이디."

"말해 보세요. 잠시 머리를 식힐 겸 들어보죠. 괜찮아요. 내가 도울 수 있으면 도와줄게요."

레미는 별로 자신이 없는 목소리로 그렇게 말했다. 지금 이런 악조건 속에서 누가 누구를 도울 수 있을 것인가?

"사실은 제 남동생이 중장 보병으로 근무하고 있는데요… 그러니까……."

"디르거 경의 부대인가요?"

"네, 걱정이거든요. 병약하던 아이라서요."

'휴우… 이건가?'

레미는 어색하게 웃으며 다시 보고서 더미를 노려보았다. 차라리 그냥 보고서를 계속 검토했어야 했다.

"유감이지만 나로서는 그 남동생을 안전한 보직으로 옮겨줄 수는 없어요. 모두가 목숨을 걸고 있어요. 당신의 동생만 그런 게 아니에요. 그리고 개인적으로 말하자면 디르거 경의 부대에 있는 것이 살아남을 확률이 높아요. 디르거 경은 이언 준위―그녀는 이 호칭이 못내 어색했다―와는 달라서 부하들의 희생을 최대한 줄이고 싶어하는 지휘관이에요. 이언 준위의 부대였다면 눈 감고 하는 주사위 도박이었겠지만 디르거 경은 달라요. 그러니 안심해요. 미안하네요. 도움을 줄 수 없어서."

시녀의 얼굴로 빠르게 실망하는 표정이 스쳐 갔다. 레미는 손등으로 다시 이마를 지그시 눌렀다. 요즘 들어서 두통이 심해졌다.

"아니에요. 저야말로 주제도 모르고……."

시녀는 그렇게 말했지만 두 번 다시 입을 열지 않았다. 레미는 갑자기 전쟁을 벌이는 모든 사람들이 증오스러워졌다. 페나 왕비도 그렇고, 아델만 국왕도 그랬다. 두 사람의 의견은 모두 옳았다. 정말 아이러니였다.

페나 왕비의 계획처럼 라이어른이 통일되고 국력을 모을 수 있다면 라이어른은 더 이상 주변 강대국들의 논리에 휘둘리지 않아도 좋았다. 국가는 발전할 것이고, 정치는 안정되고, 사람들은 보다 풍요로워질지 몰랐다. 적어도 지금처럼 같은 민족으로 구성된 나라들이 6개로 찢어져 서로 반복하는 악순환의 고리를 확실히 끊을 수 있었고, 그것만으로도 통일은 가치가 있었다.

아델만 국왕도 틀리지 않았다. 이미 라이어른은 너무 오랜 기간 동안 서로 다른 나라처럼 떨어져 살아왔다. 그들에게 기존의 기득권을 기꺼이 포기하고 서로 양보하자고 바라는 것은 무리였다. 인간이란 그처럼 이성적으로 행동하는 동물은 절대 아니었다. 때문에 아델만 국왕은 그런 발상 자체가 실현 불가능하고 유일한 해결책은 무력으로 상대를 정복하는 것뿐이라고 판단했다. 그렇게 피를 흘릴 바에야 차라리 이대로 지내면서 서서히—10년이든 100년이든, 혹은 영원하든—서로의 거리를 좁히며 서로의 기득권을 잃지 않는 범위 안에서 손을 잡는 것이 나을지도 몰랐다.

하지만 결과적으로 두 사람은 전쟁을 결정했다. 그것이 자의든 타의든 상관없었다. 병사들이 진흙탕에서 비를 맞으며 죽어갔고, 집을 짓고 도로를 정비할 자재들은 방어용 울타리와 방벽을 만드는 데 소모되었다. 서로 양극단에 있으면서도 최후의 카드로 사용한 방법은 동일했다.

레미는 과연 자신이라면 어떤 결정을 내렸을지 고민해 보았지만 아무것도 판단할 수 없었다. 아니, 누가 옳은지조차 가늠할 수 없었다. 그리고 자신도 결국 전쟁을 선택했을지 모른다는 추측은 그녀 자신을 우울하게 만들었다. 레미는 이마를 누르며 스멀스멀 올라오는 두통을 누르기 위하여 심호흡을 했다.

'어차피 시작된 전쟁이야. 우리가 머뭇거리면 더 많은 사람들이 죄 없이 죽어가는 거야. 하루빨리 전쟁을 끝내야 해. 하지만 방법이⋯⋯.'

레미는 당장 눈앞에 버티고 있는 적은 두렵지 않았다. 그녀가 두렵다고 생각하는 것은 지금쯤 어디에, 얼마나 있는지도 모를 왕비의 군대였다. 왕비의 군대라면 이런 도시 하나쯤은 하루이틀이면 함락시킬 것이다. 국왕의 평가와 기존의 인사 기록에 비추어보면 왕비가 가진 최대 약점은 인재의 부족이었다.

왕비가 소유한 병력들을 효과적으로 운용하면서 그녀의 곁에서 그녀가 추구하는 통일을 일궈낼 인재가 없었다. 그들은 그저 왕비의 궤변에 넘어가 움직이는 인형들에 불과했다. 다시 말해서 왕비의 군대는 왕비라는 구심점을 잃으면 대번 무너져 내릴 것이다.

문제는 그것을 알고 있어도 왕비라는 구심점을 쓰러뜨릴 무력이 이쪽에 없다는 사실이었다. 이것이 정치라면 수적 열세라도 정치적 책략으로 그 결손을 보충할 방법이 없지는 않았다. 하지만 전쟁은 머릿수의 싸움이었다.

 '그나저나 수도 탈출 작전은 이언이 세운다고 쳐도, 수도를 탈출해서 다음에는 무얼해야 하나?'

 레미는 머뭇거리며 300페이지짜리 보고서를 책상 위에 올려두면서 고민했다. 군대를 만들어야 했다. 정예군대가 아니어도 좋았다. 다만 왕비의 군대와 싸울 수 있는 군대가 있어야 했다. 그녀는 무거운 마음으로 다시 보고서를 펼쳤다.

〈 3 〉

　야간 전투는 주간 전투와 비교하면 그 잔혹성과 공포를 비교할 수
없다. 사방에서 불길이 치솟아오르고 어둠 저편에서 몰려오는 적들은
악마의 그림자처럼 어지럽게 흔들거렸다. 작전 시야가 극단적으로 좁
아지기 때문에 지휘관들은 예하부대를 적절하게 통제하지 못했고, 병
사들은 자신들이 현재 전투에서 우세를 점하는지, 혹은 열세로 밀리
고 있는지 구별하지 못했다. 피아 식별이 어려워져 아군에 대한 오인
공격이 잦았고, 적의 배후 기동에 대한 관측이 거의 불가능했다.
　그리고 무엇보다 어둠은 병사들 개개인의 죄의식을 무디게 만들고
공포를 활성화시켰기 때문에 병사들은 최면 상태에 빠진 사람들처럼
잔혹해졌고, 그래서 전투는 한층 더 격렬해졌다.
　"으아악!"
　날카로운 쇠꼬챙이에 눈을 찔린 병사가 처절하게 비명을 질렀다.

안구가 터져 나간 병사는 고통 때문에 눈을 감고 비명을 지르며 본능적으로 롱 소드를 휘둘렀다. 날카로운 롱 소드가 아랫배를 스치고 지나가자 어둠 속에서 내장들이 다리를 타고 주르륵 흘러내렸다. 쇠꼬챙이로 눈을 찔렀던 농민병 병사는 흘러내리는 자신의 내장을 움켜쥐며 무릎을 꿇었다. 한쪽 눈을 잃은 병사는 독이 오른 저주를 내뱉으며 죽어가는 농민병의 흘러내린 내장을 부츠로 짓밟았다.

"위험해!"

아군 중 누군가가 그 병사의 목덜미를 잡아 뒤로 당겼다. 동시에 자신의 몸을 그 병사가 서 있던 자리로 밀어 넣었다. 날아오는 쟁기를 방패로 막은 그 병사는 방패의 측면으로 롱 소드를 찔렀다.

물컹!

병사는 악귀처럼 웃으며 롱 소드를 비틀었다. 복부 깊숙이 박힌 롱 소드가 으득 돌아가며 쟁기를 들고 있던 농민병의 내장들을 찢었다. 2열에 서 있던 또 다른 병사가 능숙하게 눈을 다친 병사의 목덜미를 잡고 자신의 뒤로 밀었다. 병사는 아군 대열 속에서 마치 짐짝처럼 뒤쪽으로 밀려갔다.

"수고했다, 전우!"

가장 후열에 서 있던 병사가 눈을 다친 병사를 대열에서 완전히 이탈시키며 고함을 질렀다. 병사는 피가 흐르는 눈을 누르며 시체 더미 위에 주저앉았다. 사방에서 신음 소리가 들려오고 있었고, 그 병사처럼 전열에서 싸우다가 부상을 입고 후열로 밀려난 병사들이 나뒹굴고 있었다.

"괜찮으십니까?"

4차 시민병으로 징집된 의사가 눈을 다친 병사에게 뛰어왔다. 손으로 눈에서 뿜어져 나오는 피를 막고 있던 병사가 의사의 멱살을 쥐며 고함을 질렀다.

"아편을! 아편을 줘!"

의사는 메고 있던 가죽 주머니에서 잘게 썰어놓은 아편을 조금 내밀었다. 병사는 고통 속에서 으르렁거리며 아편을 씹었다. 의사는 출혈을 막기 위해 병사의 얼굴에 붕대를 감았다. 안구가 파열되어 있었고, 눈 주변이 심하게 찢겨 나간 상태였다.

"이만하면 충분해! 다른 전우들을 도와줘!"

"후방으로 후퇴하십시오! 전투는 무리입니다!"

"닥쳐! 저 개새끼들을 다 죽여 버릴 거야! 전우를! 전우를 치료해!!"

응급 치료가 끝나자 병사는 비틀거리며 방패와 롱 소드를 들고 일어섰다. 출혈과 고통, 아편 때문에 균형 감각이 엉망이었다. 하지만 그 병사는 하나 남은 눈으로 어둠 저편을 노려보며 고함을 질렀다.

"우아아아아! 다 죽여 버릴 테다!"

애꾸눈이 된 병사는 어둠 속에서 균형 감각을 잃고 비틀거리면서 뛰어갔다. 그는 어금니 안쪽에 끼워 넣은 아편을 씹어 통증을 누르며 소속을 무시하고 아군 대열 중 가장 얇아 보이는 부분으로 뛰어갔다.

"카학! 내 팔!!"

팔이 심하게 찢겨 나간 병사가 너덜거리는 팔을 움켜쥐며 비명을 지르고 있었고, 대열을 갖춘 병사들이 그를 후방으로 밀어냈다. 애꾸눈의 병사는 자신처럼 부상을 입고 후방으로 밀려난 병사의 목덜미 옷깃을 잡았다. 그리고 하늘을 보며 고함을 질렀다.

"우아아아!"

병사는 짐승처럼 소리 지르며 팔을 다친 동료를 의사들이 잘 보이는 곳까지 끌고 뛰었다. 팔을 다친 병사는 끊임없이 울부짖으며 짐짝처럼 시체들의 벌판을 질질 끌려왔다.

"수고했다, 전우!"

애꾸눈 병사는 팔을 찢긴 병사의 멱살을 쥐며 고함을 질렀다. 비명을 지르던 병사가 입을 다물고 충혈된 눈으로 그를 바라보았다. 애꾸눈 병사가 머리에 두른 붕대는 벌써 피가 배어 나오고 있었다.

"가, 가서 싸워! 으아!"

병사는 다시 비명을 지르기 시작했다. 고통을 참기 힘들었기 때문에 비명을 질렀지만 한편으론 자신이 비명을 지르지 않으면 이 어지러운 어둠 속에서 의사들이 자신을 발견하지 못하기 때문이기도 했다. 그의 비명을 듣고 또 다른 의사가 뛰어왔다. 애꾸눈 병사는 자신보다 더 큰 부상을 당한 병사의 어깨를 자랑스럽게 두드려 주고는 다시 미친것처럼 고함을 지르며 뛰어갔다.

"전열이다! 전열로 복귀한다!"

"넌 다쳤어! 뒤로 가!"

"그래! 전우야! 넌 충분히 싸웠다!"

"전열이 내가 싸울 곳이다!"

하지만 대열을 갖춘 병사들은 전열에서 부상당해 뒤로 밀려 나오는 병사를 애꾸눈 병사에게 떠밀었다. 그리고 고함을 질렀다. 고함을 지르지 않으면 대화를 하는 것이 불가능할 정도로 시끄러웠다.

"전우를! 전우를 부탁한다!"

"수고했다, 전우!"

이제 선두에서 싸우던 전열 병사들의 태반은 죽거나 다쳐서 후방으로 밀려났다. 녹채가 타오르는 불길은 들판을 밝게 비춰주고 있었다.

사방에서 녹채가 불타올랐고, 맹약기사단 병사들은 사방에서 소형 파성추로 불붙은 녹채를 부수고 안으로 들어왔다. 전방위적인 일시 공격이었다. 짐승 기름이 타는 지독한 냄새가 나면서 타오르는 녹채의 불길은 들판을 붉게 비추어주었다.

피이잉! 콰라라라락!

붉게 물든 하늘을 불화살 한 대가 가로지르기 무섭게 어둠 속에서 콰렐들이 날아가는 소리가 들려왔다. 롱 보우맨들이 불화살을 날려 콰렐의 탄착점을 유도했고, 석궁병들이 날아간 불화살을 기준으로 콰렐을 날렸다. 화살과 콰렐들은 이제 막 불붙은 녹채를 돌파하려는 병사들의 머리 위로 쏟아졌다.

"우왓! 휴!"

본능적으로 방패를 들자 묵직한 충격을 남기며 콰렐이 방패에 걸려 아슬아슬하게 멈췄다. 맹약기사단 중장 보병은 안도의 한숨을 쉬면서 방패에 박혀 버린 콰렐을 바라보았다. 그 순간 또 다른 콰렐이 날아와 미소 짓는 병사의 얼굴 한가운데 박혔다.

"수고했다, 전우!"

또 다른 병사가 피를 철철 흘리는 몰골로 대열 후방으로 밀려 나왔다. 원래 라이어른에서는 '전우'라는 의미를 가진 단어가 없었다. 그리고 동료 병사를 전우라고 부르는 개념도 잡혀 있지 않았다. 파일런 디르거는 중앙어의 '전우(Camerita)'를 라이어른 어로 번역하여 '전우(KampfZewi)'라고 불렀다.

강압적인 귀족이나 장교들의 지배에 익숙하던 병사들은 파일런이 자신들을 전우라고 부르는 데 놀란 표정을 지었지만 이제는 서서히 병사들 사이에서 유행처럼 번져 나갔다. 그리고 그것은 파일런이 의

도한 것처럼 병사들을 짧고 빠르게 응집시켜 주었다. 병사들은 서로 마주치면 '내 전우야(KampfZewi Mie)!'라고 인사했고, 이러한 유행은 병사들 서로의 연대감을 높여주었다. 덕분에 부대 전체의 응집력이 좋아졌다.

"클로티스 거리는 준비 끝났나?!"

파일런은 피에 젖은 클레이모어를 들고 물었다. 헐레벌떡 뛰어온 연락병이 경례를 붙이기도 전에 고함부터 질렀다.

"클로티스 거리 제2토루 안쪽에서 대기 중! 대응 준비 완료!"

"전군! 토루 안쪽까지 서서히 후퇴! 대열을 유지하라!"

"부대! 후퇴! 토루까지 대열 유지!"

뿔피리 소리가 어지러운 어둠 귀퉁이를 흔들었다. 중앙의 중장 보병들과 좌우익 시민병 부대인 로젠 하우트 거리와 휴젠 거리가 서서히 움직이기 시작했다. 그들의 후퇴는 너무 느렸기 때문에 후퇴라기보다는 그저 농민병들과 맹약기사단의 맹공을 받아 밀려나는 것으로 보였다. 병사들은 결코 등을 돌려 도망치지 않았다. 그들은 소극적으로 싸우기 시작하며 서서히 뒷걸음질쳤다.

맨 후열의 병사들이 앞 열 병사의 등을 툭 치고는 일정 거리를 후퇴했고, 그 다음 열 병사는 자신들도 마찬가지로 자신들의 앞 열 병사의 등을 툭 친 다음 후퇴했다.

전방을 노려보며 한눈팔지 않고 후퇴하던 병사들은 가장 먼저 후퇴한 병사가 내밀고 있던 손바닥이 등에 닿자 걸음을 멈췄다. 그리고 자신들도 손을 내밀어 앞에서 뒷걸음질치는 병사들을 기다렸다. 이런 방식으로 전체적인 전선은 1미터씩 규칙적으로 후퇴하기 시작했다.

"성벽으로 사격 지원을! 위치는 전선에서 5미터 전방! 매 사격 시마다 1미터씩 후퇴!"

파일런은 클레이모어를 허공으로 휘저으며 명령을 내렸다. 명령을 받은 연락병은 재빨리 대열을 헤치며 후방으로 뛰어갔다. 대열을 완전히 벗어난 그는 가슴에 매달고 있던 횃불을 꺼내 불을 붙였다. 그리고 어둠 속에서 성벽을 향해 횃불을 흔들어 신호를 보냈다. 야간에는 깃발로 신호를 보내는 것이 불가능했기 때문이었다.

성벽에서 그가 보냈던 신호와 똑같은 횃불 신호가 시작되었다. 성벽에서 자신의 신호를 알아들었다는 의미와 동시에 자신의 신호를 정확히 수신했는지 확인하는 과정이었다. 연락병은 팔이 떨어져 나갈 정도로 크게 원을 반복해서 그리며 허락 신호를 보냈다. 신호가 전달되기 무섭게 불화살들이 여기저기서 꼬리를 끌며 날아왔고, 곧 이어 어둠 속에서 잘 보이지 않는 콰렐들이 무시무시한 적의를 품고 날아왔다.

우리는 막노동 부대.
어제도 뛰고 오늘도 뛰고 내일도 뛴다.
남들이 싸울 때 우리는 낮은 포복.
남들이 쉴 때 우리는 전속 구보.
우리는 막노동 부대.
적과 마주치면 용맹하게 도망친다.
쥐새끼처럼 튀는 건 우리의 사명.
잊지 말아라, 우리는 튄다.
대륙 끝까지 도망쳐 버리자.
영원하라, 하메른 백인대.

"시끄러! 이 멍청이들아!"

이언은 어둠 속에서 이를 으드득거리며 짜증을 부렸다. 하메른 백인대 병사들은 소리 죽여 킥킥거리면서도 누군가 새로 개작한 '하메른 백인대 군가'를 흥얼거렸다. 허공에 매달린 말이 불안한 듯 다리를 버둥거렸다. 이언은 짜증스러운 눈으로 허우적거리는 말들을 올려다보았다. 하메른 백인대는 이제 자신들의 임무를 유격대에서 전천후 작업 인부 분야까지 넓히는 쾌거를 이룩하고 있었다.

전투가 시작하기 무섭게 하메른 백인대는 재빨리 성벽에 밧줄을 드리우고 내려와 전장을 개척하며 혹시 들판에 적의 매복조가 있는지 확인했다. 개척이 끝나자 미리 가조립되어 있던 대형 기중기 8대가 일제히 성벽 갤러리에 세워졌고, 갤러리 위에 올려져 있던 마차와 말들이 성벽 아래로 내려지기 시작했다.

성벽 위에 올려진 소형 마차들 때문에 이 구역에서 근무하는 병사들은 순찰 도중에 성벽의 멀린을 밟으며 위태로운 서커스를 해야 했다. 기름을 먹인 천으로 감춰져 있던 마차들이 들판으로 내려왔고, 이어서 말들이 내려오기 시작했다. 마차와 말들을 성벽으로 올리는 데 무려 2일이 꼬박 소요되었지만 성벽 아래로 내리는 작업은 L자형 기중기 덕분에 훨씬 수월했다. 물론 그 대형 기중기에 필요한 자재는 성벽 계단과 비탈길을 통해 운반되었고, 작업 인부 12명의 다리가 부러졌다. 이 1회용 작전—결코 두 번 사용할 수 없는 비상식적이고 시간, 병력 소모가 큰—때문에 다친 작업 인부들은 무려 30명이 넘었다.

3회에 걸친 작업 끝에 24대의 마차가 준비되었고, 다시 6회를 반복하여 48마리의 말들이 내려왔다. 마차당 2마리의 말이 끌게 되어 있었다. 들판 저쪽에서는 한창 전투가 벌어지는 소리가 아득하게 들려왔다. 이언은 총원 210명의 하메른 백인대와 쇼, 에피로 구성된 총원 212명을 두 개의 부대로 나누었다. 그런 다음 성벽의 북쪽과 성벽의 남쪽에서 같은 작업을 하게 했다.

성벽 반대 편에서는 쇼와 에피의 지휘 아래, 같은 작업이 끝날 시점이었다. 양쪽에서 24대씩 도합 48대의 마차가 준비된 것이다. 각 마차에는 4명씩 병사들이 타고 있었고, 나머지 인원들은 다시 말을 추가로 끌어내려 기병으로 만들었다. 10기의 기병과 24기의 마차가 1개 부대를 이루게 된 것이다.

"입 다물고 있어! 발각되면 우린 끝장이야!"

"킥킥! 마스터, 하메른 백인대가 도망치는 걸 누가 따라옵니까?"

"죽여 버린다!"

이언은 말의 고삐를 잡고서 롱 소드를 뽑아 들었다. 그때 불화살이 어두운 하늘을 길게 날았다. 성문 쪽에서 후퇴를 시작한다는 것을 알리는 불화살이었다.

"가자! 멍청이 부대들아!"

말과 마차들이 요란한 소리를 내면서 들판을 달리기 시작했다.

"휘~ 간만에 남의 다리로 달리니까 편하구만?!"

누군가 마차 위에서 휘파람을 불며 웃었다.

"공격!!"

마지막으로 버티고 있던 전열의 병사들이 토루를 넘는 순간 파일런이 명령을 내렸다. 토루 위에서 대기하던 시민병 클로티스 부대원들은 일제히 항아리의 뚜껑을 열고 토루 아래편으로 굴리기 시작했다.

역한 기름 냄새가 사방에서 진동했다.

"점화!"

횃불들이 토루의 비탈 아래로 던져졌고, 토루 직전에서 격렬한 콰렐 사격을 받으며 주춤했던 병사들은 갑자기 치솟는 불길을 고스란히 뒤집어썼다. 사람의 머리보다 높은 높이로 불길이 타오르며 주변에 있는 사람들의 육체를 먹어치우기 시작했다. 불붙은 기름을 뒤집어쓴 병사들이 고통스런 비명을 지르며 허우적거렸다.

퍼엉!

굴러 내려오던 항아리들이 사방으로 불길을 뿜으며 폭발했다. 여기저기서 항아리들이 폭발하자 불붙은 기름들은 뒤쪽에 서 있던 병사들의 머리 위로 쏟아졌다. 방패나 갑옷 따위는 아무런 의미도 없었다. 불에 탄 피부가 진물이 되어 흘러내는 병사가 좀비처럼 허우적거리며 걸어다녔다.

사방에서 비명과 아우성 소리가 어둠을 가득 채웠다. 토루 위에 쌓아두었던 기름 항아리들을 다 굴려 버린 클로티스 부대 시민병들은 질린 얼굴로 불길에 휩싸인 아래를 내려다보면서 슬금슬금 물러났다. 그리고 다시 중장 보병들이 호흡을 가다듬으며 토루 위로 올라섰다. 그들은 딱딱하게 굳은 얼굴로 토루 아래쪽을 내려다보면서 무기에 젖은 피를 털어냈다.

불길을 뚫고 돌격을 감행하는 병사들은 없었다. 불길의 피해 범위 안에 있던 병사들은 끔찍스러운 비명을 지르며 죽어갔고, 불붙은 병사들이 허우적거리며 도망치면서 흐트러뜨려 놓은 후방 대열 머리 위로는 지금까지 사격을 자제하고 있던 궁사대의 집중 사격이 시작되었다.

궁병대는 말 그대로 석궁의 시위가 끊어져 버릴 정도로 격렬하게 쾌렐을 날렸다. 마치 수도에 남아 있는 쾌렐들을 모조리 소모해 버리겠다는 의도 같았다. 성벽으로부터 상당히 가까이 접근한 상황이었고, 치솟는 불길이 유효한 사격 시야를 확보해 주는 상황이었기 때문에 쾌렐들의 명중률은 무서울 정도로 높았다. 궁사대 쪽에서는 불길에 비친 병사들을 노리고 저격이 가능했지만 맹약기사단의 입장에서는 어둠과 불길이 뒤엉킨 저편에서 날아오는 쾌렐을 보고 피하는 것이 불가능했다.

"쏴라! 준비된 사수는 명령없이 발사! 한 놈이라도 더 날려!"

"다음!"

"빨리 줘!"

시위가 쾌렐을 튕기기 무섭게 석궁병은 석궁을 내려 뒤로 내밀었다. 징집된 시민병이 시위가 당겨진 석궁을 내밀었고, 석궁병이 내민 석궁을 받아 들었다. 석궁병은 시위가 당겨진 석궁에 쾌렐을 장전하고는 재빨리 어둠 저편을 조준하고 방아쇠를 움켜잡았다. 뭉툭한 충격이 울리고 쾌렐이 날아갔다. 석궁병은 다시 석궁을 내밀었고, 다시 시위가 당겨진 석궁이 그의 손에 잡혔다. 그는 다시 쾌렐을 장전하고 조준했다. 석궁병들의 등 뒤에서는 시민병들이 땀을 뻘뻘 흘리며 지렛대를 사용하여 석궁의 시위를 당겼다.

"쏴라! 보병들에게 전공을 빼앗기지 마라!"

궁사대장은 술이 달린 지휘봉을 휘두르며 목이 터지도록 고함을 지르며 병사들을 독려했다. 그리고 성벽 안쪽으로 뛰어가 아래쪽 베일리를 내려다보면서 소리 질렀다.

"쾌렐을! 쾌렐을 더 가져와!"

"저게 기름이었단 말인가?"

코퍼 기사대장은 신음처럼 중얼거리며 탄식을 내뱉었다. 야습에 성공해 적들을 토루까지 밀어붙였다고 생각하던 그에게는 청천벽력이었다. 가시나무 울타리를 태워 버리며 돌파했더니 기다리는 것은 지옥불 같은 화염의 장벽이었다. 게다가 덤으로 엄청난 숫자의 쾌렐들이 쏟아져 내리고 있었다. 적들은 후퇴한 것이 아니었다. 병사들을 태워 죽일 화염의 장벽과 쾌렐의 사정 거리 안으로 아군을 유인한 것이었다.

"누가 이런 걸 지휘하는 거냐?! 지휘관이 누구냐?"

코퍼 기사대장은 안타까운 목소리로 외쳤지만 아무도 대답하지 못했다. 그는 문득 고함과 비명 소리 사이로 땅이 울리는 소리를 들었다.

'땅이 울려?'

전투에 나설 때마다 숙영지를 기습하는 적의 유격대를 분쇄하기 위하여 이번 전투를 나서면서 자신의 경장 기병대를 고스란히 숙영지 안에 매복시켰던 코퍼 기사대장은 흠칫 놀랐다. 그는 다시 한 번 고개를 들어 전방을 바라보았다. 적의 경장 기병대는 고스란히 방벽 앞에서 대기 중이었다. 아무리 봐도 병력을 분산한 것으로는 보이지 않았다. 즉, 양측의 경장 기병대들이 지금 어디 있는지는 너무 확실했다.

'서, 설마? 유격대?!'

코퍼 기사대장은 나락으로 떨어지는 섬뜩한 기분으로 비명을 지르기 위해서 입을 벌렸다. 하지만 그보다 먼저 후미를 방어하던 병사들이 비명을 질렀다.

"적이다! 마차다!"

"궁사대! 적 마차 부대를 저지하라! 창병들은 마차 부대의 돌격에 대비하라! 말과 바퀴살을 노려라!"

"불가능합니다! 궁사대와 창병대 모두 전진 배치되어 있습니다! 전선후미로 이동시킬 시간이 없습니다!"

부관 하우젠은 겁에 질려 긴장된 목소리로 소리 질렀다. 코퍼 기사대장은 낭패한 얼굴로 악을 썼다.

"지휘부! 지휘부를 보호하라! 경호대는 밀집 대형으로 지휘부를 보호하라! 적은 이곳으로 온다!"

"지휘부는 전진한다! 경호대! 지휘부의 배후를 엄호하라!"

코퍼 기사대장과 부관 하우젠, 그리고 각 급 장교들이 모여 있던 지휘부는 후미에서 기습하는 유격대를 피하기 위하여 전진하기 시작했다. 하지만 거센 불길에 밀려 후퇴하는 주력 부대와 충돌하여 대열은 삽시간에 엉망으로 뒤엉켜 버렸다. 경호 부대가 지휘부의 배후로 들어와 밀집 대형을 짜기 시작했고, 후열에 위치했던 병사들도 움츠러들면서 전체적인 전선을 대돌격 전술에 대응하기 시작했다.

하지만 그것 역시 오판이었다. 어둠 저편에서 비스듬히 나타난 유격대는 마차를 이용하여 밀집 대형 속으로 돌격하는 우를 범하지 않았다. 이제는 거의 사용되지 않았지만 예전에 사용하던 전차들은 바퀴가 크고 두 배 이상 튼튼했기 때문에 시체로 가득한 전장에서도 가볍게 시체를 타넘으며 전진을 할 수 있었다. 하지만 하메른 백인대의 마차는 평범한―특별히 가볍게 개조하여 전체적인 강성이 상당히 약해져 있었다―마차 바퀴를 갖고 있었기 때문에 고속으로 달리다 바퀴에 시체가 걸리면 그대로 전복되거나 하늘로 튕겨져 올라가 버리는 물건이었다.

하 이언은 그런 마차를 전차처럼 운용하는 미친 짓은 하지 않았다.

코퍼 기사대장은 고대 전술에 심취해 있는 인간이었기 때문에 마차들이 돌격해 온다는 소리를 듣고 지극히 상식적인 전술을 생각하기보다는 적들이 고대의 전차 전술을 사용한다고 생각했다. 하지만 그것은 스스로를 옭아매는 오판이었다.

측후방에서 나타난 마차들은 밀집 대형을 스치듯 아슬아슬하게 방향을 전환했다. 개중에는 정말로 뒤집힐 뻔한 마차도 있었다. 그들은 밀집해 있는 보병들을 향해 항아리들을 던지기 시작했다. 역한 기름 냄새와 유황, 타르 냄새가 코를 찔렀다. 유황과 기름의 혼합액은 치명적인 발화제가 되어주었다.

"으으샤!"

흔들리는 마차에서 팅겨져 나가지 않도록 동료들이 허리를 잡아주는 동안에 덩치가 좋고 힘이 센 병사들은 기름 항아리들을 병사들에게 던졌다. 기름 항아리에 맞은 병사의 목이 부러지는 순간 진흙을 빚어 구운 항아리는 힘없이 퍽! 하고 깨졌다. 그리고 유황과 타르 냄새가 진동하는 기름이 주변에 밀집한 병사들의 머리 위로 쏟아졌다.

화악!

말을 타고 달리던 병사들이 불붙은 화염 파인트를 던졌다. 순간적으로 불길이 3미터 가까이 치솟아올랐다. 뜨거운 바람이 불어온다고 느끼는 순간, 화염들이 촘촘히 늘어선 병사들 사이로 폭풍처럼 휘몰아쳤다. 그리고 병사들은 미처 비명을 지르기도 전에 바람처럼 뻗어가는 불꽃에 삼켜져 버렸다.

"빌어먹을 막노동 부대!"

하메른 백인대 병사는 마차를 태울 것처럼 스치는 불길의 뜨거운 열기에 눈가를 찡그리며 고함을 질렀다. 그리고 다시 기름 항아리를 집어 던졌다.

펑! 퍼펑! 펑!

사방에서 불붙은 기름 항아리가 폭발하는 소리가 들려왔고, 처절한 비명 소리가 지옥도를 연출했다.

어느 순간부터 맹약기사단 내부에서 공포의 존재가 된 파일런의 캔들스틱과 롱 소드 혼성 부대에 대응하기 위하여 창병들을 전진 배치하고, 전투 이후 유난히 피해가 커서 이제는 괴멸 직전인 석궁병—하메른 백인대의 첫 전과는 궁사대 격퇴였고, 이후로 쇼와 에피는 지속적으로 궁병들만 저격해 왔다—들도 지휘부와 전위 부대를 지원하기 위하여 대열의 앞쪽에 배치된 것이 실수였다. 그들은 격렬한 속도로 달리는 마차 부대를 저지할 방법이 없었다. 누군가 무심코 덤벼들었지만 한 줄로 달리며 마차 부대를 엄호하는 10기의 기병에게 걸려 죽음을 당했다.

앞뒤에서 동시에 화망에 걸렸다고 생각한 병사들은 급격하게 무너져 혼란에 빠졌다. 전투에 임하는 병사들에게는 심리적 저지선이라는 것이 있다. 즉, 병사들은 저마다 이번 전투에서 살아남을 것을 예상하고 전투에 임한다는 것이다. 그런 심리적 저지선의 근원에는 퇴로에 대한 믿음이 깔려 있었다. 전세가 불리해지면 그 퇴로를 이용하여 부대가 후퇴할 것이다. 병사들은 이것을 믿는다. 때문에 몇몇 지휘관들은 병사들에게 필사의 항전 의식을 고양하기 위하여 스스로 퇴로를 끊는 배수진이라는 전술을 사용하기도 했다. 하지만 이것은 스스로의 손으로 퇴로를 끊는 전술이기 때문에 적에 의하여 퇴로를 차단당했다는 것과는 그 성질이 달랐다.

적에게 퇴로를 끊기면 병사들은 공포와 혼란에 빠진다. 그들은 투쟁 의욕을 상실하고 현실에 대한 판단력이 흐려지며 당황한다. 포위되어 죽을 것이라는 공포에 전염되는 것이다. 노련한 지휘관과 무능한 지휘관은 적을 포위하는 방법에 있어서 차이를 보인다. 무능한 지휘관은 대병력을 전개시켜 적을 '완벽하게' 포위한다. 전술적 지식이 없는 평범한 사람들이 생각하는 맹점이 바로 이 점이다.

이럴 경우 적에게 노련한 지휘관이 있다면 완벽한 포위망은 오히려 치명적인 요소가 된다. 병사들은 완벽하게 포위되었다는 데 절망을 하지만 노련한 적 지휘관이라면 그것을 병사들에게 강조하며 살기 위해서는 혈로를 뚫어야 함을 숙지시킨다. 그러면 병사들의 공포는 살아남으려는 본능으로 그대로 전이되어 버리고, 오히려 포위한 병사들 측이 각개격파를 당하는 경우도 있었다. 포위당한 병사들이 이대로 포위에 걸려 죽을 바에는 필사적으로 탈출로를 뚫다가 죽자는 생각을 하는 것이다. 운이 좋으면 포위망을 뚫을 수 있다는 희망을 준다.

하지만 유능한 지휘관은 적을 결코 완벽하게 포위하지 않는다. 항상 어느 한 지점을 '허술하게' 만들어둔다. 탈출로가 있는 포위망은 일견 허술해 보이고 작전을 지휘한 지휘관의 역량 부족으로 보이지만 전술에서는 그렇지 않다. 이럴 경우 적의 지휘관은 유능하든 무능하든 결국은 선택의 카드가 없다. 허술한 포위망을 뚫어야 하는 것이다. 그리고 병사들은 그 유일한 생명줄에 매달리려 하는 본능 때문에 전투 의욕을 잃어버리고 그쪽으로 몰려든다. 이때, 이 허술한 포위망은 결코 몰려드는 적 병사들에게 저항하지 않는다. 적 병사들을 치는 것은 단단하게 포위한 나머지 전선을 구축한 병사들의 몫이다.

집에 불이 났을 때 사람들이 아우성을 치며 출입 문으로 몰려드는 원리와 같은 심리적 저지선을 이용하는 전술이다. 포위망을 구축한 병사들은 등을 돌리고 생명줄을 잡기 위해 발버둥치는 병사들의 뒤통수를 차근차근 밟아 나가는 걸로 충분하다. 아군의 손실을 줄이면서 차근차근 적의 숫자를 줄여 나가는 방법이었다. 포위를 하되 결코 완벽한 포위를 하지 않아 적 병사들이 결사 항전할 태세를 만들지 않는 것이 전술의 핵심이었다.

물론 이 허술함의 정도에서 진정으로 지휘관의 역량이 드러난다. 그 허술함이 정말로 허술하다면 전술은 무의미하다. 하지만 유능한 지휘관이라면 그 허술함이란 적이 보기에 허술함으로 바꿀 줄 안다. 전술의 어려움은 이 아슬아슬한 구분을 유지하는 데 있었다. 그리고 파일런은 그런 면에서 유능한 지휘관이었다.

파일런의 전술은 일단 장해물을 개척한 직후의 전위 부대가 갖는 돌파력이 힘을 발휘하지 못하게 꺾는 데 주안점을 두었다. 전장 장해물을 개척한 부대는 그 여세를 몰아서 추가적인 돌파력을 발휘하는 경우가 많았기 때문에 파일런은 무리하게 부대를 전진 배치하여 통로를 갓 개척한 전위 부대가 전장을 확보하기 이전에 부대를 충돌시켰다. 그 덕분에 전장을 개척한 전위 부대 대부분이 미처 대열을 갖추고 2차 돌파를 시도하기 전에 격파되었다.

그리고 그 후미로 적의 주력이 들어오는 시점에서 파일런은 미리 구축해 둔 방어선까지 병력을 순차적으로 후퇴시켰다. 병사들은 후방에 2차 방어선이 있다는 것을 알고 있었기 때문에 심리적 압박감을 느끼지 않은 채 전투에 집중할 수 있었다.

병사들이 2차 방어선까지 후퇴한 시점에서 파일런은 미리 구축해 둔 화공을 벌였고, 지금까지 소극적 사격을 하며 힘을 축척해 둔 궁사대의 위력적인 일제 사격이 시작되었다. 동시에 미리부터 우회 기동을 하던 이언의 유격대가 적의 배후에서 같은 방법으로 압박 전술을 사용했다.

현실적으로 냉정하게 본다면 하메른 백인대 210명으로 대부대의 후미를 완전히 막아버리는 것은 물리적으로 불가능했다. 이것은 병사들의 숙련도나 투지 문제가 아니라 물리적으로 아예 불가능한 문제였다. 20리터의 물을 담기 위해서는 20리터 이상 들어가는 물통이 필요하지 노력을 한다고 10리터짜리 물통에 담을 수 있는 문제가 아니었다. 하지만 여기서도 전장에서의 심리적 함정이 작용했다.

즉, 병사들은 일단 전방에서 광범위하게 벌어진 화염의 장벽을 목격했고, 시간적으로 그 장벽의 위력이 대부분의 병사들에게 각인된 상태였다. 그 직후에 이언의 배후에서 같은 방법으로 공격했기 때문에 병사들은 본능적으로 조금 전에 자신들이 목격한 것과 동일한 공격으로 판단했다.

이언이 파일런과 동시에 공격하지 않고 시간을 둔 것은 그 효과를 노린 것이다. 더군다나 이언은 기름에 유황을 대량으로 섞어 시각적인 충격 효과를 배가시켰다. 적은 분량의 기름으로도 비슷한 크기의 불길을 만들어낸 것이다.

그리고 파일런의 가장 교묘한 심리적 함정이 있었다. 그것은 '탈출로'였다. 앞뒤의 협공이었기 때문에 좌우측이 고스란히 탈출로로 남아버렸기 때문에 병사들은 장교들의 명령을 무시하고 이 탈출로 쪽으로 몰려들었다.

"비켜! 다 비켜!"

중장 보병들이 살기등등한 고함을 지르며 자신들의 앞에서 우왕좌왕하는 농민병들의 목을 쳤다. 개중에는 당황하여 지배력을 상실한 장교까지 가세하여 아군을 공격하며 측면으로 향하기 시작했다. 농민 병들이 비명을 지르며 측면으로 몰려 나왔다.

"경장 기병대! 우측으로! 중장 보병대 좌측으로! 농민병은 무시하고 적의 주력만 친다! 공격!"

파일런의 피문은 클레이모어가 타오르는 불길을 받아 악마의 속삭임처럼 흔들거렸다.

"기병대 우측으로! 보병대 좌측으로!"

명령이 떨어지고 해당 부대들이 전속으로 기동하기 시작했다. 여기서 파일런의 기만전술이 또 한 가지 사용되었다. 전체 전선의 한가운데 중장 보병대가 포진하고 있다고 생각했지만 그것은 토루 정상에 올라서 있는 맨 앞줄뿐이었다. 토루의 안쪽 비탈에는 예비대였던 클로티스 시민병 부대가 포진하고 있었고, 중장 보병은 우회 기동 준비를 완료한 상황이었다.

클로티스 거리가 로젠 하우트 거리와 휴젠 거리의 사이를 메웠고, 전선 후방으로 이탈했던 2개 중장 보병대가 측면으로 전속 기동하기 시작했다. 포위를 하되 완전 포위를 하지 않으며, 완전 포위를 하지 않되 허술하게 비워두지 않는다는 포위전술의 위태로운 경계선을 파일런은 풍부한 경험으로 체득하고 있었다.

"우아아아!"

들판으로 나서던 농민병들의 측면으로 각각 중장 보병들과 경장 기병들이 격돌했다. 정면으로 달려오는 사람을 정면으로 막으면 자신도 다친다. 하지만 정면으로 달리는 사람을 측면에서 다리를 걸면 자신은 다치지 않지만 상대는 크게 다친다. 부대와 부대가 충돌하는 전투에서도 이 법칙은 그대로 적용되었다.

고스란히 후방으로 빠져 있던 캔들스틱 부대가 가장 먼저 충돌하며 다시 한 번 자신들의 위력을 증명해 보였다.

허리 높이에서 단단히 고정시킨 캔들스틱을 든 파이크 병들이 방어 태세는커녕 도망치기에 바쁜 농민병들의 측면을 파고들었고, 그들이 만들어준 공간으로 방패와 롱 소드를 장비한 보병들이 돌격했다. 그리고 무거운 둔기로 무장한 2독립대 병사들이 비스듬한 사선진을 짜며 정신없이 터져 나오는 농민병들의 흐름을 성벽 바깥쪽으로 돌렸다.

반대 편에서는 한층 끔찍한 상황들이 벌어지고 있었다. 잔뜩 흥분한 전투마들이 주인의 지시가 없어도 자신의 앞을 가로막는 장해물—농민병들—들을 겁에 질려 짓밟았고, 전투마의 무거운 체중이 실린 강철제 말굽은 그 장해물들의 뼈를 부수고 내장을 찢었다. 투 핸드 소드들이 어둠을 가로질러 농민병들의 목을 꺾고 두개골을 함몰시켰다.

애초부터 투 핸드 소드는 예리하지 않았지만 그 긴 검신과 무게에서 뿜어져 나오는 파괴력은 풀스윙이라는 가속도와 결합하여 메이스나 롱 소드 어느 쪽과도 비교할 수 없는 절대적인 파괴력을 만들어냈다. 갑옷을 입고 있어도 갑옷이 찢겨 나가고 뼈가 조각조각으로 가루가 나버리는 위력을 방패도 없는 맨몸으로 막는 것은 애초부터 불가능했다.

"커헉!"

전투마에 밟혀 하체가 짓뭉개진 농민이 비명을 지르며 살려달라고 애걸했다. 하지만 이 지옥 한가운데서 한가하게 인류를 구원할 영웅은 없었다. 또 다른 전투마가 그 농민의 비명과 공포에 가득 찬 머리를 밟아 터뜨렸다. 그리고 그 농민은 죽음이라는 구원을 받았다.

"이런 식으로라면 오늘 밤을 경계로 우리가 수적 우세를 점할 수 있을 겁니다, 국왕 폐하."

아델만 국왕은 성벽 위에 서서 지친 얼굴로 고개를 끄덕였다. 수도 방어 사령관 에른하르트는 국왕의 곁에 서서 국왕의 손님이었다는 파일런 디르거라는 늙은 기사의 전술 운용 능력에 감탄하고 있었다. 자신도 제법 유능한 장교였다고 자부하던 에른하르트는 오늘부로 그런 철없는 자신감을 곱게 접어 휴지통에 버려 버리기로 결심했다. 파일런이 가진 경험과 능력은 그가 결코 흉내 낼 수 없는 수준이었다.

"이것이 전쟁이로군, 내 아내가 그토록 원하던. 이것이 대를 위한 소의 희생이라고 말할 수 있는 것인가? 이것이 정말로 아주 작은 희생에 불과한가? 들판을 가득 메운 저 시체들이?"

아델만 국왕은 심장에 무리를 느끼며 기침을 했다. 횃불에 비친 국왕의 얼굴은 독의 침식 때문에 검게 보였다. 병사들이 걱정스러운 눈으로 국왕을 힐끔거렸다. 아델만 국왕은 시니컬하게 웃기 시작했다.

"역사는 나를 어떤 국왕으로 기록할 것인가? 인류의 구원? 크흣흣! 나는 아주 작은 희생을 치르고 있지. 아주 작은 희생에 불과해. 저것은 아주 작은 희생이야. 저 들판에서 죽어가는 사람들은 그저 스치고 지나갈 작은 희생에 불과해. 크하하하!"

"하지만 국왕 폐하, 지금 여기서 전쟁을 그만둔다면 저기서 희생된 사람들의 몇십 몇백 배의 사람들이 똑같이 저런 광경을 경험하며 죽어가게 됩니다. 그렇기 때문에 우리는 싸워야 합니다."

"그 논리가 왕비의 논리와 뭐가 다른가, 에른하르트? 왕비의 주장도 바로 그것이지 않는가? 강대국의 이권에 눌려 이리저리 찢겨지고 강대국들의 전쟁에 끌려가 죽는 라이어른의 병사들, 그리고 그 강대국들 때문에 다른 라이어른 국가들과의 이합집산과 거기에 딸려오는 전쟁들, 라이어른의 국력이 부족하여 생겨지는 국민들의 고통. 왕비는 통일 전쟁이라는 아주 '작은 희생'을 통하여 앞으로 미래에 닥쳐올 그 희생들을 막아보자고 이 전쟁을 일으킨 것이오. 통일된 라이어른이라면 더 이상 강대국 논리에 희생되지 않을 테니까. 그것 역시 대를 위한 소의 희생이지 않소? 왕비와 나는 결국 같은 논리를 자신의 양심을 보호하는 갑옷 삼아서 병사들에게 죽음을 강요하는 것이오. 전쟁의 논리? 전쟁의 정의? 전쟁의 양심? 그런 것 따위는 존재하지 않아. 단지 미개한 본능만 존재할 뿐이지. 크하하하!"

"국왕 폐하!"

하지만 에른하르트는 아무런 반박을 하지 못했다. 그저 안타까운 눈으로 묵묵히 국왕을 바라보았다. 처음으로 전쟁을 목격한 레미와 튜멜도 역시 얼어붙은 눈으로 전장의 참혹함을 보고 있었다.

'이것이 전쟁인가? 이것이 이언이 말하던 전쟁의 참모습인가? 이렇기 때문에 이언은 그렇게 전쟁에 대하여 예민했던 것인가?

케이시 튜멜 남작은 언젠가 여행 도중에 이언이 전쟁에 대하여 언급했던 때를 기억했다. 라트에일이라는 중계 도시였었지. 튜멜은 그때를 기억했다. 그때 이언은 전쟁이란 함부로 떠들 만한 것이 아니라고 말했었다. 그리고 전쟁을 말하고 싶으면 가서 싸워보라고 말했다.

튜멜은 도저히 저 한가운데 서서 롱 소드를 들고 있을 용기가 없었다. 파일런이라는 든든한 지휘관이 있다고 해도 검을 들고 적과 마주할 용기가 없었다.

튜멜은 토루 위에 당당하게 서서 함성을 올리며 적의 사기를 꺾고 있는 시민병들을 바라보았다. 그들은 강한 자들이었다. 전쟁의 공포에 침식당하지 않고 전장 한복판에서 함성을 지를 만한 용기를 가진 자들이었다. 그 자신이 예의가 부족하다고 신경질을 내던 부류의 인간들이 저곳에서 함성을 지르고 있었다.

튜멜은 목구멍에서 치솟아오르는 수치심 때문에 얼굴을 붉혔다. 내가 과연 저들에게 예의가 부족하다고 비난할 자격이 있는가? 튜멜은 꽉 다문 입술이 부르르 떨릴 정도로 격한 감정에 휘말려 말을 잊었다.

'내 형들은 이런 전쟁 속에서 죽었다는 건가? 이런 참혹한 지옥에서 죽어간 형들을 나는 평생 동안 비난하고 증오하며 살아온 것인가? 내가 그들을 증오할 자격이 있는가? 신이시여……!'

튜멜은 가만히 하늘을 올려다보았다. 귓가로 전장의 비명 소리가 아득하게 맴돌았다. 그는 별을 올려다보면서 생애 처음으로 자신이 평생 동안 저주하고 증오하던 두 형들에게 용서를 구했다. 죽어간 사람을 증오할 이유 따위 없는 것이다. 튜멜은 가만히 눈을 감았다.

그의 곁에 서 있던 레미도 두 손을 창백해질 정도로 움켜쥐며 입술을 깨물었다. 그녀는 이제 더 이상 튜멜처럼 자기 비하의 감정에 빠지지 않았다. 그녀는 눈을 돌리지 않았다. 그리고 똑바로 그 죽음들을 목격했다. 분수처럼 힘차게 솟아오르는 핏줄기를 망막에 각인했고, 사람들의 비명 소리와 울음소리를 고막이 새겨 넣었다. 그리고 그들 하나하나의 죽음을 자신의 기억에 두 번 다시 지워지지 않을 뚜렷한 증거로 남겨두었다.

식은땀이 그녀의 야윈 뺨을 타고 흘러내리는 동안에 레미 R. 아낙스라는 여자는 저 아래서 펼쳐지는 죽음으로부터 눈을 돌리지 않았고, 자기 합리화를 하지 않았고, 자기 비하도 하지 않았다. 그저 아무것도 가감하지 않으며 혼심의 힘을 다해서 그것을 지켜보았다. 몇 번이고 속시원하게 토해 버리고 싶었고, 몇 번이고 목이 쉬도록 울어버리고 싶었다. 하지만 저 죽음이라는 존재에 아무것도 더하거나 덜고 싶지 않았고, 온갖 미사여구로 장식하고 싶지 않았다.

'인형이 되고 싶지 않다면 스스로 진흙탕에서 허우적거려 보는 거야. 그 누구도 인형을 진흙탕 속에 집어넣진 않아. 오직 인간만 진흙탕 속에서 잔뜩 더럽혀지며 살아가지.'

오래전에 새벽의 기사가 그녀에게 해준 말이었다. 그녀는 겨우 18살이었고, 그 말의 의미를 이해하지 못했다. 그래서 그에게 물었었다. 당신도 진흙탕 속에서 허우적거리고 있냐고……

'나? 네가 생각하는 것보다 몇 배는 끔찍한 진흙탕 속에서 뒹굴고 있어. 스스로의 손을 더럽히고 있거든. 죽은 자의 피로 말이야.'

그런 거였다. 어쩌면 그는 그녀에게 정말로 많은 것을 가르쳐 주었는지도 모른다. 단지 그녀가 그것을 알지 못할 뿐이다. 레미는 묵묵히 모든 힘을 쥐어 짜내며 억지로 그 괴로움을 버티며 서 있었다.

"들려… 슬픔이……"

"네?"

레미는 고개를 돌렸다. 그리고 곁에 서 있는 여자를 올려다보았다. 카라는 슬픈 눈으로 머리칼을 긁어 올렸다. 그녀는 웃지 않았다. 한밤중에 카라의 눈동자를 보면 그 기묘한 안광에 넋을 잃게 된다. 카라는 안광이 번득이는 눈으로 슬픈 표정을 지었다. 카라는 허리를 굽혀 레미의 귓가에 속삭였다. 뱀파이어의 숨결이 귓가를 간지럽히자 레미는 등골이 서는 섬뜩함을 느꼈다.

"난 뱀파이어라서 예민해. 그래서 저기 전장에서 죽어가는 사람들의 슬픔이 느껴져."

카라는 허리를 펴고 고개를 들어 들판을 바라보았다. 그녀가 저런 표정을 지은 적이 있는지 생각하던 레미는 새삼 그녀를 바라보았다. 사람들이 죽어도 태연하던 그녀였다. 그리고 그녀도 역시 적지 않은 숫자의 사람들을 죽여왔을 것이다. 그런 그녀가 전쟁을 슬퍼하고 있었다.

하늘에 가득한 찬미처럼 영광이신 우리 주인이시여,
당신의 사랑이 얼마나 크신 것인지 우리는 배웁니다.
여기 이곳에서 우리는 당신을 잊어버리고 있습니다.
하늘에 가득한 광휘처럼 위대하신 우리 주인이시여,
우리가 당신의 사랑으로부터 눈감지 않도록 하소서.
우리가 당신의 말씀으로부터 귀 막지 않도록 하소서.

아! 여기서 우리는 싸웁니다.
우리 나약한 인간들이 이곳에서 싸우고 있습니다.
아! 여기서 우리는 잊고 있습니다.
당신께 기도드리는 손으로 죄를 범하고 있습니다.

헤아릴 수 없는 권능과 사랑을 가지신 분이여,
여기서 죽어간 당신의 죄 많은 자식들을 기억해 주소서.
당신의 이름을 부르며 죽어간 이들을 인도해 주소서.

카라는 성벽 위에 서 있는 모든 병사들이 알아들을 수 있는 라이어른 어 성가를 불렀다. 전쟁으로 죽어간 이들을 추모하는 성무 시간에 부르는 성가였다. 그녀는 뱀파이어이기 이전에 한 명의 세속 수녀였다. 그녀는 결코 자신을 잊지 않았다. 한줄기 눈물이 그녀의 뺨을 타고 흘렀다. 울고 있는 사람이 그녀 혼자라는 사실은 아이러니였다. 병사들이 숙연한 얼굴로 고개를 숙였고, 장교 한 명이 빠르게 성호를 그었다. 그리고 성호를 그은 엄지손가락에 입을 맞추며 낮은 목소리로 기도문을 낭송했다.

카라의 성가 독창과 장교의 기도문 낭송에도 아랑곳하지 않고 궁사대장은 지휘봉을 휘두르며 명령을 내렸고, 그녀의 성가 소리를 배경으로 석궁의 시위들이 타라락 콰렐을 튕겨냈다. 그리고 대성당의 처마에서 날아오르는 비둘기들처럼 콰렐들이 어두운 밤하늘로 날아올랐다. 죽음의 비둘기들은 포물선을 그리며 병사들의 피를 마셨다.

"들려… 죽음을 슬퍼하는 내 애인의 슬픔이……. 지금 그 사람… 울고 있어."

카라는 겨우 레미에게 들릴 정도로 낮게 중얼거렸다. 레미는 시선을 돌려 치솟는 불길을 배경으로 이언을 찾아보았다. 하지만 저 넓은 전장 어디에 그가 있는지 알 수 없었다.

"돌격! 뒤처지는 놈들은 죽여 버린다!"

"하메른 백인대 만세!"

말과 마차를 미련없이 포기한 하메른 백인대는 중장 보병들과 어울려 전장을 누비고 있었다. 농민병들이 거의 흩어져 버리고 이제는 적의 주력인 중장 보병들과 정면으로 충돌했다. 전투는 한층 격렬해졌다. 날아가던 롱 소드가 말 가죽을 두른 방패에 막혔고, 보복으로 메이스가 날아갔다. 잔혹한 소리와 함께 피가 사방으로 튕겨 올랐고, 비명이 하늘을 찢었다.

굵은 핏방울이 검은 머리칼을 적시며 어두운 허공으로 흩날렸다. 이언은 눈가로 흘러드는 피를 닦아내기 무섭게 롱 소드를 찔렀다. 목을 찔린 병사가 컥컥거리며 붉은 피를 이언의 얼굴에 토해 버렸다. 이언은 눈을 감고 한 걸음 물러서며 얼굴에 뒤집어쓴 피를 털어냈다.

퍽!

병사 한 명이 이언의 빈틈을 메우며 방패로 적의 롱 소드를 막았다. 이언은 자신의 앞에서 방패로 막아준 병사의 어깨를 잡으며 그의 옆구리 사이로 롱 소드를 찔렀다. 롱 소드를 휘둘렀던 적 병사는 방패로 방어한 병사를 재차 공격하려다 그 병사의 옆구리에서 갑자기 튀어나온 롱 소드에 복부를 찔리며 비명을 질렀다. 그 순간 방패로 방어하던 병사가 기다렸다는 듯이 롱 소드를 쥔 손목에 힘을 주며 적 병사의 목을 쳤다. 절반이나 잘려 나간 목에서 피가 튀었다.

"조심하십시오, 마스터!"

"시끄럿!"

이언과 하메른 백인대 병사는 다시 난전 속으로 흩어졌다. 피에 젖은 롱 소드가 미친 듯이 춤을 추고, 그 광기 어린 춤의 대가로 병사들이 피를 흘리며 고통스럽게 울부짖었다.

챙!

날아오는 프레일을 막던 이언의 롱 소드가 부러지며 부러진 부분이 허공으로 튕겨져 버렸다.

"마스터!"

이언의 주변에서 싸우며 이언의 안전을 신경 쓰던 병사들 2명이 거의 동시에 이언을 어깨로 밀어내며 방패로 적의 공격을 막았다. 부하들에게 떠밀린 이언은 시체 더미 위로 나뒹굴면서 욕설을 내뱉었다. 숨이 턱까지 차 오르고, 뭐든지 다 잊어버리고 이대로 잠들어 버리고 싶었다. 지겨웠다.

붉은 사막에서의 그 끔찍했던 함성과 비명 소리를 또 듣게 되어 지겨웠다. 본능과 자신에게 충실한 자만이 세상을 살아갈 자격이 있다. 이언은 심호흡을 하면서 바닥에서 굴러다니는 롱 소드의 손잡이를 움켜쥐었다. 낯선 롱 소드 손잡이의 감촉이 느껴졌다. 그리고 묵직한 무게가 그의 호흡을 진정시켰다. 이언은 롱 소드를 대지에 찍어 지팡이 삼아 일어섰다. 그리고 두 손으로 롱 소드를 잡고 수평으로 크게 휘둘렀다.

"Yipphja Kurjhe Kjharuiv Kuygaleojet!! Humpja Errkja!! Kekkyya!!"

이언은 지금 자신이 모국어로 고함을 지르고 있다는 것을 의식하지 못했다. 알아듣는 것은 고사하고 발음조차 듣기 힘든 언어가 그의 입에서 고함처럼, 혹은 비명처럼 튀어나왔다. 사방에서 갖가지 소음과 비명 소리가 튀어나왔기 때문에 아무도 그가 이상한 언어로 고함을 지르고 있다는 것을 알지 못했다.

"Humpja Errkja!! Humpja!! Humpja Tahhkquitt!!"

이언은 상처 입은 맹수처럼 피에 젖은 이빨을 번득이며 전투용 부츠로 상대방을 걷어차고 롱 소드를 휘둘렀다.

"Qyekata! Ha! Ha! Ha!"

이언은 버둥거리는 상대의 목에 찔러 넣은 롱 소드를 비틀며 광소

처럼 들리는 웃음을 토해냈다. 그의 머리칼을 타고 흘러내린 핏방울
이 적 병사의 얼굴에 주르륵 떨어졌다.

"Ha!! Grrr… Xuinekka Eakja……."

이빨 사이로 들려오는 그 말은 마치 낮게 으르렁거리는 저주처럼
들렸다. 이언은 이빨 가는 소리처럼 그 말을 낮게 중얼거렸다.

두두두두!!

그때 지축을 울리는 묵직한 소음이 들려왔다. 병사들은 일제히 서
쪽 들판을 돌아보았다. 어둠 저편에서 무수한 횃불이 떠올랐다. 마치
들판 가득 반딧불을 풀어놓은 듯한 모습이었다. 병사들의 신경이 차
갑게 얼어붙었다.

"기병대?"

"아냐! 너무 많아!"

"서, 설마?"

후퇴를 알리는 뿔피리 소리가 성벽에서 울려 퍼졌다. 그것은 명백
히 후퇴를 지시하는 명령이었다.

"로젠 하우트! 휴젠! 클로티스! 밀집 대형으로! 후퇴를 지원한다!"

"로젠 하우트 거리! 밀집 대형으로!"

"클로티스 거리! 밀집 대형으로! 기준! 움직이지 마라!"

"휴젠 거리! 밀집 대형으로! 대기병전에 대비하라!"

파일런의 명령이 떨어지기 무섭게 3개의 시민병 부대들이 급격하
게 모여들기 시작했다. 시민병들도 이제 갓 훈련을 마친 초보 병사들
수준의 움직임은 보여주고 있었다.

"와, 왕비의 군대다! 신이시여!"

누군가 들판 저편에 아득하게 떠오른 횃불들을 보면서 비명을 질렀다.

"기병대! 보병대! 시민병 배후에서 집결한다!"

"기병대에게 퇴각 신호를!"

"보병대에게 퇴각 신호를!"

파일런은 눈을 가늘게 뜨면서 들판 저편에서 몰려오는 기병들의 숫자와 거리를 가늠하며 빠르게 명령을 내렸다. 연락병들은 갑자기 밀려드는 보고와 명령 속에서 익사하며 필사적으로 고함을 지르고 수신호와 뿔피리 신호를 보냈다.

"클로티스 거리! 부상자들을 수습하여 성벽 안쪽으로 퇴각하라!"

"클로티스 거리! 부상자 수습! 성문 안으로 퇴각!"

"클로티스 거리! 부상자 수습! 퇴각 준비!"

"부대! 뒤로 돌앗! 부대! 앞으로!"

"중장 보병대! 시민병 부대의 퇴각을 엄호!"

"중장 보병대! 현 위치 대기! 밀집 대형으로 아군 엄호!"

병사들은 빠른 움직임으로 대열을 유지하며 이동했다. 파일런의 명령은 체계적이었고, 병사들은 그의 명령에 따를 때 자신들이 살아남을 확률이 높다는 것을 알고 있었다.

"마, 마스터!"

"튀자! 우린 밧줄을 타고 성벽을 넘는다!"

"하메른 백인대! 월담이다! 담 넘자!"

"멍청이들아! 빨리 뛰어!!"

하메른 백인대는 성문과 다른 방향으로 뛰기 시작했다. 지옥 같은 밤이 끝나고 있었다. 하지만 또 다른 지옥이 그들을 기다리고 있었다.

〈 4 〉

　인간은 과연 어디까지 절망할 수 있을까? 지난 역사 동안에 수많은 철학자들과 사상가들이 인간의 절망에 관하여 자신의 위대한 지성을 거만하게 자랑해 왔다. 그들이 펼친 난해한 현학의 울타리 안에서 절망이라는 것은 일견 구체화되어 증명된 것으로 보이기도 했지만 여전히 모든 사람들이 수긍할 확고부동한 진리는 나오지 않았다. 하지만 라이어른 맹약국의 종주국 발트하임의 수도 아인돌프에 삶의 터전을 갖고 있는 시민들과 군인들은 절망이라는 단어가 어떤 의미인지 몸서리치게 인식했다.

　압도적인 우세를 잡고 있었던 야간 전투의 결말은 흐지부지 사라져 버렸다. 전투의 후반에 갑자기 출현한 왕비의 군대 때문에 전투는 소강 상태로 접어들었고, 파일런은 애써 건설하던 방벽을 포기하고 전 병력을 성문 안쪽으로 후퇴시켰다. 팽팽한 긴장과 대치 속에서 아침이 밝아왔을 때, 병사들은 몽유병에 걸린 시체 같은 눈으로 떠오르는 태양을 올려다보았다.

지난 몇 차례의 전투로 시체들이 널려 있는 들판에는 왕비 파 대규모 기병 전력이 전개되어 있었다. 중장 기병 2개 독립대 960기, 경장 기병 3개 독립대 1,440기. 도합 2,400기의 기병 전력이 들판을 메우고 있는 광경은 장관이라고 말할 수 있었지만, 당하는 입장에서는 한가하게 감탄할 여유가 없었다. 게다가 그 엄청난 기병 전력의 배후에는 아군 기동 부대의 출현 덕분에 괴멸을 면한 코퍼 기사대장이 이끄는 중장 보병—아직 전력의 상당수가 생존해 있는—과 이제는 전력에 보탬이 되기 힘들 정도로 병력이 소진된 농민병 부대가 버티고 있었다. 페나 왕비의 군사는 이제 순수 기병 전력만으로도 수도에 있는 모든 근위대와 시민병 전체 전력을 능가했다.

대군의 출현으로 신경이 곤두선 군인들의 살벌한 분위기에도 불구하고 페나 왕비의 기병대가 진출했다는 소식은 오전 사이에 빠르게 수도 전체로 퍼져 나갔다. 시민들은 이제 수도가 초토화될지 모른다는 불안 때문에 심각할 정도로 동요하기 시작했다. 수도의 치안을 담당하던 2차 시민병 전원이 수도 시가지에 투입되어 지배력 확보에 안간힘을 썼지만 역부족이었다.

왕비에 대한 전면전 선포가 국왕 칙령으로 발표된 이래 수도는 전시 체제로 들어가 모든 식량은 배급제로 전환되고 전쟁에 필요한 물적, 인적 자원은 강제 징발당하고 있었다. 아이들은 이제 더 이상 수도의 거리에서 뛰어놀지 않았고, 시장은 모두 폐쇄당했으며, 교회와 성당에서는 더 이상 종소리가 울리지 않았다. 통행 금지가 실시된 밤에는 수도 치안을 목적으로 징병된 2차 시민병 소속 야경꾼들이 무장하고 순찰을 돌았고, 시민들이 집결할 위험이 있는 개활지―시장, 광장, 공원 등지―에는 대규모 무장 병력이 주둔하며 시민들의 접근을 원천 봉쇄했다.

전쟁이 시작된 이래로 수도의 경제는 불과 일주일 만에 치명적으로 곤두박질쳤고, 그동안 물자라는 혈액을 수도와 발트하임 전국으로 순환시키는 심장 구실을 하던 상인 길드의 물류 유통 기능이 완전히 정지되었다. 발트하임에서는 가장 풍요로운 경제력을 누리던 도시 중 하나였던 수도가 단 한 번의 전쟁으로 복구 불능 상태로 추락한 것이다. 전쟁이 끝나더라도 수도가 예전의 기능을 회복할 수 있을지는 누구도 예측하지 못했다.

상인 길드는 수도가 봉쇄되면서 물자와 정보―상인 길드의 중요 기능 중 하나는 정보의 유통이었다―유통 능력을 상실하면서 사회적 기능을 잃었고, 창고에 비축해 두었던 모든 물자들을 전시 체제의 왕실에 징발당하면서 재고 소진으로 고사해 버렸다. 하지만 지금으로써는 누구도 상인 길드의 유통망 재건을 걱정하지 않았다. 지금 중요한 것은 성벽을 지키는 문제였다.

수도 시민들의 마음처럼 우울한 먹구름이 가득한 하늘은 또 비가 쏟아질 것만 같았다. 좁은 창문을 비집고 들어온 바람은 축축한 비 냄새가 묻어 있었다. 비 냄새가 나는 바람에 놀란 촛불이 머리를 흔들며 몸서리쳤다. 그 덕분에 어두운 사자성은 더욱 어두워졌다.

"놀랍군. 정말 놀라운 기동이야. 왕비의 군대가 벌써 이곳에 도착할 줄이야. 예상보다 1주일은 빠르군."

아델만 국왕은 깍지를 낀 손에 얼굴을 기대고 중얼거리듯 말했다.

만족스럽게 점심 식사를 마치고 졸고 있던 에피가 침묵을 깬 목소리
에 놀라 눈을 껌벅거렸다. 레미는 두통 때문에 엄지손가락으로 관자
놀이를 가만히 누르며 눈살을 살짝 찌푸렸다.

"시민병을 더 소집하겠습니다, 국왕 폐하."

수도방어 사령관 에른하르트가 무거운 목소리로 말했다. 하지만 아
델만 국왕은 조용히 고개를 저으며 입술을 깨물었다. 그는 창백하고
지친 얼굴로 테이블에 둘러앉은 사람들을 하나하나 천천히 바라보았
다. 그 무거운 시선을 받은 사람들은 불편한 얼굴로 입을 다물었다.

"또 얼마나 많은 사람들을 죽음으로 끌고 가야 한다는 건가? 이건
전투가 아니라 학살에 불과하네. 그리고 시민병이라는 것이 그냥 끌
어 모은다고 모든 것이 해결되는 것인가? 그 많은 인원들을 부대별로
나누는 행정 업무를 처리할 여유 인원이 지금 우리에게 있는가? 행정
업무를 처리할 관리도 시민병처럼 징병할 수 있는 존재인가? 그 시민
병들을 재울 만한 막사는 있는가? 아니, 그냥 땅바닥에서 재운다고 해
도 추가로 늘어난 시민병들이 누워 잘 수 있는 공간이 남아 있는가?
또 그들을 뭘 해서 먹이고 입힐 건가? 또 그렇게 편성한 시민병들을
지휘할 장교들은 있는가? 지금 현재 인원으로도 일선 장교들이 부족
해서 백인대장급까지 전부 장교 대우를 해주고 있잖은가? 이런 일에
는 자네가 나보다 잘 알고 있는 게 아닌가?"

아델만 국왕은 쉴 새 없이 쏟아 붓던 말을 멈추고 격하게 기침을 했
다. 에른하르트는 결국 입을 다물었다. 국왕의 말은 하나도 틀리지 않
았다. 아델만 국왕이 언급했던 문제들의 대부분은 전시 체제를 이유
로 무리수를 둔다면 전혀 불가능하지는 않았다. 물론 문제도 많을 테
고 후유증은 두 번 다시 옛날로 되돌아가지 못할 것처럼 치명적일 수

도 있었다. 어쩌면 시민들이 왕비의 편에 가담해 왕실을 상대로 봉기할지도 몰랐다.

하지만 가장 큰 문제점은 장교 부족이었다. 장교라고 물론 전부 야전 출신은 아니었다. 오히려 훈련소 교관이나 근위대 본부에서 근무하는 비전투 장교들의 숫자가 더 많을지도 몰랐다. 그럼에도 불구하고 현재로써는 장교들 전원이 전투 부대로 투입된 상태였다. 이런 극약 처방도 별 효과가 없어서 일선에서 장교 부족으로 파생되는 부대 통제력 약화와 지휘 체계 혼선, 군기 문란 등의 내부 균열 요소는 점점 더 악화되었다. 국왕의 군대는 내부적으로 서서히 붕괴하고 있는 상황이었다.

일선에서 써먹을 수 있는 장교로 만들기 위해서는 최소한 10년의 세월을 필요로 했다. 결코 짧지 않은 시간이었다. 보통 15세에 처음 군 생활을 시작하여 자질구레한 뒷시중이나 들면서 제식 훈련을 받고 20세에 이르면 정식으로 견습 장교가 되어 장교로서 갖춰야 하는 모든 것을 교육받는다. 특히 중요한 기간이 바로 이 20세에서 25세 전후까지의 견습 장교 시절이었다. 장교의 역량은 이 기간에 결정된다고 해도 과언이 아니었다. 이렇게 중요한 기간이었기 때문에 아무리 특출난 천재—역사에 길이 남을 정도로 뛰어난—라고 해도 그 기간을 6년 이상 단축한 예는 역사상 존재하지 않았다.

하페우스 3세가 처음 창안한 이 군사 제도는 폭풍의 기사 아크 세빌 경의 시대에 이르러 차츰 자리를 잡아갔다. 그리고 아메린과 크림발츠의 가장 격렬했던 전쟁의 한복판에서 그 제도는 빠르게 성장했다.

대륙에서 거의 유일하게 소드 마스터라는 칭호를 각 국가로부터 인정받은―적성국 기사를 소드 마스터라고 인정하는 예는 그다지 흔치 않았다―아메린 폭풍의 기사는 이 기간을 6년 만에 이수했다.

아크 세빌 경은 14살에 처음 검을 잡고 견습 기사가 되는 것으로 자신의 군대 경력을 시작했다. 그리고 17살에 이미 견습 장교가 되어 크림발츠와의 전쟁에 참가할 수 있었다. 당시는 두 나라가 전면전에 가까울 정도로 심각하게 충돌하던 시대였고, 양측 모두 일선 장교가 부족하여 소위 말하면 롱 소드를 만들어내듯 장교들을 대량 생산하던 시절이었다. 즉, 그가 6년 만에 장교가 된 것은 전적으로 아메린 장교들의 씨가 마를 정도로 장교 숫자가 급감했던 시대적 배경에 기인하고 있었다.

크림발츠에서 엘야 여왕―크림발츠에서 가장 존경받는 여왕 중 한 명―이 치세를 시작하면서 상호 불가침 조약을 맺은 짧은 기간의 평화였다면 그가 6년 만에 장교가 되는 것은 불가능했다. 20살에 장교가 된 아크 세빌 경의 경우는 물론 당사자의 천재성에도 기인하지만―장교가 부족했던 당시라고 모두 20살에 장교가 되진 못했다―전적으로 일선 전쟁터에서 무수하게 죽어 나간 장교들의 죽음 덕분이라는 것은 부정할 수 없는 진실이었다.

이러한 특수 상황을 굳이 예로 들지 않더라도 장교라는 계층이 무한정 급조 생산되는 것이 아니라는 것은 엄연한 현실이었다. 즉, 단기간 안에 필요한 병사를 만드는 것은 어쨌든 가능했지만―물론 쓸 만한 정예 병력은 불가능하고, 단지 1회성 소모품 병사들이지만―같은 시간 안에 필요한 장교를 만드는 것은 무조건 불가능했다. 전시의 아메린이라고 해도 하루이틀에 장교의 대량 생산은 어려웠다.

아델만 국왕의 지적은 반론의 여지가 없었다. 지휘할 장교가 없다면 그 밑에서 싸울 병사들의 존재가 무의미하다. 누가 그 병사들을 전장까지 데려갈 것이며, 누가 그 병사들에게 싸울 것을 명령할 것인가?

"하지만 이미 왕비 파 군대가 도착하기 시작했습니다. 물론 무리수라는 것은 저도 알고 있습니다. 하지만 전쟁터에서는 언제나 안전하고 확실한 방법만 사용할 수 있는 것은 아닙니다. 기병 전력만 2,400기라면 보병 전력은 적어도 6,000명은 넘을 것입니다. 이런 대병력과 싸울 병력이 우리에게는 없습니다."

에른하르트는 자신없는 목소리로 말했다. 그렇게 주장하고는 있지만 그도 별로 확신하지는 못했다. 방법이 없다는 것은 그 자신이 너무나 잘 알고 있었다. 원치 않는 상황에서 주도권까지 빼앗긴 전쟁을 치르는 것은 희망이 없었다.

"왕비의 주력은 언제쯤 도착할 것 같은가?"

"기병들의 상태를 관측해 본 결과 상당 숫자의 낙오병들이 존재하는 모양입니다. 2,400기라고는 하지만 이미 상당수의 말들은 폐사 직전, 다시 말해서 전투에 참가할 능력이 없는 상태였습니다. 즉, 출발 당시에는 현재 도착한 인원보다 많은 숫자의 기병들이 출발했을 것입니다. 어림잡아서 보통 10명당 2명 정도가 낙오된 것 같습니다. 게일에서 이곳까지 오면서 낙오병이 10명당 2명이면 대단한 군기를 가진 군대라는 소리입니다. 통상적으로 장거리 원정을 하면 보통 3할에서 4할 정도가 낙오될 것을 계산합니다."

"2할도 적은 숫자는 아니잖은가?"

"아닙니다. 보통 원정지에서 100명의 군사가 필요하다면 적어도 140명 이상을 데려갑니다. 그 초과 40명이 행군하는 동안에 죽거나 낙오될 병사들의 숫자입니다. 행군에 지쳐 죽을 병사들을 덤으로 데려가면 목적지에서 원래 원하던 병사들의 숫자를 보존할 수 있는 겁니다. 현재 도착한 왕비의 기병 전력은 중장 기병 2개 독립대, 경장 기병 2개 독립대입니다. 그리고 기존에 있던 우사자 성채의 경장 기병대가 합류하여 5대 기병대가 집결했습니다. 4개 독립대 전력이 이곳에 도착했다면 적어도 1개 독립대 480명 정도는 오는 도중에 죽거나 낙오되었다는 의미입니다. 그것 기준으로 산출해 보면 역시 중간에 낙오되는 병사들을 버린다고 해도 6,000명 이상의 보병대가 도착할 예정입니다. 기병대와의 상대적인 행군 속도를 감안하면 적어도 1주일 이상은 소요됩니다."

"그 1주일이라… 그 1주일 안에 우리는 수도를 탈출해야 한다는 말인가?"

"죄송합니다만, 적어도 오늘부터 4일 이내에는 탈출해야 합니다. 왕비의 군대가 어떤 루트로 수도에 진출할지는 모르지만 4일 이후면 왕비 파 군대의 행군로 개척 부대와 장거리 순찰대 등은 수도 주변 지역에 진출합니다. 보통은 반나절 거리에 개척 부대를 두는 것이 정석이지만 최대 속도로 행군 중이라면 이삼 일 거리까지 진출할 가능성도 충분합니다. 즉, 4일 이후에 우리가 수도를 탈출한다면 우리는 행군로 개척 부대와 마주치게 되는 것입니다."

"고작 4일이라니… 그동안 우리는 무얼 한다는 말인가?"

아델만 국왕은 어렵사리 수도 포기를 결정했지만 그 결정에 딸려 나오는 추가적인 문제들을 직면하고 고민에 빠졌다. 이것은 한두 사람이 고민하여 해결할 수 있는 수준이 아니었다.

"지금부터 우리는 시간 싸움을 하는 거예요. 모두 각자의 위치에서 최선을 다해서 각자 임무를 해결해야 하죠."

지금까지 입을 다물고 있던 레미가 보고서 요약본을 손바닥으로 가볍게 툭툭 치면서 말했다. 테이블에 몰려 있던 사람들은 그런 레미의 의견에 고개를 끄덕였다.

"고민하는 것보다는 움직이는 것이 나을 테지. 에른하르트."

"네, 국왕 폐하."

"일단은 수도 치안 유지와 방어 임무를 확실하게 해주게. 수도를 포기해도 그전에 함락당하면 모든 게 끝난다네. 물론 적은 대부분 기병 전력이니 공성전은 불가능할 테지만 경계를 늦추지 말게. 그리고 지금부터는 모든 적극적 전술을 포기하고 방어전에 치중하게. 디르거경은 에른하르트를 도와 일선 부대 지휘를 맡아주게."

"네, 알겠습니다, 국왕 폐하."

"일단 해보겠습니다."

에른하르트와 파일런은 동시에 대답했다. 아델만 국왕은 고개를 돌려 레미를 바라보았다. 레미는 보고서 뭉치에 두 손을 얌전히 올려두고서 조용히 고개를 들고 있었다.

"그대에게는 특별히 지시를 내릴 필요가 없을 테지. 무엇을 해야 하는지 누구보다 잘 알고 있을 테니까."

"저처럼 미천한 아녀자를 믿어주셔서 감사합니다, 국왕이시여."

"아녀자도 아녀자 나름이겠지."

아델만 국왕은 고개를 끄덕이면서 중얼거렸다.

"그런데 쇼와 이언은 어디를 간 것인가?"

"그게… 본격적인 탈출 계획을 추진하러 가겠다고 했습니다. 기밀이라면서 특별히 무엇을 알려주진 않았습니다. 아직도 사자성에 얼마나 많은 스파이들이 남아 있는지 모른다고 합니다. 그렇기 때문에 탈출 계획이 진행되고 있는 것조차 기밀 유지에 만전을 기하라는 전언을 남겼습니다."

레이드는 어깨를 으쓱하면서 덤덤하게 말했다. 아델만 국왕은 그 두 사람이 과연 어떤 계획을 세우는지 궁금했지만 물어봐야 소용없다고 생각했다. 말해도 좋은 계획이라면 벌써 자신에게 보고했을 것이다. 산과 강, 그리고 단단한 성채로 포위당한 수도에서 나갈 수 있는 대규모 탈출로가 있을지 의문이었다.

"이제 남은 것은 수도를 탈출한 이후에 어디서 병력을 모아서 왕비의 군대와 대결해야 하는지 결정하는 일이군. 과연 페임가르트가 움직여 줄 것인지."

아델만 국왕은 한줄기 햇빛을 바라는 눈으로 창문을 바라보았다. 좁은 창문 너머로 보이는 하늘은 대낮인데도 어두웠다.

"오랜만이야. 특히 자네 얼굴은 기억이 나는군."

이언은 방 안 공기를 차갑게 만드는 숏 소드의 검날이 번득이는 것에도 아랑곳하지 않고서 웃었다. 검은 머리가 웃음소리에 맞춰 가볍게 흔들거렸다. 4자루의 숏 소드들은 당장이라도 그의 목을 노릴 듯 머뭇거렸다.

"대장, 이 상황을 설명해 주십시오."

"보는 대로다. 우리 임무는 이미 노출되었다. 아낙스 양 본인과 이 미친 녀석이 벌써 파악한 상태다. 아마도 다른 사람들도 알고 있을 것이다."

"그럼 우리는?"

쇼는 부하들의 질문에 대답하지 못했다. 무엇보다 그 자신이 가장 혼란스러웠다. 4명의 암살자들은 서로를 엄호하는 위치로 분산하여 이언을 노리고 있었다. 이언은 독한 와인의 코르크 마개를 이빨로 뽑았다. 그리고 가볍게 와인 병을 흔들었다.

"이리 와서 일단 한잔하고서 이야기하지?"

"……."

"포기해. 지금 여기는 내 부하들이 포위하고 있다. 너희들이 아무리 일류급 암살자라도 해도 정규군 200명의 포위망을 돌파할 능력은 없다. 지붕에도 이미 석궁수 배치를 끝냈어. 너희가 지붕으로 올라서는 순간 명령없이 8방향에서 쾨렐이 날아올 거다. 날고 기어도 어차피 인간인데 8방향에서 동시에 날아오른 쾨렐을 엄폐물도 없는 지붕에서 피하진 못할 테지. 내가 직접 지시한 화망이니까 빈틈은 없다고 해도 좋아. 보증하지."

"…상황을 설명해 주십시오, 대장."

"말했잖아? 아낙스 양 제거 임무는 노출되었다. 임무가 노출된 암살자의 결말은 알고 있잖아?"

"우리는 이제 상부로부터 제거당하는 겁니까?"

"원칙적으로는."

4명의 암살자들은 살기도 없고, 동요도 없는 얼굴로 쇼를 바라보았다. 그들의 얼굴에는 아무런 인간적인 감정이 없었다. 그저 한없이 개성이 없이 단조로운 무표정뿐이었다. 그들의 지휘관인 쇼는 쓰게 웃었다.

"방법이 없는 것은 아니지. 지금 이 미친 녀석을 죽이고, 밖에서 기다리는 하메른 백인대 210명을 돌파해서 사자성에 잠입한 다음 아낙스 양을 죽이는 거야. 간단하지. 아직 우리 임무가 노출되었다는 것을 상부에서는 모를 테니까. 그러면 모든 게 원점으로 돌아가."

"그것이 명령입니까? 알겠습니다."

암살자 중 한 명이 숏 소드를 고쳐 쥐면서 한 걸음 나섰다. 그리고 이언과의 거리를 재기 시작했다. 이언은 차가운 눈으로 암살자를 노려보았다.

"나는 너희가 라일란 신전 놈들이라는 것을 알고 있다."

"……."

한 걸음 나섰던 암살자가 의혹이 가득한 눈으로 쇼를 바라보았다. 쇼는 '내가 말한 게 아니야'라는 표정으로 고개를 흔들었다. 암살자는 조금 혼란스러워진 눈으로 이언을 바라보았다. 그가 평범한 남자가 아니라는 것은 그동안 튜멜 일행을 미행하면서 충분히 알고 있었다. 객관적인 실력으로 봤을 때 이언은 자신들의 상대로는 부족했다.

"암살자 양성 수도원이 대륙에서 라일란 신전 말고 또 있던가? 만약에 내가 죽는다면 라일란의 신전은 물론 베일 4개 국이 지도상에서 영원히 사라질 거야. 물론 대륙 전체가 암흑 시대처럼 전면전을 벌이겠지."

"……."

"농담으로 들리나? 그럼 시험 삼아 나를 죽여봐. 그리고 너희가 돌아갈, 너희의 유일한 과거가 남아 있는 수도원이 폐허로 변하는 것을 지켜봐. 나는 협박에는 소질이 있고, 지금 이건 협박이야. 너희들은 모두 너희 자신이 죽는 것은 두렵지 않을 테지? 하지만 수도원이 불타는 것은 두려울 거야. 너희는 수도원 이전의 어린 시절 기억은 없을 테니까. 수도원이 불타 버리면 너희가 이 세상에 존재했다는 증거는 없어지지. 과연 너희가 그런 것을 견뎌낼 용기가 있을까?'

이언은 어금니를 물고 쿡쿡거리는 웃음소리를 흘리며 암살자들과 쇼를 번갈아 바라보았다. 사실 이언의 말은 공갈 협박이었다. 이언은 자신과 같은 일개 장교가 죽는다고 자신의 모국이 대륙 전체를 상대로 전쟁을 벌이지는 않을 것이라는 것을 알고 있었다. 하지만 그는 이전에도 한 번 라일란 신전의 암살자와 싸운 적이 있었고, 그들이 무엇을 두려워하는지 배웠다.

"피네벡에서 도적들을 선동해서 우리를 공격한 것은 나름대로 멋졌어. 하지만 그 덕분에 내 부하들이 너희를 계속 미행하고 있었지. 전혀 모르고 있더군. 너희들의 행적은 내가 이미 파악하고 있어. 물론 본국에도 보고가 올라갔을 거야. 너희는 이미 너무 많이 노출되어 있다는 의미야. 수도원 측에서도 이미 신원이 노출된 너희를 거두려고 하지는 않을 거야. 아마 너희를 모두 제거하려고 하겠지."

"그래서 뭘 원하는 거냐?"

쇼는 자신도 모르고 있던 부하들의 아지트를 찾아낸 이언의 능력에 감탄하고 싶은 마음이 없었다. 하지만 그동안 지내면서 느낀 이언의 성격으로 볼 때 그는 승산없는 도박은 하지 않았다. 그가 본국을 통해 수도원 측으로 정보를 흘린다면 당장 엄청난 숫자의 암살자들이 자신들을 제거하기 위하여 몰려들 것이다.

쇼는 이언이 어째서 자신의 정체를 알고도 가만히 있었는지 이제야 어렴풋이 이해했다. 그는 자신들을 이용하기 위해서 입을 다물고 있었던 것이다. 자신들에게 연민을 느낀 것도 아니고, 자신들이 두려워서도 아니었다. 단지 쓸 만한 암살자 5명이라는 메리트를 포기하기 싫었을 뿐이었다.

"나에게 협력해. 내가 본국에 보고해서 수도원 측으로 너희가 모두 죽었다는 거짓 정보를 흘리겠다. 그러면 너희는 이번 일이 끝나면 자유가 된다. 나쁘지 않은 제안이지?"

"…잘 모르는 모양인데, 우리는 자유란 건 어떤 개념인지조차 알지 못해. 한 번도 누려보지 못한 거니까."

"그러니까 더욱 원할지도 모르지. 마음속 본능으로써."

"그건 아무도 모르는 거야. 우리도 나름대로의 가치 기준이 있다. 너의 가치 기준으로 우리를 보려 하지 마."

"그래서 뭘 얻을 수 있는 거지? 명예? 자기 만족? 의리? 그런 것이 살아가는 데 얼마나 가치가 있지? 싸구려 동전보다 가치없어. 인간으로서의 자긍심? 수도원에 대한 충성? 그 따위 싸구려 감정이 가치가 있나?"

"그러는 너는 조국을 배신할 수 있나? 농담의 기사단이라는 네 부하들을 배신할 수 있나?"

"당연하지, 내가 살기 위해서라면."

이언은 전혀 망설이지 않고 대답했다. 그늘진 그의 눈동자에는 추호의 흔들림도 거짓도 없었다. 그는 그렇게 믿고 있었다. 쇼는 입을 다물었다. 그동안 쇼의 부하들은 숏 소드를 겨눈 채 두 사람의 대화를 묵묵히 들었다.

"너는 몇 번이나 노처녀를 죽일 기회가 있었는데도 죽이지 않았어. 어째서지? 너는 이미 암살자로서의 가치가 없어. 이건 스스로 자각할 테지."

'고마워요. 미안해요.'

쇼의 귓가로 레미의 입버릇처럼 반복하던 말들이 떠돌았다. 단지 그것뿐이라고 하기에는 너무 하찮은 이유였다. 허공을 떠도는 먼지 같은 그 말들 때문에 망설인 것일까? 쇼는 스스로 자문해 봤지만 스스로 대답하지 못했다. 그 자신도 그 이유를 알지 못했다. 그는 천천히 부하들을 바라보았다. 지금까지 몇 번의 임무를 함께한 부하들이었다.

"명령을 내려주십시오, 대장. 저항합니까?"

"……."

쇼는 쉽게 대답하지 못했다. 단순히 탈출 준비를 하기 위해서라고 해서 따라왔기에 설마 부하들과 대면하리라고는 생각하지 못했다. 마음의 준비를 하지 못한 상태였다. 쇼는 다시 한 번 이언이라는 남자가 얼마나 심리전에 강한지를 깨달았다.

"레미 아낙스라는 여자가 어디까지 가는지 궁금하지 않나?"

"내가 어째서 그녀에게 관심을 가져야 하지?"

"그건 스스로에게 물어봐. 결정을 내려. 여기서 너희들이 거부하면 난 너희들을 모두 죽인다. 그리고 덤으로 농담의 기사단은 라일란 신전에 남겨진 모든 어린아이들을 죽일 것이다. 암살자로 성장할 아이들이라면 아직 어려서 힘이 없을 때 죽이는 게 후환이 없겠지."

"그곳 아이들은 상관없잖아!"

"상관있어. 너처럼 귀찮은 암살자들을 양성할 테니까 스스로 아무 것도 못하는 7살짜리 소년들일 때 죽여 버리는 게 좋아. 이런 걸 바로 정치라고 부르지."

"…대장, 명령을! 저항합니까?"

쇼는 궁지에 몰린 사람처럼 창백한 얼굴로 망설였다. 그의 부하들은 명령을 기다리는 얼굴로 그를 바라보았다. 무엇인가를 스스로 결정한다는 것, 쇼도 부하들도 지금껏 한 번도 경험하지 못한 일이었다. 쇼는 지금까지 한 번도 스스로 무엇을 결정한 기억이 없었다. 수도원에서 성장했고, 당연하다는 듯이 암살자가 되었다. 수도원에서 지시한 사람을 죽여왔고, 경력을 속이기 위하여 수도원에서 지시한 하이스카우터가 되었다. 그러나 이제는 스스로 결정해야 했다.

"네가 약속을 지킬 거라고 어떻게 믿지?"

"결정은 너희 스스로가 하는 거야. 내가 배반할지 약속을 지킬지도 역시 너희가 판단하는 거야."

"…대장! 어서 명령을!"

"후우……."

쇼는 심호흡을 했다. 그리고 우울한 눈으로 부하들을 바라보았다.

"각자 선택하라. 이것이 나의 최종 명령이다. 수도원으로 복귀하든지, 이 미친 자식의 부하가 되든지, 아니면 지금 이 자리에서 자살하라. 셋 중에 하나를 선택해. 나는 여기에 남겠다."

쇼는 말을 끊으며 이언을 노려보았다. 이언은 와인을 병째로 마시다가 쇼를 바라보았다. 승자의 미소가 그의 입가에 걸려 있었다.

"약속해라. 수도원으로 복귀하겠다는 부하가 있어도 그들을 결코 죽이지 않겠다고. 그것이 조건이다."

"약속하지."

"지금 이 순간 부대는 이곳에서 해체한다. 추후 행동은 각자의 판단에 맡긴다. 서약에 따라 비밀을 지키며 자살할 사람은 지금 여기서 자살하라. 시신은 내가 거두겠다."

"대장의 명령에 따릅니다, 처음처럼 앞으로도."

4명의 암살자들은 조용히 대답했다. 쇼는 우울한 눈으로 고개를 돌렸다. 쇼가 지휘하던 암살자 부대는 그것으로 기능이 정지되었다.

"그럼 이제부터 일 이야기를 할까?"

이언은 여관 창문을 열고 수신호를 보내고 나서 돌아서면서 말했다. 이언의 명령을 받은 하메른 백인대는 빠르게 매복 위치에서 철수하기 시작했다. 쇼와 암살자들은 묵묵히 이언을 노려보았다.

"휴우… 오늘 밤도 무사히 넘어가는군."

"그러게 말이야. 당장이라도 기병대가 성벽을 넘어올까 봐 두려워."

"에이! 말이 무슨 재주로 성벽을 넘어오나? 사람도 참……."

"뭐, 그렇다는 말이지. 어쨌거나 불안한 건 사실이야. 이놈의 세상이 어떻게 돌아가려나……."

쿼터스태프로 무장한 2명의 시민병들은 마지막 야경을 끝내고 피곤한 얼굴로 하품을 하면서 잡담을 나눴다. 그들은 비좁은 골목길을 돌며 어서 돌아가 뭐라도 먹고 싶다는 욕구에 시달렸다.

"어? 저건 뭐지? 사람인데?"

시민병 야경꾼들은 희미하게 동이 터 오는 새벽의 회색 빛 어둠 속에서 뭉툭한 그림자를 발견하고 조심스럽게 다가갔다. 골목길에서 기어나와 잔뜩 웅크린 그림자는 움직이지 않았다. 야경꾼들은 긴장된 얼굴로 쿼터스태프를 꽈악 움켜잡았다.

"혹시 죽은 거 아냐? 시체 같은데."

"시체가 맞는 것 같아. 저 골목… 빈민가로 통하는 골목 아니야?"

"굶어 죽은 걸까? 요즘 전쟁 때문에 식량 사정이 엉망이잖아."

"칼에 찔려 죽었을지도 모르지. 이 빌어먹을 동네는 원래부터 그런 동네잖아?"

야경꾼들은 쿼터스태프로 시체를 툭툭 건드려 보다가 슬며시 뒤집었다.

"우웨엑!"

비위가 약한 야경꾼이 곧바로 바닥에 먹을 것을 토해내기 시작했다. 잔뜩 오그라든 모습으로 죽어 있는 시체의 모습은 끔찍했다. 충혈된 눈은 퀭하게 허공을 향하고 있었고, 각혈을 한 듯한 검붉은 핏자국은 사방에 말라붙어 있었다. 그리고 피부는 여기저기 검은 반점으로 가득했고, 겨드랑이에는 사과만한 수포가 만들어져 있었다. 아무리 봐도 정상적으로 죽은 시체는 아니었다.

"신이시여!!"

무심코 고개를 돌려 골목 안쪽을 바라보던 야경꾼은 재빨리 성호를 그으며 한 걸음 물러섰다. 수십 명의 사람들이 골몰에서 죽어 있었다. 그들은 한결같이 골목 바깥으로 기어나오려고 몸부림치다 죽은 모습이었다.

"빠, 빨리 가서 대장님에게 알려! 신이시여! 여기서 무슨 일이!"

야경꾼은 마른침을 삼키며 빈민가 안으로 한 걸음을 내디뎠다. 새벽의 빈민가는 그 자체로도 이미 을씨년스러웠다. 절반쯤 무너져 내린 집이 태반이었고, 골목마다 쓰레기들이 넘쳐 났다. 어디선가 퀴퀴한 냄새가 풍겨왔고 바람조차 불지 않았다. 그리고 그런 황폐함을 배경으로 잔뜩 말라붙은 사람들이 시체로 나뒹굴고 있었다.

시체들은 한결같이 피를 토했고, 여기저기서 검붉은 피를 각혈한 흔적이 있었다. 창백한 피부는 검은 반점으로 가득했고, 눈은 저마다 공포와 고통으로 일그러져 있었다. 동료를 보낸 야경꾼은 그 끔찍한 광경을 둘러보며 천천히 빈민가 안으로 들어갔다. 식은땀이 비명을 지르며 그의 뺨을 타고 흘러내렸다.

"이, 이 모습… 어디에선가 들었는데……."

그는 마른침을 삼키며 천천히 골목 모퉁이를 돌았다. 그리고 다시 한 번 성호를 그으며 비명을 질렀다. 빈민가의 골목길에는 온통 시체들로 가득했다. 그리고 시궁창에서 흘러나온 쥐들과 파리 떼가 시체를 까맣게 둘러싸고 있었다. 하늘로 내뻗은 채 딱딱하게 굳은 앙상한 팔목을 타고 시궁쥐가 찍찍거리며 타고 올라갔다. 그 엄청난 시체 더미와 쥐 떼를 발견하는 순간 야경꾼은 막혀 있던 감정이 일시에 뿜어져 올라가는 느낌을 받았다.

"이, 이, 이건! 트, 틀림없이 페, 페스트! 페스트야! 악마의 재앙! 흑사병(Black Death)이다! 신이시여! 이곳에 흑사병이!!"

검은 반점과 수포가 가득한 몰골로 각혈을 하면서 죽어간 시체들, 그리고 엄청나게 불어난 쥐 떼들. 야경꾼은 이대로 얼어붙어 석상이 될 것만 같은 아득한 의식 속에서 비명을 질렀다.

"사, 살려줘… 커헉!"

거적 더미를 헤치고 누군가 기어나오며 신음하다가 울컥 검붉게 죽은 피를 토했다. 그 소리에 깨어나듯 시체 더미 사이에서 몇몇 사람들이 생명을 구걸하며 기어나왔다. 그리고 썩은 물이 고여 있는 길바닥에 검게 죽은 피를 토해냈다.

"페, 페스트다! 페스트가 발생했다! 악마의 저주가 내린 거야!!"

야경꾼은 비명을 지르며 서둘러 빈민가의 골목길을 나왔다. 창문이 빼꼼이 열리며 사람들이 밖을 내다보았다. 개중에는 이른 새벽에 뭐라고 소리를 지르는 야경꾼에 대한 불쾌감을 담은 눈도 있었다. 식은 땀을 흘리며 골목 입구까지 뛰어나온 야경꾼은 다급한 말투로 고함을 질렀다.

"빠, 빨리 도와줘! 수도에서 페스트가 발생했다! 잘못하면 우린 다 죽어! 페스트야! 흑사병이다!!"

야경꾼은 주변을 두리번거리다가 문득 골목 입구에 세워진 낡은 마차를 발견했다. 어쩐 일인지 마차에는 건초 더미가 가득 실려 있었다. 야경꾼은 쿼터스태프를 내팽개쳐 버리고 곧장 마차로 달려들었다. 그리고는 골목 바깥까지 나와 있던 시체를 안으로 발로 차 넣고는 건초 더미를 쌓기 시작했다.

시민들은 혼자서 실성한 듯이 고함을 지르며 날뛰는 야경꾼의 모습을 보면서 슬금슬금 고개를 내밀었다. 야경꾼은 식은땀에 흥건히 젖은 모습으로 고함을 질렀다.

"어서! 어서 도와줘! 불을 붙여야 해! 흑사병이야! 빈민가에 흑사병이 돌고 있다! 빨리 불을 지르지 않으면 우린 다 죽어!"

"흐, 흑사병? 페스트?! 신이시여!"

"어째서 그런 일이! 이곳에 악마의 저주라니……!"

"우린 죽는 건가?!"

"뭐 해?! 빨리 흑사병이 번지기 전에 불을 질러야 해! 어서 도와줘!"

야경꾼은 골목 입구에 건초 더미를 쌓으며 고함을 질렀다. 그의 공포는 사람들에게 쉽게 전염되었다. 그만큼 페스트라는 전염병은 시민들에게는 참을 수 없는 공포의 대상 그 자체였다.

암흑 시대를 거치면서 발생했던 페스트는 엄청난 숫자의 도시들과 사람들을 전멸시키며 대륙 전체를 공포의 도가니로 몰아넣었다. 그 엄청난 혼란 속에서 사람들은 고통스럽게 죽어갔고, 페스트를 옮긴다는 누명을 쓴 사람들이 집단적인 광기 속에서 화형당했다.

신이 만든 땅에 함부로 뿌리를 내리지 않는다는 종교적 계율 때문에 대륙을 정처없이 떠도는 유랑 민족 베세라 족은 불행하게 그 흑사병의 원흉이라는 누명—그들이 마을과 마을을 떠돌며 흑사병을 전염시킨다는—을 쓰고 집단적으로 학살당했고, 베세라 족은 이제 대륙에서 거의 찾아보기 힘들 정도로 소수 민족이 되어버렸다.

그리고 흑사병에 걸린 사람들을 치료하기 위해서 자신이 감염되는 것도 마다 않고 환자들의 수포에서 고름을 짜내고 환자들이 각혈한 죽은 피를 받아내며 정성을 바쳤던 의사들도 집단적으로 미쳐 버린 군중에 의하여 악마의 저주를 감사하는 의식을 올린다는 누명을 쓰고 돌에 맞아 죽었다. 전염될지 모른다는 공포에 미쳐 버린 주민들은 흑사병이 발병한 이웃 마을로 쳐들어가 마을 주민 모두를 불태워 죽였다.

페스트를 전염시키는 것은 쥐였지만 도시 주민들은 인간과 접촉이 잦은 개와 고양이가 페스트를 전염시킨다고 생각하고는 개와 고양이들을 보이는 족족 잡아 죽였다. 결과적으로 천적이 없어진 쥐들은 더욱 기승을 부리며 불어났고 도시는 전역에 걸쳐서 페스트 환자로 넘쳐 났다.

사람들은 타인에게 전염되는 것을 두려워하며 도시를 떠나 한적한 시골로 도망쳤고, 시골에서도 서로가 서로에게 접근하는 것을 경계하며 누구의 접근도 허용하지 않았다. 시골에 살던 친척들은 도시에서 찾아온 친척들과 인연을 끊고 칼과 몽둥이를 들이대며 자신에게 접근하지 못하도록 위협했고, 감염을 피해 시골로 내려왔던 도시민들은 어느 마을에도 들어가 보지 못하고 산속에서 굶어 죽었다.

개중에는 온갖 민간 요법들이 판을 치기 시작했는데, 수은 증기를 마시면 수은 증기의 독한 기운이 페스트에 감염되는 것을 막는다고 믿기도 했다. 그래서 많은 사람들이 집 안에서 수은을 끓이며 수은 증기를 가득 들이마셨다. 그리고 페스트에 감염된 사람과 눈이 마주치면 감염된다는 소문이 퍼져 사람들은 저마다 검은 천으로 눈을 가리고 지팡이로 더듬거리며 생활했다.

절망에 빠진 사람들은 페스트를 퍼뜨린다는 악마를 숭배하는 악마교에 의지하기도 했다. 페스트가 악마의 저주라면 그 악마를 숭배하고 악마의 가르침을 따른다면 페스트의 공포로부터 벗어날 수 있다고 생각한 것이다. 여기저기서 악마주의 밀교가 성행하기 시작했고, 당연하게도 성당 기사단이 기승을 부리며 확인되지 않은 사람까지 무조건 배교자로 화형에 처해 버렸다.

페스트가 무서운 점은 엄청난 속도로 번지는 전염성과 감염 후 2일에서 2주일 이내에 발병하여 검은 반점과 각혈, 발진, 오한, 정신 착란의 증세를 보이며 감염자 대부분이 죽는다는 질병 그 자체의 무서움도 있었지만, 무엇보다 페스트가 만연한 사회 그 자체를 뿌리에서부터 황폐화시킨다는 데 있었다.

타인에 대한 심각한 불신과 공포가 극에 도달해 타인에 대한 공격성으로 전이되는 모든 과정의 정점에 페스트라는 질병이 있었다. 그래서 사람들은 페스트를 두려워했다.

화아악!

아침부터 눈부신 불길이 치솟아올랐다. 사람들은 골목 입구에 있던 건초 더미—어째서 그곳에 건초 더미가 있는지 고민하는 사람은 없었다—를 골목 어귀에 쌓아두고 불을 질렀고, 근처에서 문짝과 간판들을 뜯어와 불길 속에 쑤셔 넣었다. 시민들의 얼굴은 공포에 붉게 젖은 채 흔들거렸다.

"어째서 페스트가 이 도시에……."

"설마! 얼마 전에 그 쥐 떼 사건이?!"

"역시 악마가 이 도시에 숨어들은 거야!"

사람들은 얼마 전에 도시를 경악으로 빠뜨렸던 쥐 떼 사건을 기억했다. 갑자기 온 도시의 쥐들이 흉포하게 날뛰며 도시를 휩쓸던 사건이었다. 쥐들은 사람들을 전혀 두려워하지 않고 집 안을 가득 메웠고, 개중에는 사람들에게 덤벼들어 물어뜯기도 했다. 어째서 그런 일이 있었는지 끝내 밝혀지지 않은 사건이었다.

"역시 그 사건은 페스트의 전조였어!"

"우린 이제 다 죽는 걸까?"

여기저기서 마음 약한 부인네들이 울음을 터뜨렸다. 그리고 엄청난 감정의 물결이 불길 주변에 몰려 서 있던 시민들 사이로 파도쳤다. 그때 누군가 갑자기 자신의 이마를 치며 소리를 지르기 시작했다.

"와, 왕비다! 왕비의 소행이야!"

"뭐? 무슨 소리야?!"

"얼마 전에 국왕 폐하의 칙령이 있었잖아?! 거기에 분명히 왕비가 악마와 동침을 했다고 했어! 설마 국왕 폐하가 거짓말을 하겠어?!"

"그럼 여기서 페스트가 발생한 게 왕비 때문이라는 말이야?!"

"당연하지! 자기 남편인 국왕 폐하도 독살하려던 여자야! 악마와 계약을 맺고 이 도시에 페스트를 전염시킨 거야! 악마와 동침한 여자라면 가능한 일이잖아!"

페스트 때문에 몰살당할지 모른다는 불안감은 금방 왕비에 대한 적대감으로 번지기 시작했다. 그것은 잘 마른 건초 더미에 불이 옮겨 붙는 것보다 빠르고 격렬했고 뜨거웠다. 사람들의 입을 건너며 왕비의 이름은 더없는 저주의 이름으로 변했다. 그리고 사람들은 당장 왕비를 찾아내 찢어 죽일 듯한 살기를 품고 고함을 질렀다.

"왕비가 쥐 떼를 불러왔다! 왕비가 페스트를 불러왔다! 왕비를 죽이자!"

"악마와 동침한 더러운 년은 더 이상 왕비가 아니다!"

아침 햇살이 축축한 지붕을 드리우기 전부터 골목길은 사람들의 고함 소리와 저주, 그리고 허공을 향해 휘두르는 주먹으로 소란스러워졌다. 그리고 수도에서 페스트가 발생했고, 그 원흉이 왕비라는 소문은 빠르게 도시를 잠식해 들어갔다.

"끔찍해… 페스트라니… 이런 상황에서…….."

레미는 책상에 앉은 채 신음처럼 중얼거렸다. 기미가 생겨난 그녀의 얼굴은 한층 어두워졌다. 레미의 책상 맞은편에 앉아서 차를 마시고 있던 이언은 조용한 표정으로 찻잔을 기울였다. 은은한 차 향이 책상 주변을 감돌고 있었지만 딱딱한 공기 때문에 아무런 변화도 주지 못했다.

"세상에… 페스트라니. 이젠 어쩌지?"

"페스트에 걸린 환자들을 치료할 방법은 없어."

"그건 나도 알아. 사방이 포위당한 상태에서 안에서는 페스트까지 발병했어. 어디서부터 손을 대야 하는 거지?"

"그걸 생각하는 것이 네가 할 일이겠지."

"남의 일처럼 한가하게 말하네. 넌 두렵지도 않아?"

"글쎄, 아직 나에게 닥쳐 온 일이 아니니까. 나에게 닥치면 그때 가서 고민하지 뭐."

"가끔 네 사고방식을 보면 너란 인간을 해부해 보고 싶어."

레미는 탈색된 시선으로 이언을 물끄러미 바라보면서 조용히 말했다. 그녀는 달랑 한 장짜리 보고서로 올라온 페스트 소식을 재차 읽으며 고민에 빠졌다. 이건 전혀 예상하지 못하던 변수였다. 수도에서 페스트가 발생해서 이런 문제가 생길 것이라고는 전혀 예측하지 못했다. 그녀는 과연 이런 경우에 어떤 식으로 대처해야 할지 감이 잡히지 않은 얼굴로 고민에 빠졌다.

"아! 그래! 쇼의 문제는 어떻게 처리했어?"

"네가 원하는 방식으로. 쇼와 4명의 암살자들은 모두 하메른 백인대에 편입되었어. 이제부터 싫든 좋든 그들은 하메른 백인대 병사로 지내게 될 거야. 누구도 죽지 않았어. 만족해?"

"고마워. 정말로 고마워."

"너를 죽이려던 놈들이야. 그걸로 만족해? 그들이 언제 네 목을 노릴지 모르는데?"

"상관없어. 솔직히 죽는 건 두렵지만, 그렇다고 그 사람들이 나를 대신해서 죽는 건 싫어. 나는 그 사람들을 무리해서라도 양지로 끌어내고 싶었어. 쇼도 그렇고… 이름도 얼굴도 모르지만 나머지 암살자들도 그렇고. 내가 부탁했던 거라고는 비밀로 해줘. 그리고 다른 사람들에게도 마찬가지로 비밀로 해줘. 알겠어?"

"뭐, 장담은 못하겠어. 놈들이 내 뒤통수를 치려고 하면 난 곧바로 죽여 버릴 거야. 가만히 있는다면 나도 굳이 놈들을 귀찮게 건드릴 필요는 없을 테지. 하여간 두고 보자구."

"고마워."

레미는 희미하게 웃으며 진심으로 말했다. 이언은 심드렁한 얼굴로 피식거리며 레미의 감사를 무시했다. 하지만 레미는 두 손을 모아 쥐고 앉아서 조용히 그를 바라보았다.

"하여간 난 이만 가보겠어. 좀 자둬야지."

이언은 그녀의 시선을 무시하며 자리를 털고 일어섰다. 레미는 다시 한 번 쇼의 문제를 원만하게 매듭 지은 이언에게 감사를 표시했다. 물론 그녀는 이언이 무장 병력을 동원하여 쇼의 일행을 협박했다는 사실은 모르고 있었다. 다만 어렴풋하게 이언이 이성적인 말로써 설득했을 거라고는 생각하지 않는 정도였다.

"그럼 나는 이만. 아, 앞으로 이삼 일 이내에 수도를 탈출할 거니까 너도 준비해 둬."

"무슨 방법으로?"

"그건 기밀이라니까. 미리 소문이 새어 나가면 우린 다 죽어."

"언제 실행하는데?"

"그것도 비밀이야. 하여간 그렇게 알아둬."

이언은 하품을 하면서 출입 문 쪽으로 걸어갔다. 보고서를 다시 한 번 들여다보던 레미는 문득 고개를 들고 이언을 불러 세웠다. 이언은 어깨 너머로 턱을 돌려 레미를 바라보았다.

"저기……."

레미는 잠깐 동안 머뭇거리며 망설였다. 이언은 아무런 반응도 없이 그저 묵묵히 그녀를 바라보았다.

"혹시 빈민가에서 발생한 페스트… 너하고 관련있는 거야?"

"내가 저지른 짓이냐고?"

"아니, 내 말은 그러니까… 혹시 뭔가 알고 있는가 싶어서……."

"몰라. 나하고는 관련없어."

이언은 무뚝뚝하게 대꾸하고는 문을 닫고 나가 버렸다. 레미는 막혀 있던 한숨을 크게 내쉬었다. 그리고 손가락으로 테이블을 똑똑 두드리며 생각을 정리하려고 애를 썼다.

'과연 관련이 없는 걸까? 모르겠어.'

레미는 우울한 눈으로 석양을 바라보았다. 오늘이 지나면 이제 수도 탈출 한계일은 3일이 남았다.

〈 5 〉

"건배! 하메른 백인대 만세!"

모닥불 주변에 다닥다닥 모여 있던 병사들은 유쾌하게 웃으며 맥주잔을 흔들었다. 모처럼 무거운 갑옷도 벗어버리고 무기도 팽개쳐 버린 병사들은 홀가분한 기분으로 맥주를 마시고 왕실 농장에서 멋대로 잡아온—이미 먹고 싶은 것은 알아서 챙겨 먹으라는 명령이 있었다—돼지를 숯불에 구워 먹었다. 술에 취한 병사들의 얼굴은 벌겋게 상기되어 있었다.

"근데 이렇게 놀고 있어도 좋은 건가?"

"알게 뭐야? 마스터의 명령만 따르면 충분해. 자자, 마시자!"

"내일 죽더라도 오늘은 마음껏 마시고 죽자구!"

"좋았어! 와하하하!"

도시가 포위되었고, 패색이 짙은데도 하메른 백인대 병사들은 전혀 기죽지 않았고 불안해하지 않았다. 그들은 그저 지금 이 순간 먹고 마시는 일에 열중했다. 그것이 최후의 만찬이 되어도 상관없었다. 그것이 최후의 만찬이라면 그 최후를 후회없이 본전 뽑을 정도로 놀아주겠다고 생각했다. 먹을 수 있는 것은 눈에 보이는 대로 가져다 먹는 술 취한 병사들의 무서움을 알고 있는 시녀들은 하메른 백인대가 머물고 있는 후원 근처에는 얼씬도 하지 않았다. 술 취한 병사보다 여자에게 해악을 끼치는 존재는 세상에 없다는 진실을 알고 있었기 때문이다.

이따금 순찰을 돌던 근위대 병사들은 못마땅한 눈으로 그들을 흘겨보았다. 성벽 밖에서 왕비 파 대군이 진을 치고 있고 수도에서는 페스트 때문에 불길이 치솟고 있었다. 페스트가 발병했다는 소문은 빠르게 퍼져 나갔고, 페스트가 발병한 빈민가 주변에 사는 주민들과 병사들은 빈민가를 봉쇄하고 아무도 빠져나오지 못하도록 길목마다 불을 질렀다. 그런 뒤숭숭한 판국에 소중한 식량을 낭비하며 술자리를 벌이는 그들이 짜증스러웠던 것이다. 하지만 근위대 병사들은 아무런 말도 하지 못하고 그냥 지나쳤다.

개전 이래 하메른 백인대의 존재는 하루가 다르게 유명해졌다. 처음에는 반쯤 농담이었고 어느 정도 상대를 깔보는 의미에서 하메른 백인대들을 놀렸지만, 이제는 그럴 배짱을 가진 병사들이 별로 없었다. 다른 병사들은 적병의 매복이 가득한 들판을 안마당 드나들듯 심심하면 나갔다 들어오는 그들처럼 행동할 자신이 없었다. 말로는 적만 보면 무조건 등을 돌리고 도망친다고 했지만 전쟁은 그렇게 만만하지 않았다.

전투가 벌어진 이후에 정면 충돌보다 죽을 확률이 높은 경우는 부대가 퇴각하는 시점이었다. 사기는 급속도로 떨어지고 병사들의 불안

심리는 대열을 흐트러뜨린다. 그에 비하여 적은 더욱 기세를 올리며 투지를 불태운다. 그것만으로도 병사들 개개인이 죽을 확률은 기하급수적으로 높아갔다.

하메른 백인대 병사들은 그런 퇴각을 숨 쉬고 먹는 일처럼 일상적으로 생각했다. 사기도 떨어지지 않았고, 후퇴한 이후 어디서 집결해야 하는지 숙지하고 있었기 때문에 판단도 빠르고 몸도 빨랐다. 그리고 엄청난 속도로 들판을 누비고 다니는 강행군에 익숙해져 있었다.

대부분의 병사들은 하메른 백인대처럼 적병이 새까맣게 깔린 들판 한가운데서 적에게 걸리지 않고 도망 다닐 자신이 없었다. 그렇다고 가장 최근 전투에서 보여준 것처럼 200명 남짓한 병력으로 겁없이 적 후방으로 치고 들어갈 배짱은 더 더욱 없었다. 그건 용기도 아니었고 군율로 무장된 투철한 군인 정신도 아니었다. 그건 만용 그 자체였다.

"자아! 우리 하메른 백인대, 아니, 미친 원페어(One-Pair) 부대를 위해 건배!"

지난번 전투가 끝난 이후 하메른 백인대는 '미친 원페어 부대' 라는 별명이 새로 생겼다. 근위대원 중 누군가 혀를 차면서 하메른 백인대 병사에게 대규모 병력이 밀집한 적 진영의 배후를 고작 200명으로 치고 들어간 용기가 뭐냐고 물었을 때 그 병사는 웃으면서 '원페어 카드 게임과 같은 거야' 라고 대답했다.

"카드 게임을 할 때 내가 원페어를 들고 풀하우스가 나온 상대와 베팅을 거는 거지. 족보로 따지면 나는 당연히 상대보다 한참 낮은 패야. 하지만 눈을 부라리면서 전 재산을 걸어버리는 거야. 기 싸움이라구. 상대가 내 기세에 눌려 죽어버리면 난 한몫 찐하게 잡는 거고, 상대가 끝까지 버티면 난 가산 탕진하고 거지가 되는 거지. 간단하지?

상대방의 눈빛에 죽는 사람이 지는 게임이야. 겁먹고 몸을 사리면 죽는 거라구."

그 병사는 근위대원에게 그렇게 대답했다. 그 후로 하메른 백인대는 미친 원페어 부대라는 별명이 또 하나 추가로 붙었다. 그들의 만용은 하루가 다르게 정도가 심각해졌고, 다행히 지극히 냉정하면서 상식을 깡그리 무시하는 지휘관 덕분에 전멸은 면하고 있었다. 엄정한 군율과 굽히지 않는 자긍심으로 무장된 정예 부대와는 또 달랐다.

"이봐, 대장! 이거 우리 새로운 부대 깃발인데 어때?"

잔뜩 취한 병사가 그제야 생각났다는 듯이 품속에 넣고 있던 천을 펼쳐 들었다. 상당히 비싼 검정 실크—물론 왕실 창고에서 멋대로 훔쳐온 것이다—를 재단해 만든 깃발이었다. 한가운데에는 선명하게 2의 원페어가 수놓아져 있었다. 2의 원페어는 카드 게임에서 원페어 중에서도 가장 낮은 패였다. 깃발을 만들어온 병사는 히죽 웃었다.

"미친새끼! 하고많은 것들 중에서 하필 카드 패를 갖고 부대 깃발을 만드냐?"

하메른 백인대의 백인대장 하메른 만호프는 그 병사를 비웃으면서 맥주를 홀짝거렸다. 깃발을 들고 있던 병사는 딸꾹질을 하고는 다시 히죽 웃었다.

"우리의 새로운 별명이 미친 원페어잖수? 그래서 고민고민하다가 카드 패 중에서 가장 낮은 이걸로 했지. 잘했죠, 대장? 우린 어차피 끗발없고 고생만 죽어라 하는 막노동 부대니까!"

"푸하하하!"

"멍청한 새끼! 차라리 그럴싸하게 독수리나 불 뿜는 드래곤 같은 거면 좀 좋아? 촌스럽게 카드가 뭐냐, 카드가? 그것도 쓸모없는 패잖아? 2의 원페어면 진작에 죽는 게 돈 버는 길이야."

"우리도 진작에 죽는 게 고생을 덜하는 길이잖수?! 후하하하!"

"근데 그건 누가 만들었냐? 털이 숭숭 난 무식한 칼잡이들이 십자 수라도 놓을 수 있는 건 아닐 테고."

"사자성에는 솜씨 좋은 시녀들이 많수다. 꽤나 신분이 높은 시녀였던 것 같던데… 자작 부인이라던가?"

"미친새끼야! 자작이 얼마나 높은 건지 몰라?! 그래서?"

"목에 칼을 들이대고 협박했죠. 이러이러한 걸 지금 당장 만들어라."

"교수형당하고 싶냐?"

"군인은 교수형이 없수다. 참수형이라면 모를까."

앉아서 웃고 있던 다른 병사가 자신의 손으로 목을 자르는 시늉을 해 보이면서 웃었다. 하메른 만호프는 잔을 비우고는 빈 잔을 그 병사의 머리로 던져 버렸다. 그리고 깃발을 받아 들었다.

"죽여 버릴 새끼… 내가 예전에 말이야, 한때 카드 게임에 미쳐서 마누라가 애새끼를 데리고 도망쳐 버렸지. 그래서 밥 굶기 싫어서 수도 경비대에 들어간 거였어. 재수없게 전쟁이 터져 이 고생을 하고 있다. 근데 이제는 부대 깃발까지 카드냐?"

하메른은 깃발을 들고 서서 부하가 건네주는 맥주 잔을 받아 들면서 투덜거렸다. 모닥불 주변에 몰려 있던 병사들은 킥킥거리며 백인 대장을 비웃었다.

"저런……."

"하! 얼마나 지지리도 못났으면 마누라가 도망갈까?"

"그러길래 도박하는 놈들은 패가망신이라니까. 하하하!"

"카드 때문에 신세 망친 인간이 우리 대장이니 우리 부대가 이 모양이지. 어쩔 수 없구만 그래?"

"오오! 하인켈, 자네 방금 멋진 말을 했어!"

하메른은 단숨에 비워 버린 맥주 잔을 던져 버리고 고함을 질렀다.

"부대에에~ 주목!"

"뭐요? 대장?!"

여기저기 흩어져 술을 마시던 병사들이 일제히 고개를 돌렸다. 209명의 시선을 받던 하메른은 잠시 콜록거리다가 깃발을 크게 흔들었다. 검은 실크 깃발은 모닥불 빛을 받아 둔탁한 광택이 흘렀다.

"카드 게임에서 가장 끗발이 낮은 2의 원페어다! 지금부터 이게 우리 끗발 낮은 머저리들의 상징이다! 부대 깃발이다! 우린 인생 조진 거야!"

"만세! 건배!"

병사들은 사자성의 후원이 흔들리도록 시끄럽게 고함을 지르고 박수를 쳤다. 하메른은 웃는 얼굴로 깃발을 흔들면서 '이 돼지새끼들아! 목소리가 그것밖에 안 나와!' 라고 고함을 질렀다. 더욱 시끄러운 함성이 터져 나왔다.

"누구 맘대로 부대 깃발이 어쩌고 떠드는 거냐?"

하메른 백인대장의 등 뒤에서 나타난 이언은 두 손을 주머니에 찌른 자세로 서서 으르렁거리듯 말했다.

촤라락!

하메른 백인대 병사들은 일제히 술잔을 내던지고 자리에서 일어서 차렷 자세를 취했다. 하메른 백인대장은 힐끔 부하들을 돌아보고는 이언에게 경례를 붙이며 구령을 붙였다.

"충성!"

"쉬어."

"부대! 쉬어!"

"그게 새로 만든 깃발이냐? 근데 유격대가 깃발은 뭐 하게? 그 깃발을 걸어두고 매복할 거냐? 너희들, 슬라임들이냐?"

"아닙니다, 마스터!"

"저거 만든 놈 누구야?!"

"충성! 병사! 틸!로!이!츠!"

깃발을 꺼내 들고 히죽 웃었던 병사가 술 취한 얼굴에 잔뜩 긴장한 표정으로 일어섰다. 이언은 팔짱을 끼고 차갑게 웃었다.

"네놈 때문에 사자성이 발칵 뒤집혔던 건 아냐?"

"시정하겠습니다!"

"한 번만 더 그런 짓을 하면 첨탑에 거꾸로 매달아 버린다. 물론 살가죽을 벗긴 다음에. 알겠냐?"

"네, 알겠습니다!"

"틸로이츠, 이제부터 네놈이 이 멍청이 부대의 기수다. 깃발을 잃어버리면 넌 죽어."

"네, 알겠습니다!"

"지금부터 이건 말 그대로 '2의 원페어'라 부른다. 그리고 부대의 정식 상징으로 인정한다. 장비에 이것을 새겨 넣는 것을 허락한다. 단! 멍청하게 이 요란한 상징으로 도배하고서 매복하다가 적에게 걸리면 죽는다. 다음 작전이 시작되기 전에 알아서 각자 마련해서 패용하도록. 한 번만 더 자작 부인 목에 칼을 들이대고 협박하는 놈이 있으면 맷돌로 갈아서 주스로 마셔 버리겠어."

이언은 어둠 속에 서서 싸늘한 눈으로 병사들을 둘러보며 말했다. 병사들은 그의 협박에 겁을 먹지는 않았지만 나름대로 입을 다물고 가만히 서 있었다. 자신들의 최고 지휘관 성격이 별로 좋지 않다는 것은 경험으로 알고 있었다.

"내일 밤 제2경계시가 되면 작전을 개시한다. 장비는 완전 군장으로. 작전 명령은 제1경계시에 내린다. 각 급 지휘관들은 병사들의 장비 점검 후 제1경계시에 집결한다. 따라서 제1경계시까지 전원 전투 준비를 마쳐라. 질문있나?"

"반격에 나서는 겁니까?"

하메른 백인대장은 술기운을 쫓으며 긴장된 목소리로 질문했다. 이언은 차갑게 웃으면서 그를 노려보았다.

"넌 보병 210명으로 기병 5개 독립대와 싸울 자신 있나?"

"없습니다."

"우린 내일부로 수도에서 도망치는 거다. 단, 이번에는 중요한 화물이 있다."

"네?"

"국왕이다."

병사들 사이로 웅성거리는 소리가 빠르게 퍼졌다. 이언이 아델만 국왕을 화물로 지칭해서가 아니었다. 당연히 국왕 모독죄로 충분한 발언이었지만 병사들은 그런 것에 신경 쓰지 않았다. 단지 국왕을 데리고 수도를 탈출하는 작전이라면 어지간해서는 살아남기 힘들 거라는 예측 때문이었다. 수도를 포기한다는 작전을 지시받은 병사들의 얼굴에는 복잡한 감정이 교차했다. 개중에는 수도에 가족들이 있는 병사들도 있었다. 이언은 한숨을 쉬면서 고개를 흔들었다.

"이럴 줄 알았다. 불안하냐? 한 가지만 묻자. 네놈들이 수도에 있는 것이 수도에서 살고 있는 네놈들 가족들이 안전하겠냐, 아니면 네놈들이 수도에 없는 게 안전하겠냐?"

"네?"

하메른 백인대장이 병사들을 대표하여 질문했다.

"이대로라면 적은 수도에 대한 대규모 공성전을 벌인다. 하지만 우리가 말끔히 빠져나가면 수도에는 적에게 저항할 병력이 없어진다. 따라서 적들은 수도에 무혈 입성한다. 설마 적이 우리를 추격하는 것을 포기하고 수도 주민들을 몰살하는 방법을 택할 거라고 보는가? 우리가 이대로 있으면 수도에 남아 있는 네놈들 가족과 네놈들은 사이좋게 동반 자살하는 거다. 하지만 우리가 사라지면 수도는 전략적 가치가 없어진다. 물론 정치적인 명분 때문에 정치적 가치는 있을 것이다. 그건 너희들 수준에서는 신경 쓸 거 없다. 단지 우리가 수도를 포기하면 성벽이라는 방어 시설을 포기하기 때문에 우리의 위험도는 높아지지만 반면에 수도는 봉쇄가 풀리고 전쟁 후방으로 돌려진다. 무슨 소린지 모르겠냐?"

"아! 그렇습니까?"

"그렇다. 수도는 전투가 벌어지는 최전방이 아니라 후방이 되는 것이다. 따라서 수도 주민들을 살리기 위해서 우리는 최대한 무사히 수도를 탈출해야 한다. 물론 국왕을 비롯한 군대가 수도 방어를 포기하기 때문에 시민들의 원성을 살 것이다. 국왕이 수도를 버렸다는 결정의 정치적 파장은 크다. 하지만 객관적으로 우리는 수도 주민들을 살리기 위해서, 그리고 우리가 살기 위해서 수도를 탈출해야 한다. 수도가 적의 손에 넘어가겠지만 적어도 일반 시민들은 전쟁의 위험에서 벗어난다. 쥐고 있다가 적의 손에 바스러져 버리는 것보다는 차라리 적의 손에 넘겨주는 것이 좋은 경우가 바로 지금이다. 그리고 왕비 때문에 페스트가 발생했으니 수도가 적의 손에 넘어가도 시민들은 왕비의 편에 서지는 않을 것이다."

"아, 그러고 보니……."

이언은 적시에 발생한 '페스트' 때문에 왕비에 대한 격렬한 증오심으로 팽배한 시민들에 관한 보고서를 읽었다. 시민들은 페스트의 위험과 적의 대군 때문에 수도를 포기하는 국왕을 원망하지는 않을 것이다. 그것은 누구나 납득할 수 있는 정당한 이유였다.

그리고 수도 주민들을 살리기 위해서 국왕이 수도를 포기한다는 포고문이 이미 준비되어 있었다. 대량 인쇄까지 마쳐진 그 포고문은 국왕이 수도를 떠나는 시점에 수도에 배포될 것이다.

여기에 이언은 국왕에게 수도를 떠나는 순간에 미처 데려가지 못한 시민들에게 미안한 감정이 북받쳐 눈물을 흘리라고 요구했다. 눈물을 흘리며 괴로운 심정으로 수도와 그곳에 사는 시민들을 버리는 안타까운 국왕의 마음은 이미 연출 준비가 끝난 상태였다. 정치적 입지를 고려한 제스처는 확실한 효과를 발휘할 것이다. 게다가 페스트의 창궐은 아델만 국왕에게 결정적으로 수도를 떠날 명분을 만들어주었다.

"너희들의 임무는 근위대의 호위를 받는 국왕 폐하가 포함된 주력 병력이 무사히 수도 지역을 탈출하기 위한 탈출로를 개척하는 것이다. 따라서 최단시간에 적의 포위망을 돌파해야 하고, 또한 탈출선상에 있을 적의 매복을 색출하고 진압한다. 너희들은 내일 밤 작전이 시작되면 역사에 길이 남을 기록적인 전장 개척과 전투 행군을 성공시켜야 한다. 각자 알아서 술을 마시고 휴식을 취해라. 질문있나?"

"없습니다!"

"이상!"

"부대! 차렷!"

구령을 붙인 하메른 백인대장은 병사들이 차렷 자세를 취하는 것을 확인하고 단호하게 경례를 붙였다.

"충성!"

"쉬어. 부하들 관리를 부탁한다."

"네, 알겠습니다."

이언은 미련없이 등을 돌리고 어둠 저편으로 사라져 버렸다. 하메른 백인대장은 뒤로 돌아 심호흡을 했다. 병사들은 전투에 임박한 긴장된 얼굴로 백인대장을 바라보았다. 하메른은 술잔을 들어 맥주 통에 담가 잔을 채워 밤하늘을 향해 치켜들었다. 그리고 고함을 질렀다.

"부대! 술잔을 채우고 집합! 마지막 만찬이다!"

"하메른 백인대 만세! 원페어 만세!"

병사들은 우르르 소리를 내면서 잔을 치켜들었다. 틸로이츠는 바닥에 뒹굴고 있던 누군가의 스피어에 깃발을 매달았다. 그는 불빛에 잘 보이는 자리에 스피어를 박았다. 축축한 밤하늘을 배경으로 검은 깃발이 가볍게 펄럭거렸다. 건배를 외치는 백인대장의 목소리가 밤하늘을 어수선하게 만들었다.

"정지. 누구냐?!"

밤거리를 순찰하던 야경꾼들이 불러 세웠다. 하메른 만호프는 두 손을 머리 위로 올리며 손에 들고 있던 통행증을 내보였다. 왕실 문장이 찍힌 종이가 힘없이 흔들거렸다. 이언의 특별 배려로 얻은 통행증이었다. 물론 이언은 진짜로 평소의 협박처럼 그를 잡아먹을 듯이 노려보며 화를 냈지만 결국 허가서를 어디선가 구해다 주었다.

"후우……"

하메른은 낡고 더러운 제복을 털면서 무거운 발걸음을 옮겼다. 멀리서 먼동이 트고 있었고, 밤새 술을 마셨기 때문에 취기가 올라와 어지러웠다. 그리고 피곤했다. 하메른은 아침이 되기 전에 부대로 복귀하여 낮 시간에 푹 자둬야겠다고 생각했다. 내일 밤에 작전이 시작되면 언제 잠을 잘 수 있을지는 아무도 몰랐다. 부하들은 이미 자고 있을 것이다.

터벅터벅.

항구 쪽으로 걸어가는 그의 발걸음 소리는 무거웠다. 그는 몇 번이고 검문을 지나치며 항구 쪽으로 무겁게 걸어갔다. 바람이 불어와 그의 낡은 제복을 펄럭이게 만들었다. 하메른은 허리에 매달고 있는 롱 소드가 유난히 무겁다고 생각했다. 전투 중에 어떤 장교에게서 빼앗은—물론 그 장교는 그의 손에 죽었다—롱 소드는 일개 백인대장인 그로서는 평생 동안 한 번도 만져 보지 못할 고급이었다. 물론 군용 롱 소드였기 때문에 아무런 장식도 없는 단조로운 모양이었지만 검날의 제련 상태와 예리함은 질적으로 달랐다. 그것은 다시 말해서 단 하루라도 그 자신의 생명을 연장시켜 줄 확률이 높다는 것을 의미했다.

하메른은 문득 그것이 타인의 목숨을 지불할 가치가 있는 것인지 자문했다. 하지만 결국 자신이 죽는 것보다는 타인이 죽는 것이 낫다는 결론에 도달했다. 자신의 목숨에 비하면 타인의 목숨은 하잘것없는 먼지 부스러기에 불과하다고 생각했다.

"후후후."

실없이 혼자 웃던 하메른은 항구 근처의 낡은 타베른에서 멈춰 섰다. '야르 강의 뱃노래'라는 이름을 가진 항구 근처의 싸구려 타베른 간판이 어둠 속에서 졸린 듯 흔들거렸다.

"……."

도시의 지붕 너머로 서서히 먼동이 터 오는 것을 바라보면서 하메른은 망설였다. 몇 번이나 등을 돌리던 하메른은 입술을 깨물며 다시 타베른 간판을 바라보았다. 그는 취기를 씻어내기 위해서 손바닥으로 얼굴을 쓸었다. 어쩐지 손에서 피 냄새가 난다는 생각이 들었다.

"꺄악! 누구?"

갑자기 문이 열리고 안에서 나오던 여자가 인기척에 놀라서 낮게 비명을 질렀다. 하메른도 움찔 놀라서 한 걸음 물러섰다.

"루젤린……."

"하메른? 하메른이에요?"

"응."

하메른은 어색하게 웃었다. 머릿수건으로 머리를 싸매고 커다란 물통을 들고 나오던 루젤린은 놀란 얼굴로 남편의 얼굴을 바라보았다. 뺨에 피딱지가 말라붙은 상처 자국을 가졌고, 눈 주변이 거뭇거뭇하고 퀭하니 들어간 깡마른 얼굴로 변한 하메른의 얼굴을 확인한 그녀는 복잡한 얼굴로 묵묵히 입을 다물었다.

"헛흠……."

하메른은 시선을 돌리며 헛기침을 했다.

"내가 여기 있다는 거… 알았어요?"

"작년에 우연히 부하에게 들었어."

"근데 왜 데리러 오지 않았어요?"

루젤린은 조금 진정되어 가라앉은 얼굴로 조용히 물었다. 붉게 변하기 시작한 하늘을 배경으로 두 사람은 조금 거리를 두고 서서 조용

한 목소리로 말하고 있었다. 하메른은 면도를 하지 않아 꺼칠한 턱을
긁었다.

"…얀스… 는 잘 있어?"

"지금 자고 있어요. 얀스도 올해 6살이에요. 4년 동안 많이 컸어요."

"다행이군, 다행이야. 암, 다행이지."

하메른은 무슨 소리를 하는지도 모른 채 중얼거렸다. 루젤린은 웃
지 않았고 무표정한 얼굴로 입술만 움직여 이야기했다.

"살아 있어서 다행이에요. 걱정했어요."

"아아……."

"전쟁이 벌어졌는데 당신이 군인이어서 걱정했어요."

"걱정할 거 없어. 난 후방 근무라 아직 한 번도 전투에 참가해 본
적 없어. 맨날 하품만 하고 있어. 전쟁이라는 게 실감나지 않아. 나도
이런 기회에 전공을 쌓아서 출세해 봐야 하는데……."

하메른은 웃으면서 말했다. 취기는 여전히 끈질기게 그에게 달라붙
었다. 루젤린은 그저 묵묵히 그를 보고 있었다. 4년 만에 보는 남편은
전혀 다른 사람으로 보였다. 단순히 퀭한 눈자위와 창백한 피부 때문이
아니었다. 예전의 하메른 만호프라는 남자였다면 후방에서 근무해도
자신은 최전방에서 엄청난 전공을 세웠노라고 허풍을 떨었을 것이다.

자신이 한 달 동안 식모살이로 고생해서 번 돈을 고스란히 가져가
하룻밤 도박에 날리고도 내일이면 한몫 잡아서 부자가 될 거라고 거
짓말을 하던 남자였다. 그것이 너무 끔찍해서 2살배기 얀스를 데리고
도망쳐 나왔다.

예전의 남편이라면 지금쯤 묻지도 않는 말을 떠들면서 자신이 얼마
나 큰 전공을 세우며 활약하고 있는지 허세를 부려야 했다. 그런 남자

가 퀭하고 어두운 얼굴로 서서 웃으면서 자신은 후방에서 근무해서 할 일이 없다고 말하고 있었다.

　루젤린은 전쟁이 어떤 식으로 벌어지고 있는지는 몰랐다. 하지만 남편이 지금 어떤 생활을 하고 있는지는 짐작이 갔다. 달라진 눈빛이 그것을 증명했다. 도박에 미쳤을지언정 예전의 남편은 지금처럼 안광이 시퍼렇지는 않은 부드러운 남자였다. 루젤린은 문득 슬픔을 느꼈다.

　"정말로 큰일은… 없는 거죠?"

　"나 같은 놈이 뭐 달라질 게 있겠어. 그냥 그렇지 뭐."

　루젤린과 하메른은 좀처럼 서로의 거리를 좁히지 않고서 담담하게 대화를 주고받았다.

　"전쟁이라 살아가는 데 힘들지?"

　"죽어가는 군인들보다야 낫죠. 며칠 전에도 이 동네 출신 중에서 3명이 죽었어요."

　"그래……."

　"어디 다친 데는 없어요? 몸은 건강하구요?"

　"없어. 이건 술 마시고 넘어져서 다친 거고."

　하메른은 딱지가 내려앉은 상처 주변을 가볍게 긁으며 웃었다. 취기 때문에 피곤해서 돌아가서 잠들어 버리고 싶었다. 뭐 하러 이곳을 찾아왔을까? 하메른은 한심한 기분이 들었다.

　"이만 가볼게."

　"저기 하메른……."

　"응?"

　하메른은 고개를 돌렸다. 루젤린은 입술을 깨물며 입을 다물어 버렸다. 그는 잠자코 아내의 말을 기다렸다. 하지만 아내는 끝내 입을 열지 않았다.

"아니에요. 몸조심해요. 죽지 말아요."

"하하하… 난 후방 근무라니까. 그것보다 이거……."

하메른은 묵직한 돈주머니를 그녀에게 내밀었다. 그녀는 의아한 얼굴로 받아 들었다.

"갖고 있어. 돈이 많이 필요할 거야."

"당신… 나하고 결혼한 이후로 처음으로 돈을 가져다 주는 거 알아요?"

"그랬나? 정말 미안하군. 하여간 난 귀대 시간이 있으니까 이만 갈게."

"…하메른… 조심해서 들어가요."

"그래."

하메른 만호프는 다음에 다시 오겠다고 말하지 않았고, 루젤린은 그에게 다시 찾아오라고 말하지 않았다. 그는 등을 돌리고 걸어가 버렸다. 그녀는 끝까지 남편의 모습을 지켜보면서 기다렸지만 그는 한 번도 뒤돌아보지 않았다. 그가 도로 저편으로 사라져 버렸을 때 루젤린은 길가에 주저앉았다. 그리고 힘없이 중얼거렸다.

"사랑해요… 하메른……. 바보 같아."

루젤린은 우울한 눈으로 아침 햇살을 바라보았다. 유난히 힘든 하루가 시작되고 있었다.

촤아악!

인적이 끊긴 골목길에서 롱 소드가 뽑혀져 나오는 소리는 유난히 크게 느껴졌다. 하메른은 손목에 묵직하게 전해지는 롱 소드의 무게를 가늠하며 시퍼렇게 날이 살아 있는 롱 소드를 아침 햇살에 비춰 보았다. 이빨 하나 나간 곳이 없는 깨끗한 롱 소드였다. 하메른은 조용히 웃으며 바닥에 주저앉았다.

"이젠 두 번 다시 못 보는군. 그래… 이게 부러지는 게 먼저일까, 내가 죽는 게 먼저일까? 오랜만에 내기나 해볼까? 좋았어. 전 재산을 걸어보지."

하메른은 바닥에 앉아 롱 소드의 차가운 감촉을 뺨으로 느끼며 중얼거렸다. 밤새워 마신 술 때문에 어지럽고 머리도 아팠다. 그는 올해 6살이라는 얀스의 모습을 상상해 보았지만 전혀 떠오르지 않았다. 아니, 그가 최후로 보았던 2살 때의 아들 모습을 상상해 봤지만 그것도 마찬가지였다. 그는 4년 만에 아들 얼굴도 잊어먹은 자신이 한심스러웠다.

툭!

한줄기 눈물이 흘러나와 그의 창백한 뺨을 타고 흘러내렸다. 그는 길가에 쭈그리고 앉아서 애써 웃었다. 눈물이 멈추지 않았다.

"볼썽사나워… 다 큰 남자가 길가에 앉아서 울다니……."

하메른 만호프는 눈을 감고 거친 손바닥으로 얼굴을 가렸다. 야윈 뺨으로 흘러내리는 눈물은 지독하게 뜨거웠다.

"너, 이걸 뭐에 쓰려는 거냐?"

쇼는 의심스러운 눈길로 이언을 바라보며 물었다. 수레에 고정되고 12명이 달라붙어 밀게 되어 있는 파성추는 간신히 완성되어 있었다. 그리고 그 작업을 했던 마이스터들은 작업장 한켠에 서서 불안한 눈으로 이언의 눈치를 살폈다. 이언은 파성추를 가볍게 두드려 보면서 간단하게 제작 상태를 점검했다.

"파성추란 건 성벽을 부술 때 사용해."

"그건 나도 알아. 너, 설마 이걸로 우사자 성채를 부수겠다는 거냐?"

"글쎄… 그건 내일이면 알게 될걸?"

"나를 믿지 못한다는 말이군?"

"난 나를 제외하면 누구도 믿지 않아."

"멋지군."

이언은 쇼의 대답이 마음에 들었는지 웃었다. 쇼는 더 이상 아무런 말도 하지 않았다.

"좋아. 우선 이걸 은폐한다. 목재를 대충 쌓아서 형태를 감추고 천을 덮어서 가린다. 그리고 성벽으로 이걸 수송해."

이언은 한쪽 구석에 몰려서 잔뜩 경계하고 있는 마이스터들에게 명령했다. 마이스터들은 꾸물거리며 움직이기 시작했다.

"전쟁이라는 건 역시 예상하지 못한 방법으로 뒤통수를 때려야 하는 법이야. 발상의 전환이 아주 중요하지."

"아아, 그래서?"

"그것보다 너의 부하들을 오늘 중으로 멍청이 부대에 합류시켜. 그리고 충분한 무장과 장비를 지급하고. 그건 너한테 맡기지."

"알아모시죠."

쇼는 못마땅한 얼굴로 이언을 노려보며 말했다. 이언은 다시 한 번 만족스러운 시선으로 파성추의 모습을 바라보았다. 그의 입가에 불길한 미소가 걸렸다.

요란한 소리를 내면서 목조 건물이 무너져 내렸다. 물러섰던 사람들은 다시 덤벼들어 남아 있던 벽을 부수고 부서진 잔해에 물을 뿌렸다.

"방화선을 만드는 작업이 거의 끝나갑니다. 이제 서쪽 100미터 구간만 철거하면 방화선이 완성됩니다."

지휘를 맡은 시민병이 뛰어와 레이드에게 보고했다. 레이드는 고개를 끄덕이면서 추가적인 지시를 내렸다.

"다시 한 번 전 구역을 확인해. 빈민가로부터 5미터 이내에 있는 가옥은 모두 철거한다. 수도를 전부 태워먹기 싫으면 확실하게 작업해. 철거된 잔해에는 충분한 물과 모래를 뿌려둬. 그리고 성문까지 바리케이드 작업은 얼마나 완성되었나?"

"아직 150여 미터 남았습니다만 오늘 일몰 시간까지는 완성됩니다."

"빈민가 골목 입구에 병사들을 좀 더 배치해서 행여 페스트 환자가 나오지 못하도록 감시해. 한 명이라도 빠져나오면 우린 다 죽어."

레이드는 지루한 얼굴로 하품을 하면서 명령을 내렸다. 지휘를 맡았던 시민병 조장들은 재빠르게 자신들의 구역으로 흩어졌다.

최초로 페스트 환자가 목격된 이후 환자가 발생한 빈민가를 중심으로 격리 작업은 빠르게 진행되었다. 전염병의 무서움을 알고 있는 시민들과 시민병들은 앞장서서 격리 작업에 참가했다. 빈민가로부터 5미터 폭으로 방화선이 설정되었고, 그 구역 안에 위치한 가옥들은 종류를 불문하고 무조건 철거 작업에 들어갔다. 다행히 상당한 구역들은 도로를 끼고 있었기 때문에 실제로 모든 구역을 철거하는 상황은 벌어지지 않았다.

시민들은 페스트 발병 때문에 왕비에 대한 반감이 극단적으로 고조된 상태였고, 많은 숫자의 시민들은 자진해서 작업에 참가했다. 그들은 위태로울 정도로 신경이 날카로워져 있었고, 페스트가 빈민가 바깥으로 흘러나오면 모두 죽는다는 공포에 감염되어 있었다. 덕택에 레이드는 별다른 어려움 없이 방화선 작업을 지휘할 수 있었다.

빈민가를 포위하는 형태로 방화선이 구축되는 한편 한쪽으로는 성문까지 연결된 도로 양 옆으로 바리케이드가 만들어졌다. 도로 쪽으로 나 있던 집들의 출입 문과 창문은 두꺼운 나무 판으로 막혀 버렸고, 가시나무 울타리와 마차, 상자 따위가 동원되어 도로와 연결된 골목 입구가 폐쇄되었다. 빈민가에서 성문까지 긴 통로가 만들어진 것이다.

"저리 가! 죽고 싶어?!"

골목 입구를 감시하던 시민이 돌을 던지며 고함을 질렀다. 빈민가 안쪽에서 누군가 비틀거리며 다가왔다. 온몸에 잔뜩 검은 반점이 생기고 고열과 구토에 시달리던 사내는 고통스럽게 떨리는 손으로 구원을 요청했다. 하지만 잔뜩 흥분한 시민들은 그 사내에게 돌을 던지며 접근하지 못하도록 막았다. 개중에는 그 사내와 눈길이 마주쳐 페스트에 전염될까 봐—일부 시민들은 아직도 이런 낡은 미신을 믿었다—고개를 돌리는 시민들도 많았다.

시민들은 어째서 빈민가 주변에 방화선과 성문까지 이어지는 바리케이드를 설치하는지는 알지 못했다. 하지만 이 작업을 하지 않으면 수도 전체에 페스트가 퍼진다는 불안감 때문에 쉬지 않고 필사적으로 작업에 임했다.

"솔직히 말해서 이거 정말 이상해요."

레미 아낙스는 두툼한 서류를 손등으로 툭툭 치면서 말했다. 차를 마시고 있던 카라는 고개를 갸웃거리며 눈을 들었다. 레미는 한숨을 쉬면서 석연찮은 얼굴로 입술을 깨물었다.

"뭐가 이상하다는 거니?"

"탈출 계획이요. 이거 도대체 언제부터 준비하던 거죠?"

"응?"

"국왕께 올라가는 보고서의 대부분은 제가 미리 읽어보고 요점만 간추려 국왕께 보고드려요. 그런데 그런 나도 모르게 탈출 준비가 거의 끝나 버린 상태였다는 게 믿어지지 않아요. 최소한의 물자와 그것을 수송하기 위한 인원이 무슨 재주로 하루이틀에 준비가 완료된 거죠? 적어도 일주일에서 보름 이상은 걸린다고 생각해요."

"후후후."

카라는 빙긋 웃으며 차를 마셨다. 레미는 배신당한 얼굴로 입술을 깨물고 눈썹을 찡그렸다.

"그리고 페스트 문제도 수상해요."

"뭐가?"

"수도에는 6개의 빈민가가 있어요. 그중에서 4개 구역에서 페스트가 발생했어요. 그리고 그 구역들의 공통점은 성문에서 가깝다는 사실이에요. 이거 너무한 우연이라고 생각하지 않아요? 페스트가 사람을 가리며 전염되는 병도 아닌데 어째서 빈민가를 중심으로만 발병한 거죠?"

"빈민가가 지저분하고 환경이 나쁘니까."

"아니에요. 제가 보기엔 그런 이유만으로는 설명이 부족해요. 지도를 보세요. 이 라인이 지금 구축 중인 방화선이에요. 모든 구역은 출구가 하나뿐이고 그 출구는 성문으로 연결되어 있어요. 뭔가 이상하지 않나요? 이언은 도대체 뭘 생각하는 거죠?"

"글쎄… 나한테 물어봐도 내가 알겠니?"

"충분히 알고 있을 거라고 생각해요. 당신은 그 사람이 과거에 어디서 무얼 했는지 알고 있어요. 틀림없이 그 자리에 있었을 거예요.

말해 주세요. 이언은 뭘 생각하는 거죠?"

"그래서 나를 부른 거였니?"

"혹시……."

레미는 잠시 동안 입을 다물고 망설였다. 그리고 간신히 쥐어짜 내는 목소리로 질문했다.

"혹시… 페스트… 이언이 뿌린 건가요?"

"이언이 무슨 재주로 멀쩡한 도시에 페스트를 발병시키니? 페스트라는 게 인간이 원한다고 발병하는 전염병은 아니잖니?"

"그건 나도 알아요. 그래서 과연 이언이 한 짓인지 확신을 못하는 거예요. 이거 정말로 페스트인가요? 발생 지역, 발생 시기가 너무 절묘해서 어이가 없어요. 빈민가에서 도대체 무슨 일이 벌어지고 있는 건지 말해 주세요."

레미는 카라의 눈을 똑바로 쳐다보면서 부탁했다. 카라는 흔들림없는 눈으로 조용히 웃더니 손바닥으로 레미의 집무실 테이블을 가만히 쓰다듬었다. 너무나 자연스러운 동작이어서 레미는 그녀의 손길을 빤히 쳐다보았다.

"글쎄, 이언이 뭘 생각하고 있을까? 만약에 묻고 싶으면 직접 이언의 눈을 바라보면서 물어보렴. 나를 부르지 말고."

카라는 빙긋 웃으면서 자리에서 일어났다. 그리고 입고 있던 검정스커트의 주름을 세심하게 펴면서 등을 돌렸다. 레미는 아무런 말도 하지 못했다.

"한 가지……."

카라는 등을 보인 채 그냥 지나가는 말투로 입을 열었다. 레미는 그녀의 뒷모습을 바라보며 말을 기다렸다. 그녀는 예의 소리없는 발걸음으로 출입 문 쪽으로 걸어가면서 말했다.

"이언을… 캬리프를 너무 미워하지는 말아줘. 그는 누구보다 마음이 약한 남자야. 처음 내 손을 잡아주던 그 순간처럼… 뱀파이어에게조차 연민을 느끼는 남자는 흔치 않아."

입을 다물고 있는 레미를 남겨두고 그녀는 그림자처럼 소리없이 방문을 열고 나가 버렸다. 방문이 닫히는 소리에 레미는 흠칫 놀라며 어깨를 움츠렸다. 그리고 수도 시가지 지도를 보면서 다시 한 번 불편한 표정으로 입술을 깨물었다.

"정말 페스트일까? 단지 우연히 페스트가 발병한 것일까? 아니면? 다른 경우는 뭐가 있을까?"

레미는 답답한 기분으로 자리에서 일어나 창가로 걸어갔다. 그리고 불안한 감정이 넘쳐흐르는 수도의 시가지를 내려다보았다. 잠시 동안 입을 다물고 이리저리 고민을 하던 레미는 한숨을 쉬면서 다시 자신의 자리로 되돌아가 버렸다. 그리고 서류를 넘기며 빠르게 깃털 펜을 움직이기 시작했다.

사각사각.

고급스러운 깃털 펜이 세심하게 종이 위를 달리는 소리가 그녀의 집무실을 조용히 채웠다. 그녀는 묵묵히 다음 서류를 준비하다가 움찔 놀라며 펜을 멈추었다. 어두운 허공을 올려다보는 그녀의 표정은 기묘하게 일그러졌다. 미간이 파르르 떨리고 뺨이 꿈틀거렸다. 그녀는 깃털 펜을 내던지고 두 손으로 얼굴을 감싸며 신음했다.

"쇼… 베일의 하이스카우터……. 설마… 쇼가 개입된 일일까? 아냐, 이건 정말 아니야."

레미는 관자놀이를 엄지손가락으로 고통스럽게 누르며 중얼거렸다. 그녀는 어째서 이런 순간에 이언이 쇼가 데리고 있던 부하들의 정체를 밝혀냈는지 깊게 생각해 보지 않았다. 그들의 존재는 이미 예전부터 알고 있었다. 그런데 어째서 지금 쇼와 쇼의 부하들을 필요로 했단 말인가? 어째서 이제 와서 새삼스럽게 그들을 찾아가 정체를 밝히고 협력을 요청―물론 그녀는 이언이 군대를 끌고 가 협박했다고 짐작했다―했을까? 어째서? 왜? 무엇을 위하여?

끝없이 쏟아지는 질문의 홍수 속에서 그녀는 익사 직전으로 허우적거렸다. 그리고 그 고통만큼이나 끔찍한 상상과 추론에 시달렸다. 5명의 암살자들을 필요로 하는 작전이란 무엇일까? 이언은 단지 즉흥적인 기분으로 쇼의 부하들을 선택한 것이 아니었다. 그는 그런 식으로 행동하는 남자가 아니었다.

툭.

한 방울의 눈물이 서류 위로 떨어져 잉크를 번지게 만들었다. 레미는 부들부들 떨리는 입술을 필사적으로 억누르며 마음속으로 비명을 질렀다. 그녀는 이언이 수도 탈출을 위한 희생 양으로 누구를 죽이려는지 알게 되었다.

'차라리 수도의 사정을 무시하고 우리의 길을 갔다면……. 하지만 이건 그 보복으로는 너무 가혹해…….'

레미는 무서운 기분이 들어 어깨를 움츠리며 떨었다.

〈 6 〉

　출입 문은 요란한 소리를 내면서 열렸다. 두꺼운 나무에 쇠를 끼운 나무 문은 육중하고 무거운 소리를 내면서 돌 벽에 튕겨났다. 숫돌로 단검을 손질하고 있던 이언은 눈썹 사이를 좁히며 고개를 들었다.

　"하아! 하아! 하아!"

　레미 아낙스는 한 손으로 두꺼운 나무 문을 누르며 사나운 눈으로 이언을 노려보았다. 그녀는 한참 동안 혼자서 고민했고, 더 이상 고민할 수 없다고 생각하고는 기어코 이언에게 뛰어왔다. 과격하게 몸을 움직이는 것이 익숙하지 않은 그녀는 거칠게 숨을 헐떡거렸다.

　이언은 시선을 내려 다시 자신의 일로 되돌아갔다. 지극히 일상적인 행동이었다. 물에 적신 숫돌 위로 미끄러지는 단검은 목덜미를 간지럽히는 불협화음을 만들었다. 레미는 가슴을 누르며 호흡을 가다듬었다.

"할 말이 있으면 빨리 해. 조금 있으면 한가하게 잡담할 시간도 없어."

이언은 단검을 시선에 맞춰 수평으로 들고 검날이 고르게 펴져 있는지, 이빨이 나간 곳은 없는지 꼼꼼하게 확인하면서 말했다. 오늘따라 유난히 억양이 없는 건조한 목소리였다.

레미는 한 손으로 문고리를 잡고 어깨를 들썩이면서 여전히 그를 노려보았다. 부쩍 윤기를 잃은 머리칼이 몇 가닥 흘러내려 땀이 송골송골하게 맺힌 그녀의 이마에 달라붙었다.

"……."

이언은 입을 다물고 천천히 단검을 허리에 쑤셔 넣었다. 그리고 이미 손질을 마친 롱 소드를 가볍게 들어보면서 무게를 손에 익숙하게 만들었다. 이언은 롱 소드의 손잡이에 감아둔 가죽이 풀리지 않는지 다시 한 번 확인했고 가죽이 풀리지 않도록 고정하는 3개의 링이 행여 움직이는지 점검했다. 그의 얼굴에는 일체의 감정이 썰물처럼 쓸려 나가 버렸고, 꾹 다문 입술은 지독히 고집스러워 보였다. 그는 다시 한 번 자신의 무기들을 점검했다. 롱 소드 한 자루와 두 자루의 길이가 다른 단검을 챙긴 이언은 길이가 짧은 쪽을 쇼처럼 부츠 안에 꽂았다.

"할 말 없어?"

그는 롱 소드를 허리에 매달면서 고개를 좌우로 꺾어 우둑거리는 소리를 냈다.

"뭐 하려는 거야……."

레미는 과연 그녀도 살기등등한 눈초리로 상대방을 노려볼 수 있었나 의구심을 갖게 만들 정도로 사나운 눈으로 이언을 노려보았다. 그에 반하여 이언은 마치 대리석 조각처럼 무표정한 얼굴로 부츠와 허리띠를 비롯해서 몸에서 느슨하게 헐렁거릴 만한 것들을 모조리 타이트하게 조였다. 셔츠 칼라에 끼워진 가죽 끈까지 단단하게 매듭 지은 그는 왼팔의 팔뚝에 강철로 만든 뱀브래스(Lower Cannon Of The Vambrace)를 채웠다. 손목에서 시작되어 팔꿈치 직전까지 팔뚝 바깥쪽을 덮는 강철제 방어구 안쪽에는 충격을 완화하기 위하여 부드러운 가죽이 덧대어 있었고, 2개의 가죽 끈으로 팔뚝에 고정시키도록 만들어져 있었다.

하메른 백인대는 엄밀히 말하면 중장 보병대였다. 애초에 그들이 중장 보병대 생존자들로 구성되어 있기도 했고, 그들의 전투 방식은 대보병 접근전을 기준으로 하는 부대였다. 하지만 유격대로 편성된 이후로 그들은 장거리 강행 정찰과 기동대 임무에 치중했기 때문에 무거운 방패를 차츰 경원시하게 되었다. 이제는 거의 대부분의 병사들이 방패를 무시하고 왼팔에 중장 기병용으로 만들어져 특별히 두껍고 튼튼한 뱀브래스만 착용했다.

중장 기병용 갑옷을 전부 착용한다면 그들의 원래 임무인 유격전을 벌일 수 없었지만 왼팔에 하나쯤 달고 다니는 것은 그다지 부담이 되지 않았다. 보병용 방패에 비해서 턱없이 방어력이 부족했고 좁은 공간에서의 혼전과 경장 기병들이 즐겨 쓰는 버클러와 비교해도 방어력은 낮았지만, 그 특유의 간편함에 비하면 쓸 만했다. 알량한 뱀브래스를 방패 대용으로 쓰는 정신 나간 병사들은 없었다. 단지 격렬한 백병전 속에서 상대의 검을 바깥쪽으로 쳐내는 동안 팔을 보호하기에는 충분했다.

이언은 레미의 질문을 무시하고 무릎과 팔꿈치에 가죽 보호대를 착용하는 것으로 전투 준비를 완료했다. 레미는 그가 허리를 펴고 일어서자 턱을 치켜들며 대답을 요구했다. 이언은 쓰게 웃으며 코웃음 쳤다.

"놀고 있을 시간 없어. 제4경계시가 시작되기 전에 수도를 탈출한다. 빨리 준비를 해둬."

"대답해! 뭘 하려는 거야?!"

"수도를 탈출하려고 하는 거야."

"말 돌리지 마! 내가 그 딴 말장난에 넘어갈 거라고 생각하지 마! 빈민가에서 발생한 페스트! 네 짓이지?! 그건 페스트가 아니지?! 쇼의 작품이지? 그렇지?!"

레미는 이언을 똑바로 보면서 소리 질렀다. 창밖으로는 유난히 부산스러워진 소리가 들려왔다. 짐마차들이 덜커덩거리는 소리와 말이 히힝거리는 소리, 그리고 무거운 갑옷을 걸친 병사들이 뛰어가는 철그럭거리는 소리가 한데 뒤엉켜 시끄러웠다.

이언은 레미의 질문에 대답하지 않고 부츠로 바닥을 차면서 부츠가 단단히 발에 고정되었는지 확인했다. 징을 새로 갈아 끼운 전투용 부츠는 묵직한 소리를 내면서 바닥을 울렸다. 다리를 걷어채인다면 그대로 다리가 부러질 만한 위력이었다.

"죄없는 민간인들을 희생시켜 어쩌자는 거야?! 왕비의 논리보다 더 가혹해! 이런 잔인한 계획은 왕비조차 생각하지 않을 거야!!"

짝!

레미의 고개가 옆으로 돌아갔다. 이언은 손을 가볍게 털고는 장갑을 꺼내 손에 끼웠다. 그리고 입술만 일그러뜨려 웃었다.

"난 국왕 친위대 농담의 기사단 기사단장 캬리프 키갈로에스다. 네가 알고 싶어 마지않는 내 진짜 정체지. 그리고 내가 이끄는 농담의 기사단이 자주 도맡아 치르는 임무 중 하나가 뭔지 알아?"

레미는 갑자기 뺨을 맞은 모욕감에 얼굴을 잔뜩 붉히며 입술을 깨물었다. 그녀의 얼굴에는 분노와 안타까움, 모욕감이 뒤엉켜 소용돌이쳤다. 이언은 그런 그녀의 표정에는 아랑곳하지 않고 웃었다.

"특정 국가가 전쟁을 치를 때 농담의 기사단 장교들이 파견되지. 그래서 오합지졸에 불과한 병사들을 훈련시켜 정예로 만든다. 그래서 전투에 투입시킨다. 때로는 장교들이 전술 고문으로 전장에 참여하기도 한다. 이를테면 참모진으로 참전하는 거지. 물론 대외적으로는 기밀이야. 때로는 양측 진영 모두에 장교단을 파견해. 농담의 기사단 제1제대 장교가 육성한 A국 병사들과 제2제대 장교가 육성한 B국 병사들이 서로 각자의 국기를 내걸고 피 흘리며 싸우지. 그들은 적군에게도 자신들처럼 농담의 기사단 장교가 파견되어 있다는 것을 알지 못해."

"그, 그건… 꼭두각시잖아?! 인간이 어떻게 그럴 수 있어?!"

"우리는 각자 서로의 진영에서 적당히 병사들을 육성하고 은밀히 정보를 주고받으며 전쟁을 장기전으로, 혹은 단기전으로 이끌어가지. 내가 여기 언덕으로 병사 1,000명을 배치할 테니 너는 병사 2,000명을 배치해라. 그래서 이번 전투에서는 너희 측이 승리해라. 좋다. 그럼 다음 전투에서는 너희 측이 승리하도록 하자. 이런 정보가 서로 오가는 거야. 그 속에서 병사들은 자신들이 윗사람들의 체스 게임의 말이 되어 있는 것도 모른 채 죽어가지. 한 어머니의 아들이, 한 아들의 아버지가, 한 여자의 남편이 그런 식으로 죽어가는 거야. 스스로의 힘으로 전쟁을 치를 능력이 없는 국가들은 어쩔 수 없이 타국으로 군사를 요청해 뛰어난 지휘관들을 대여받고 그 대여료를 지불해. 장교 한 명을 교육시키는 것보다 전쟁 기간 동안만 경험이 풍부한 타국 장교를 임대하는 게 싸게 먹히니까. 그게 전쟁이라는 행위야. 그럼으로써 군사력을 소모한 두 나라는 적어도 10년 이상 전쟁의 후유증으로 고생해. 하지만 적어도 그동안은 내 조국은 그 10년 동안 그쪽 국경선을 다소 소홀하게 놔둬도 걱정이 없어. 결론적으로 전쟁으로 이득을 본 것은 제3자인 내 조국이야. 그리고 내가 이끄는 농담의 기사단은 바로 그런 일을 하기 위한 군대야. 농담의 기사단 따위는 대륙 각국의 정예 군대와 대규모 회전을 치르면 전멸당할 테지만 한 나라의 왕실을 위태롭게 만들 수도 있지. 요컨대 여왕의 창기병과 붙으면 하룻밤 사이에 전멸당하는 군대지만 크림발츠라는 나라를 휘청이게 만들 수는 있는 군대야. 내가 바로 그런 군대의 최고 지휘관이다."

"미, 믿을 수 없어……. 어떻게 그런… 일들이 벌어진단 말이야?!"

"그게 정치고, 그게 전쟁이야. 자국의 이익을 위해서는 뒤에서 어떤 계획이 오가는지는 당사자가 아니면 아무도 몰라. 그리고 이 짜증나는 나라의 왕비과 국왕에게 전쟁이란 게 어떤 건지 알려주고 싶어졌어. 시민들의 안위를 걱정하는 국왕이라고? 하! 그 딴 쓰레기 같은 인간이 국왕 자리에 앉아 있기 때문에 이 나라가 평생 이 모양으로 돌아가는 거야. 폴리안이 정말로 몇 뼘의 땅 때문에 왕비와 짜고 전쟁을 하고 있다고 생각해?"

레미는 이언의 과격한 발언에 깜짝 놀라며 서둘러 문을 닫았다. 그리고 걱정스러운 눈으로 주변을 둘러보며 불만스럽게 말했다.

"뭘 말하고 싶은 거야?"

"전쟁이란 건, 정치란 건 어린아이들 장난이 아니야. 진짜로 사람들이 죽어 나가는 생존 투쟁이야. 정신 똑바로 차려! 죽어가는 사람들에게 미안하면 아예 전쟁을 하지 마! 그게 아니면 쓰잘데없는 감정에 얽매여 더 많은 사람들을 죽게 만들지 마! 먼저 죽은 사람의 시체에 침을 뱉는 행위야. 100명의 사람을 전쟁으로 죽게 만들었으면 그 뒤로 다시 1,000명의 사람이 죽기 전에 서둘러 전쟁을 끝내! 그게 먼저 죽은 100명의 죽음을 모독하지 않는 길이야. '오! 신이시여! 100명이나 죽었습니다! 제가 무슨 죄를 지었다고 이런 시련을 주시나이까!' 라고? 하! 웃기지 마!"

이언은 두 손을 허공으로 휘저으며 마치 연극 배우처럼 비극의 대사를 중얼거리더니 소리 내어 비웃었다. 그의 행동은 굉장히 희극적이었지만 레미는 전혀 웃을 수 없었다.

"그 따위 저질 대사를 중얼거리는 동안에 그 뒤로 다시 1,000명의 사람들이 죽어가. 이따위 나라는 지도에서 없어져 버리는 게 이 땅에 사는 주민들을 위한 일이야. 알겠어?"

"목적을 핑계로 수단을 정당화시키지 마! 그건 궤변이야! 그런 논리라면 사람 따위는 얼마든지 희생시킬 수 있다는 소리잖아?!"

레미는 굽히지 않고 고함을 질렀다. 이언은 팔짱을 끼며 차갑게 웃었다. 그녀는 얼굴을 잔뜩 붉힌 채 씩씩거렸다.

"하여간… 수도를 벗어나는 것은 내 방식으로 한다. 맘에 들지 않는다면 이곳에 남아! 아니면 나보다 더 좋은 방법을 생각해! 불평할 시간에 대안을 만들던지 직접 행동해! 입만 살아서 나불거리지 말고!"

이언은 문 앞에 서 있는 레미를 옆으로 밀면서 출입 문을 열었다. 그리고 다시 한 번 고개를 돌려 그녀를 바라보았다.

"제4경계시에 수도를 탈출한다! 그렇게 알고 있어."

이언은 거칠게 문을 닫고 어두운 사자성 복도를 서둘러 걸어갔다. 조만간 첫 번째 경계시가 시작될 시간이었다. 시녀 몇 명이 불안한 얼굴로 자질구레한 것들을 들고 복도를 지나갔다. 계단을 내려가려던 이언은 갑자기 걸음을 멈추고 뒤돌아섰다. 번쩍이게 손질해 놓은 풀 플레이트 메일이 복도에 세워져 있었다. 그는 고개를 들어 갑옷의 주인이 누구였는지 확인해 보았다. 그가 기억하지 못하는 국왕의 이름이 새겨져 있었다.

쾅!

이언의 무거운 전투용 부츠가 난데없이 갑옷을 걷어찼다. 갑옷은 요란한 소리를 내면서 마치 오래된 해골처럼 무너져 내렸다. 어깨받이며 갑옷의 부품들이 대리석 바닥에 부딪혀 시끄러운 소리를 내면서 튕겨져 나갔다. 이언은 마치 정신 나간 사람처럼 발 밑에서 굴러다니는 투구를 걷어찼다. 투구는 잘려진 목처럼 복도 저편으로 굴러갔다. 이언은 가만히 심호흡을 했다. 그리고 혼자서 천장을 올려다보면서 차갑게 웃었다.

"무도회 시간이다! 흐하하!"

"이게 가능하다고 생각하십니까?"

하메른 백인대장은 질려 버린 모두를 대신하여 대표로 질문했다. 성질이 나쁜 최고 지휘관의 심기를 건드릴 위험이 있는 질문은 여전히 그의 독차지였다. 예상대로 이언은 잔뜩 짜증스러운 얼굴로 그를 노려보았다. 하메른은 더러운 손톱으로 뺨에 엉겨붙은 딱지를 떼어내면서 어색하게 웃었다.

"난 지금 가능할지 의견을 묻는 게 아니야. 이걸 실패하면 우리는 전부 죽는다. 그리고 가장 먼저 이 멍청이 부대가 죽는다. 이건 의견이 아니라 작전 명령이야. 알겠나?"

"예예, 알겠습니다요, 마스터."

"다시 한 번 임무를 숙지한다. 제2경계시가 시작되면 너희는 담을—하메른 백인대는 '성벽'을 '담'이라고 부르는 버릇이 있었다—넘어서 곧장 북쪽으로 전진한다. 물론 그동안 적의 매복은 무조건 제거한다. 너희는 성벽 이 지점부터 산 아래에 이르는 이 지점까지 강변에서부터 폭 800미터에 이르는 구간을 개척하는 거다. 작전 시 이 지점의 관측 지표는 여기 이곳의 버려진 풍차, 여기 오래된 토담을 포함한다."

"관측 지표 안쪽 지역만 확실히 개척하는 걸로 충분합니까?"

"아니, 산중턱… 그러니까 언덕을 200미터가량 올라가면 산허리 지역에 적의 투석기와 발리스터가 배치된 간이 요새가 있다. 간이 요새라고 하지만 충분히 튼튼한 목책과 보루가 있는 요새다. 예상 병력 수는 보병 100명 내외, 기타 기술자와 작업 인부 다수. 너희는 이 요새를 철저히 파괴한다. 우리는 이 앞을 돌아서 수도를 탈출한다."

하메른 백인대장과 각 급 열장들은 불에 덴 듯한 얼굴로 이언을 바라보았다. 누군가 충격을 이기지 못하고 이의를 제기했다.

"하지만 거기는 산자락이 강변까지 이어져 있습니다. 그래서 수도가 포위되었다고 말하던 것 아닙니까?"

"너희를 설득할 시간 없다. 이건 그냥 명령이야! 지형 지물에 대한 공부 좀 다시 해! 산자락이 강변에서 절벽을 이루는 것은 맞다. 하지만 절벽 아래로 폭 30여 미터의 강변 습지대가 존재한다. 따라서 마차는 통과하기가 불가능하다. 그렇지만 말과 사람은 충분히 통과한다. 우리는 이 지점을 통과한다. 따라서 너희는 그 절벽 머리 위에 있는 간이 요새를 확실히 진압한다. 국왕이 이 습지대를 통과할 때 머리 위에서 불벼락을 쏟게 만든다면 너희 놈들을 전부 죽일 테다. 간이 요새를 점령한 다음 너희는 곧바로 강변으로 내려와 탈출로를 개척하여 여기 이 지점… 쿠르츠만 언덕까지 전진하여 대기한다."

"저희만으로는 좀 벅찹니다."

"쇼를 비롯한 5명의 하이 스카우터들이 길 안내와 척후를 맡는다. 솜씨 좋은 베일의 하이 스카우터들이니까 행군 시간을 상당히 줄일 수 있을 것이다. 요새 점령은 전적으로 쇼와 하메른 백인대장에게 일임한다."

"수도에서는 언제 본대가 출발하는 겁니까? 그리고 이 습지대로는 수송 물자를 나르기가 적합하지 않습니다."

"후위 부대의 작전은 너희 문제가 아니다. 시키는 대로 해!"

"네. 정리하겠습니다. 제2경계시에 작전 개시. 성벽에서 산 아래까지 폭 800미터의 구간을 최단시간 내에 개척하여 매복 제거 및 아군 탈출로 확보, 제3경계시까지 산 중턱의 간이 요새 제압, 이후 최단시간에 수도 지역 탈출, 쿠르츠만 언덕까지 개척. 이후 현장 대기하며 사방 4킬로 지점에 대한 정찰 활동. 맞습니까?"

"맞다. 본대가 합류하는 시점에서 작전을 종료한다. 그리고 지난 기간 동안 쇼의 개별 정찰에 의하면 산 중턱에 이르는 지점까지 도합 4개소의 매복 초소가 있다. 조용히 처리하도록. 초소 상주 인원은 4인 내외. 많아도 10인을 넘지 않는다. 이상있나?"

"없습니다."

"그럼 빨리 튀어가! 동전 구걸하는 얼굴로 앉아 있지 말고!"

밤하늘로 치솟는 불길은 하늘을 은은한 선홍색으로 물들였다. 기름을 먹어 거세진 불길은 적당히 불어오는 바람에 힘입어 둑에서 넘쳐 흐르는 물처럼 시시각각 커지며 더욱 거칠어졌다.

투앙!

무게를 이기지 못한 서까래가 사방으로 불똥을 튀기며 무너져 내렸고, 알량한 판잣집들이 연쇄적으로 불길을 하늘 높이 치솟아 올리며 무너졌다. 수도의 거리는 엄청난 불길을 맞아 희고 붉게 물들었고, 사람들의 악의와 고함 소리는 밤하늘을 어지럽게 수놓았다.

"사람 살려!"

누군가의 절망적인 고함 소리가 터져 나왔다. 하지만 그 비명 소리는 엄청난 소리를 내면서 무너지는 소음에 묻혀 들리지 않았다. 집들이 무너지고 불붙은 목재들이 좁은 골목길 위로 쏟아졌다. 그리고 그 아수라장 속에서 사람들이 무력하게 죽어갔다.

"전 구역 점화 완료했습니다!"

병사의 보고에 레이드는 씁쓸한 얼굴로 고개를 끄덕거렸다. 그는 고개를 돌려 힐끔 사자성 쪽을 바라보았다. 이언의 지시를 받은 레이드는 심호흡을 하고는 병사와 시민들을 선동하기 시작했다.

"방화선 바깥으로 번지는 불을 진화하라! 그리고 불을 질러라! 페스트에 감염된 자들을 수도에서 소개한다!"

"감염된 자들을 내쫓자!"

"악마의 사술에 걸린 자들을 몰아내자!"

시민들과 병사들은 소리 높여 소리 지르며 이미 구축을 완료한 방화선으로부터 안쪽에 위치한 빈민가에 대규모 방화를 시작했다. 사람들은 집단으로 모일 경우 도덕의식이 희박해진다. 혼자일 때는 더없이 순박하던 사람도 집단의 일원이 될 경우 과격해지는 경우도 적지 않다. 죄의식이라는 것은 혼자 감수하는 경우보다 타인과 함께 공유하는 경우에 부담이 적어진다. 그리고 집단으로부터 따돌림당하는 것을 두려워하는 본성 때문에 군중은 더 더욱 쉽게 집단의 이익에 몰두한다.

'군중이라는 것은 차곡차곡 쌓아둔 밀짚과 같다. 누군가 불을 지르면 일순간에 타오르고 아무것도 남기지 않는다.'

세르비안 남작은 자신의 유일한 저서에서 그렇게 말했었다. 그는 자신이 살았던 암흑 시대 당시의 처절했던 영토 분쟁과 전쟁으로 점철된 세상을 비난하는 의미로 그런 말을 남겼지만, 그의 의견은 현 시대에서도 여과없이 적용되었다.

페스트가 자신들의 가족, 자신들의 생활에 미칠 피해의 공포에 쫓은 시민들은 앞 다투어 군중을 이루며 빈민가에 불을 질렀고, 아무런 죄의식도 갖지 못했다. 인간이 집단을 이룰 때 생기는 또 하나의 악영향은 바로 '동지 의식' 이었다. 집단을 이루면서 자연 발생적으로 파생되는 이 감정은 순기능보다 역기능이 많은 대표적인 감정이었다.

시민들과 병사들은 당장 페스트의 영향권에서 벗어난 자신들끼리 동지 의식을 느꼈고, 그 동지 의식은 빈민가에서 거주하던 빈민들에 대한 집단적인 반감으로 변질되었다. 그리고 그 집단적인 반감이 스스로의 생명력을 발휘하면서 커졌고 평소의 일상 속에서 느꼈던 사소한 감정의 앙금들은 새로운 자양분이 되어주었다.

"저번에 우리 애들을 놀래킬 때부터 알아봤어! 어두운 골목길에서 불쑥 튀어나오지 뭐야? 틀림없이 어린아이의 간이 필요했던 거야."

"냄새는 또 어떻고?! 저놈들 골목에서 풍겨 나오는 악취가 온 수도를 진동한다구!"

"명색이 발트하임의 수도인데 저런 지저분한 놈들이 살고 있다는 것부터가 망신스러운 거야! 그러니 다른 나라에서 우리 나라를 우습게 보지!"

시민들은 저마다 소리치면서 더 많은 집들을 불질렀다. 집단으로 모였기 때문에 희석된 도덕과 양심은 어둠을 핑계로 더욱 기승을 부렸고, 한번 흥분한 군중들은 불을 보면서 더욱 광분했다. 사방에서 치솟는 불길은 군중들을 사납게 흥분시켰다.

"이 아이는! 이 아이는 감염되지 않았어요! 살려주세요!"

세찬 불길을 뚫고 가까스로 방화선까지 나온 빈민가 여자가 물에 적신 담요로 감싸 안고 있던 젖먹이를 내밀며 애원했다. 그녀는 온몸에 끔찍한 화상을 입고 있었고, 이미 살아날 가망이 없었다. 피부는 까맣게 타버렸고 갈라진 피부 사이로 노란 진물이 흘러나왔다. 머리털은 하나도 남지 않았고, 얼굴 피부와 근육이 타버린 여자는 아무런 표정도 짓지 못하고 살아 있는 미라처럼 흉물스러웠다.

여자는 더 이상 서 있지 못하고 물에 젖은 모래를 뿌려둔 방화선 한가운데서 쓰러졌다. 아이를 살리기 위하여 마지막 안간힘을 썼던 여자는 아이가 살아났다는 안도감을 느끼는 순간, 뒤늦게 화상 쇼크를 일으키며 온몸을 부들부들 떨면서 기어 다녔다. 사방으로 살이 타는 냄새가 진동을 했다.

"으애애앵!!"

물에 적신 담요 안에 있던 젖먹이가 뒤늦게 울기 시작했다. 잠시 동안 충격을 받아 서 있던 군중은 그제야 정신을 차렸다.

"마, 맙소사! 여자가 나왔어!"

"빨리 불 속으로 집어넣어! 자칫하면 페스트에 감염된다구!"

"악마가 아니고서야… 신이시여! 우리에게 자비를! 사람이 저런 불길 속을 뛰어나오다니!"

누군가 성호를 그으며 기도를 했다. 병사들과 몇몇 시민들은 막대기와 창끝으로 여자를 밀어 불 속으로 다시 집어넣었다. 마지막 경련을 하던 여자는 선홍색으로 타오르는 불길에 파묻혀 보이지 않게 되었다.

"저 아이는 어쩌지?"

"어쩌긴?! 태워야지! 페스트에 감염되었을 거야!"

"맞아! 맞아!"

"빨리 누군가 집어넣어! 군인들은 뭐 하는 거야?!"

시민병 한 명이 창끝으로 젖먹이를 감싸고 있던 담요를 걸어 올렸고, 마치 더러운 것을 만진 듯한 몸짓으로 젖먹이를 감싼 담요를 불길 속으로 던져 버렸다. 아이의 울음소리는 사방에서 들리는 비명 소리와 집이 무너지는 소리에 묻혀 들리지 않았다.

"신이시여! 우리에게 은총을 내리소서!"

누군가 안도의 한숨을 쉬면서 감사의 기도를 올렸다.

"빈민가에서 사람들이 몰려나옵니다!"

"성문을 열어라! 바리케이드 준비! 아무도 바리케이드를 넘지 못하게 해라!"

왕실 근위대와 이제는 어엿한 군인 티가 나는 1차 시민병들이 철수하고 난 성문은 이제 2차 시민병이 관할하고 있었다. 왕실에서는 적의 대규모 기병을 맞이하여 역사상 전무후무한 작전을 위하여 모든 가용 전투 병력을 집결시킨다고 했다. 그래서 도시 치안이나 맡고 있던 2차 시민병들이 성문과 성벽 방어를 임시로 맡게 되었다.

급조한 바리케이드와 마차 따위로 빈민가에서부터 성문까지 연결된 도로를 통로로 만든 시민병들은 횃불과 창을 들고 바리케이드를 넘어오려는 시도를 하는 빈민들을 죽이기 위해서 대기했다. 하지만 그들의 얼굴은 결코 밝지 않았다. 빈민들을 죽인다는 죄책감 때문은 아니었고, 이런 위험한 임무를 자신들이 맡아야 한다는 불만 때문이었다.

"성문 바깥으로 나가라! 왕비의 군대로 가서 도움을 요청해라!"

"왕비가 악마와 동침해서 페스트가 발병했으니 왕비한테 고쳐 달라고 빌어라!"

"넘어오는 자는 죽이겠다!"

"왕비에게 가라!"

"왕비에게 가라! 그년에게 자비를 구해라!"

"왕비와 내통했으니 페스트에 걸린 것이다!"

병사들은 위협 삼아 횃불을 휘두르며 고함을 질렀다. 사방에서 악의로 가득 찬 욕설과 고함이 터져 나왔다. 빈민가를 둘러싼 방화선에서 일시에 점화된 불길은 빈민가를 빠르게 태우며 커져 갔고, 이제는 과연 어떻게 진압할 것인지 의심스러울 정도의 대화재로 변해 있었다. 사방이 불길로 막힌 빈민가 사람들은 아이들을 들쳐 업고 불길이 번지지 않은 통로 쪽으로 밀려들었고, 그 통로의 끝은 성문이었다.

어린 아들만이라도 바리케이드 바깥으로 내보내려던 부모가 아이를 번쩍 치켜들었을 때, 병사가 던진 횃불이 아이에게 작렬했다. 불길을 고스란히 얼굴에 뒤집어쓴 아이는 고통스럽게 비명을 질렀다. 엄청난 기세로 몰려드는 군중의 힘은 강력했고, 사람들은 하나의 물결이 되어 성문 쪽으로 흘러갔다.

바리케이드 주변에 집중적으로 배치된 병사들은 필사적으로 화살을 쏘고, 횃불을 던지고, 창을 찌르며 군중들의 거센 흐름이 자신들 쪽으로 돌려지지 않도록 노력했다. 지극히 인간적인 자비를 바라는 애원은 전혀 먹혀들지 않았다. 빈민가의 군중들은 병사들의 창칼에 대항하느니 등 뒤에서 타오는 불길에 쫓겨 성벽 바깥으로 나가는 길을 택했다. 그들은 차라리 왕비의 군대가 자신들을 구원해 주길 기대했다.

"전투 준비 완료했습니다!"

연락병은 긴장된 목소리로 보고했다. 기병대를 이끌고 찾아온 유겐하이트(Jugendheit) 기병단장은 성벽 너머로 불길이 보이는 순간, 즉각 전 부대에 전투 준비 명령을 내렸다. 오랜 강행군에 지쳐 버린 병사들은 여전히 풀리지 않은 피로에도 불구하고 명령에 복종했다.

성벽 너머로 보이는 불길과 밤하늘을 붉게 물들이는 광경은 의심할 여지없이 대화재의 증거였다. 유겐하이트는 그것이 적의 속임수인지 단순한 대화재인지 판단하지 못했지만 적어도 일상적인 사건은 아니라고 판단했다. 대화재라고 한다면 이 기회에 성벽의 허술함을 노릴 수 있었다.

"적의 속임수라고 봅니다만……."

코퍼 기사대장은 자신보다 나이가 어린 기병단장에서 조심스럽게 말했다. 그의 말투에는 미묘한 어긋남이 있었다. 유겐하이트가 기병대를 이끌고 도착해서 제일 먼저 착수한 일은 그전까지 코퍼가 갖고 있던 모든 지휘권을 접수하는 일이었다. 코퍼 기사대장은 자신보다 나이가 어린 장교에게 지휘권을 박탈당한 앙금을 갖고 있었다.

"지금까지 그 속임수에 잘도 넘어간 사람이 누군가?"

유겐하이트의 말은 코퍼의 속을 다시 한 번 밑바닥까지 뒤집어놓았다. 교수라는 별명을 가진 코퍼는 어둠 속에서 입매를 파르르 떨면서 모욕감에 치를 떨었다. 그는 더 이상 그에게 아무런 조언도 해주지 않기로 결정했다. 그 규모가 모호한 적의 유격대가 갖는 놀라운 기동력도 거기에 포함되어 있었다.

'이 풋내기 바보 자식도 그 유격대한테 된맛을 봐야 해.'

코퍼 기사대장은 입을 꾹 다물고 어두운 들판을 둘러보았다. 확실히 이 들판의 어둠 어디엔가는 그 빌어먹을 유격대가 매복하고 있거나 이동하고 있거나 둘 중에 하나였다.

"성문이 열렸습니다! 그런데 수많은 시민들이 몰려나오고 있습니다!"

"뭐야? 무슨 속셈이야?! 전군 임전 태세로!"

"전군 임전 태세로!"

"전군 임전 태세! 전투 준비!"

명령을 내린 유겐하이트는 병사들 사이로 빠르게 전달되는 명령을 만족스럽게 바라보고는 코퍼를 힐끔거렸다.

"저들의 속임수에 그토록 다양하게 당했으니 그대의 생각은 어떤가? 그것도 경험이라면 풍부한 경험일 텐데. 하하하."

'이 빌어먹을 풋내기 자식이!'

코퍼 기사대장은 이를 갈면서 입을 꾹 다물었다. 그는 더 더욱 조언을 해줄 생각이 사라져 버렸다. 그는 어금니를 꽉 물고서 낮은 목소리로 대답했다.

"제가 우매해서 잘 모르겠습니다."

"쳇! 쓸모없는 녀석, 그러니 엉성한 수도 녀석들을 상대로 그렇게 참패를 했지. 저런 시민병 나부랭이들도 이기지 못하고 맹약기사단인가?"

'이 망할 놈의 자식이!'

코퍼 기사대장은 이 전쟁이 끝나면 기필코 그에게 결투를 신청하리라 마음먹었다. 그런 그의 등 뒤에 서 있던 부관 하우젠 역시 결코 편한 얼굴은 아니었다. 자존심에 심각한 상처를 입은 두 사람은 묵묵히 입을 다물고 가만히 서 있었다.

"수도에서 끝도 없이 사람들이 몰려나옵니다!"

"흐음, 혹시 저 화재가 특정 지역 시민들을 성 밖으로 소개시키기 위한 방화인가? 하지만 어째서? 농성전을 벌이기 위해서는 한 사람이라도 더 필요할 텐데? 혹시 이건 유인책인가? 아냐… 저 시민들 사이에 섞여서 국왕이 빠져나가려는 수작일지도 몰라. 전군 앞으로! 좌익과 우익은 전속 전개하여 측면을 포위한다! 중앙은 천천히 앞으로 전개한다! 놈들을 일단 포위하라! 한 놈도 빠져나가게 하지 마라!"

유겐하이트 기병단장의 명령이 떨어지자 뿔피리와 동명 복창 구령이 붙여지면서 들판에 집결해 있던 기병들이 꿈틀거리며 움직이기 시작했다. 창검으로 무장한 기병대는 대열을 흩트리지 않고 조심스럽게 들판을 넓게 산개하기 시작했다.

"살려주세요! 죽이지 마세요!"

아이를 들쳐 업고, 노인을 부축하며 도망쳐 나온 빈민가 사람들은 사방에서 천천히 몰려드는 기병대를 보며 애원했다. 투구를 눌러쓴 기병은 표정이 보이지 않았고, 자신의 무기를 단단히 움켜쥐며 만약의 사태에 대비했다.

"히익! 히이이이! 컥! 그륵!"

어둠 속에서 솟구치는 피는 거의 보이지 않았다. 하지만 잘려진 경동맥에서 피가 뿜어지는 축축한 감촉은 눈으로 확인할 필요가 없었다.

"후우……."

카라는 한숨을 쉬면서 손톱 아래서 너덜거리는 살점을 털어냈다. 그녀는 고양이처럼 안광이 번득이는 눈동자를 들어 하늘을 올려다보았다. 짙은 먹구름에 가려진 밤하늘은 지독히 어두웠고 달도 보이지 않았다. 하지만 그녀는 본능적으로 오늘이 보름달이 아니라는 사실은 몸으로 느낄 수 있었다.

'다행이야, 보름달이 아니어서…….'

카라는 이름 모를 병사의 피와 자신의 눈물이 뒤엉킨 뺨을 소매로 스윽 닦아냈다. 눈물은 멈추지 않고 흘렀다. 카라는 힐끔 고개를 돌렸다. 하메른 백인대는 자신이 속한 쇼의 척후대로부터 150미터 후방에서 차근차근 행군하고 있을 것이다. 어둠 속에서는 150미터 뒤에서 따라오는 병사들의 모습을 관측할 수 없었다.

"……."

들판의 어둠 저편에서 희미하게 신음 소리가 들려왔다. 그녀의 예민한 청각은 그 희미한 소음을 들었다. 쇼를 포함한 5명과 카라는 넓게 횡대를 이룬 채 척후 겸 매복 초소 진압 임무를 맡고 있었다. 다른 척후조와 마찬가지로 검은 상의와 바지를 입고 헝클어진 머리를 하나로 억지로 묶은 그녀는 왼손에 롱 소드를 들고서 허리를 잔뜩 굽힌 자세로 들판을 뛰어갔다.

엄밀히 따지면 그녀는 롱 소드를 제대로 다룰 줄 몰랐다. 굳이 비교를 한다면 튜멜 정도 수준에 불과했다. 하지만 타인들에게 섣불리 맨손으로 사람을 죽일 수 있다는 사실을 알려줄 필요는 없었다. 그래서 그녀는 롱 소드를 들고 들판을 누볐다.

"하아! 하아! 하아!"

입술 사이로 새어 나오는 낮고 규칙적인 숨소리, 발목을 스치는 잡초들의 사각거림, 피에 젖은 머리칼이 뺨에 달라붙는 불쾌한 느낌. 카라는 눈가로 맺히는 눈물의 뜨거움에 몸서리치면서 이를 악물었다. 그녀는 너무나 싫었다. 자신이 뱀파이어라는 자각을 하게 만드는 이 느낌들. 비릿한 피 냄새를 맡으며 뜨거워지는 '저주받은 피'가 증오스러웠다.

촤아아―

카라는 야트막한 언덕의 비탈을 조용히 미끌어져 내려갔다. 허리 아래로 풀들이 사각거리며 스쳐 지나갔다. 언덕의 비탈이 끝나는 순간 카라는 엉덩이와 허리를 이용하여 미끌어지던 자세에서 발로 지면을 찼다. 미끌어져 내려가던 반동으로 그녀의 몸이 허공으로 튕겨져 올라갔다. 발 밑으로 지면이 끌리는 느낌. 그녀는 정강이까지 자란 풀들 아래로 밟히는 단단한 지면을 조용히 뒤쪽으로 밀어내며 허리를 깊숙이 굽혔다. 그리고 어둠 사이를 비집고 조용히 달려갔다. 빛을 반사하지 않도록 불에 그슬린 롱 소드는 둔탁한 빛으로 위태롭게 흔들거렸다.

사락사락— 사라락—

땀방울이 맺혔다. 피 냄새를 맡아 뜨거워진 몸은 격렬하게 흥분하며 땀을 흘리기 시작했고, 영원히 멈추지 못할 그녀의 심장은 저주받은 피를 힘차게 온몸으로 뿜어냈다. 카라는 스스로의 욕구를 참지 못하고 터져 나오려는 본성을 필사적으로 억누르기 위하여 어금니를 깨물었다. 본성에 빠져 버리면 자신의 소중한 이들까지 죽일 것이다. 그녀는 자신이 이언의 경동맥을 물어뜯기 위해서 날뛰던 과거를 기억했다. 그때 이언은 너무나 차갑고 슬픈 얼굴로 자신을 태워 죽이려고 했다. 뱀파이어인 그녀의 최대 약점은 바로 불이었다.

'다시는 소중한 사람들을 죽이지 않을 거야……'

그녀는 얼음판을 미끄러지듯 들풀로 무성한 어두운 들판을 미끄러지면서 몇 번이고 다짐했다. 그녀는 문득 어린 시절 스톨츠의 겨울 호수에서 타던 썰매를 기억했다. 아주 오래전, 이제는 잊어버린 과거였다. 매끄럽게 스치는 빙판과 뺨을 스치는 차가운 바람, 뺨은 추위에 상기되어 붉게 변했고, 입김은 허공에 뚜렷한 흔적을 남겼다. 카라는 그때의 기억을 상기하면서 스치듯 들판을 질주했다. 뱀파이어의 능력에 각성하지 않고 본성에 빠져 이성을 잃고 싶진 않았다. 그래서 자신의 저주스런 능력을 쓰고 싶지 않았다.

"누, 누, 누구냐?"

들판에 엎드려 있던 병사가 벌떡 일어서면서 소리를 지르려 했다. 카라는 지면을 박차고 몸을 날렸다. 순간적으로 중력으로부터 해방된 느낌과 함께 어지러이 헝클어지는 머리칼. 그 속에서 카라는 차갑게 웃었고 뜨거운 눈물을 흘렸다.

투둑!

그녀의 손톱이 병사의 목줄기를 파고들어 가 목젖과 식도를 뜯어냈다. 목 부분을 한 움큼 뜯긴 병사는 비명도 지르지 못하고 컥컥거렸다. 또 다른 병사가 공포에 질린 얼굴로 창을 들었다. 카라는 등허리로 창대를 바깥으로 밀어내면서 손을 뻗어 그 병사의 목울대를 움켜쥐었다.

그녀의 손가락은 가볍게 병사의 피부와 근육을 관통했다. 카라는 손목에 힘을 주면서 움켜쥔 식도를 힘주어 뜯어냈다. 비명 소리 따위는 전혀 들리지 않았다. 카라는 이마와 뺨으로 튀는 뜨거운 피 속에서 몸서리쳤다.

두근! 두근! 두근!

그녀의 심장이 터질 듯이 뛰면서 자꾸만 본성을 각인시키려 했다. 카라는 사람을 죽이는 감촉이 쾌감으로 변할 때마다 불에 덴 듯이 몸을 떨었다. 그녀는 이를 악물고 들판을 달렸다.

쾅악!

풀숲에서 고개를 들던 병사의 눈을 강철 쾨렐이 관통했다. 쇼는 무릎과 손으로 동시에 지면을 치면서 일어섰다. 엎드린 자세에서 중간 과정을 거치지 않고 곧바로 선 자세로 몸을 바꾸는 기술은 그만의 재주라면 재주였다. 3가닥의 끈을 연결해 앞가슴에 매달아놓은 석궁은 벌써 달리기 시작한 쇼가 매듭의 끝 부분을 잡아당기자 몸 쪽으로 촤악 당겨지면서 그의 상체에 빈틈없이 달라붙었다. 전투 중이나 과격하게 몸을 움직일 때도 석궁이 걸리적거리지 않게 할 수 있는 베일의 하이 스카우터만의 기술이었다.

쇼는 단검을 양손에 쥐고서 허리를 깊숙이 굽히고 뛰었다. 등에 롱 소드를 메고 있었지만 어둠 속에서 불시에 튀어나오는 적을 상대하기에는 단검 쪽이 몇 배는 유리했다. 벌써 작전에 들어간 이후 두 번이나 그의 단검은 그의 목숨을 구해주었다. 미처 자세를 가다듬지 못한 적의 롱 소드를 왼손의 단검으로 밀어내면서 오른손의 단검으로 목을 찌르는 기술은 거의 하나의 동작으로 보여질 정도로 빨랐다.

'뱀파이어는 역시 다르군.'

쇼는 우전방에서 언덕을 빠르게 넘어가는 흐릿한 그림자를 가늠하면서 생각했다. 어둠 속이라 그녀가 어디에 있는지는 확인할 수 없었지만 방금 그림자가 스친 언덕을 기준으로 본다면 자신보다 적어도 50미터는 앞서 있었다.

"누, 누, 누구냐?"

카라가 있을 법한 위치에서 나지막한 목소리가 들렸다. 동시에 전방의 어둠 속에서 풀숲이 바스락거렸다. 쇼는 뛰어오던 관성을 죽이기 위하여 최대한 몸을 둥글게 말면서 앞으로 굴렀다. 그리고 밤하늘을 보고 누운 자세로 가슴에 매달고 있던 석궁을 잡아당겼다. 매듭이 느슨해지면서 석궁이 끌려 내려왔다. 쇼는 누운 자세 그대로 석궁의 시위를 당겼다. 그리고 허벅지에 매달고 있던 전통에서 쿼렐을 뽑아 들었다. 쿼렐의 꼬리에는 소량의 인이 발라져 있었기 때문에 어둠 속에서 희미하게 빛을 냈다. 쇼는 그 빛을 기준으로 쿼렐의 수평을 가늠하며 어둠 속을 조준했다.

"뭐, 뭐지?"

적도 매복을 하던 입장이었기 때문에 소곤거리며 몸을 일으켰다. 어두운 들판에서 부주의하게 몸을 높이면 밤하늘과 들판의 명도가 다른 어둠을 배경으로 인체 특유의 실루엣이 드러난다. 인간의 몸은 자연과 형태를 거스르는 윤곽선을 가졌기 때문에 숲이나 들판에서 부주의하게 움직이면 곧바로 관측이 된다. 쇼는 자연 환경에서는 절대로 존재할 수 없는 윤곽선을 발견하자마자 곧바로 방아쇠를 움켜잡았다.

타악!

시위가 튕겨지고 희미한 빛이 어둠 속에서 꼬리를 끌며 날아갔다.

"커헉!"

옆구리를 관통당한 그림자는 숨 막히는 비명을 지르며 넘어졌다. 쇼는 재빨리 석궁을 끌어당기며 옆으로 두 바퀴를 굴렀다. 저격의 철칙은 같은 장소에서 절대로 두 발을 쏘지 않는다는 점이었다. 두 번을 굴러 원래 위치에서 3미터가량 멀어진 쇼는 다시 밤하늘을 보고 누운 자세로 콰렐을 장전했다. 그리고 다시 한 번 몸을 굴려 엎드렸다.

"히익! 기, 기습인가?!"

숨을 서너 번 내뱉을 동안 침묵을 지키던 저쪽에서 불안감을 참지 못하고 다른 매복조에게 알리기 위하여 몸을 일으켰다. 그 순간 무성한 들풀을 스치고 콰렐이 비스듬하게 솟구쳐 올라갔다. 등허리에서 인 특유의 빛이 번쩍이는 순간 그림자는 무너져 내렸다. 쇼는 엎드린 자세에서 곧바로 몸을 튕겨 뛰기 시작했다.

"이건 우리가 할 일이 없잖아?"

하메른 백인대장은 숯을 발라 거무튀튀한 얼굴로 찡그리듯 웃었다. 그리고는 수신호를 보냈다. 그의 곁에서 명령을 기다리던 병사가 짧은 피리를 입에 물고 조용히 불었다. 낮은 새소리 비슷한 소리가 들리자 풀숲에 엎드려 있던 병사들이 일제히 고개를 들었다. 병사들은 잔뜩 긴장한 눈으로 뺨에 달라붙은 흙을 털었다.

기도비닉을 위하여 부대를 셋으로 나눈 하메른 백인대는 각 부대 간 거리를 50미터 이상 유지하면서 빠르지만 조용하게 전진했다. 척후조가 소규모 매복을 전부 처리해 주고 있었지만 이 들판 어디에 아직도 매복조가 남겨져 있을지 아무도 몰랐다.

맨 처음 카라가 하메른 백인대 척후조에 편입된다고 했을 때, 하메른 백인대 병사들은 쓰게 웃었다. 솔직히 말하면 자신들도 여전히 벅찬 임무를 맡을 때마다 힘에 겨워 헐떡이는데 여자가 그런 거친 강행군을 버틸 거라 생각하지 않은 것이다. 하지만 이언은 그런 병사들의 의견을 깡그리 무시하고 쇼의 부하들을 포함하여 카라까지 6명을 최전방 척후조로 편성했고 현장 지휘관으로 쇼를, 부관으로 카라를 지명했다. 그리고 하메른 백인대 지휘관으로 자신이 아닌, 하메른을 지명했다.

병사들은 이언이 자신들을 지휘하지 않는다는 사실에는 어깨를 으쓱했지만 쇼가 데리고 온 무표정한 4명과 카라를 척후조로 삼는다는 의견에는 불만을 표시했다. 척후조의 임무는 적을 섬멸하는 데 있는 것이 아니었다. 척후조가 적과 교전한다면 그 척후조는 자격 미달이라는 의미였다. 그들은 부대에 앞서서 선행하면서 전방의 적과 지형지물을 파악하여 본대에 알려주는 역할을 하며 혹시 모를 적의 매복을 색출하는 임무를 갖는다.

하지만 이번에 편성된 척후조들은 매복지마다 철저하게 쓸고 지나가며 본대가 할 일이 거의 없게 만들었다. 적의 매복을 기습하면서도 쇼의 척후조는 본대보다 150미터 이상 간격을 확보했고, 그런 작전 때문에 하메른 백인대는 예정보다 훨씬 빠르게 들판을 횡단할 수 있었다.

하메른 백인대 병사들은 허리에 차고 있는 롱 소드를 왼손으로 눌러 행여 행군 중에 부주의한 금속음을 내지 않도록 주의하면서 허리를 굽히고 빠른 속도로 이동했다. 최대 속도로 50미터를 전진하여 일단 바닥에 엎드리고 소수의 장교들과 경계병이 주변 동향을 감시하고 다시 50미터를 빠르게 이동하는 방식의 전술 기동은 하메른 백인대로서는 이제 이골이 날 정도였다.

200명이나 되는 인원들이 셋으로 나뉘어 일제히 사라락 움직였다가 일제히 바닥에 엎드려 모습을 감추고, 다시 신호가 떨어지면 일제히 50미터 전방을 향해 몸을 굽히고 뛰는 병사들을 한밤중의 어둠 속에서 관측하는 것은 불가능했다. 그들의 움직임에 맞춰 풀벌레들의 울음소리가 간헐적으로 이어졌다.

병사들은 두려움은 없었지만 팽팽하게 긴장해 있었고, 누구도 부주의하게 입을 열지 않았다. 야간 전술 기동에 있어서 철칙 중 하나는 누구도 명령없이는 입을 열 수 없다는 점이다. 쓸데없는 잡담을 하다가 장교에게 즉결 처분을 당해도 아무런 항의도 할 수 없었다. 어둠 속에서는 귀가 예민해지기 마련이고 따라서 말소리는 생각보다 멀리까지 전달된다.

"내 이름은 막스프릿츠다! 지난날 나는 과오를 범했었다! 하지만 우리의 국왕 폐하께서는 오늘 다시 나에게 기회를 주셨다!"

전직 수도 경비대장 막스프릿츠는 일반 시민병들과 다름없는 허름한 복장으로 밤하늘을 향해 고함을 질렀다. 그동안 왕성 지하 감옥에 투옥되어 있었기 때문에 그는 수척해져 있었지만 눈빛만은 전보다 날카로워져 있었다. 베일리에 집결한 2차와 3차 시민병들은 긴장한 눈으로 그를 올려다보았다. 시민병들은 살기등등한 그의 눈빛에 겁을 집어먹었다.

한편에서는 여전히 비명과 아우성이 터져 나오며 빈민가 사람들이 불길과 시민병들에게 밀려 도시에서 쫓겨나고 있었고, 빈민가를 태우는 대화재는 이제 걷잡을 수 없을 정도로 크게 번해 있었다. 그리고 성벽 바깥에서는 대규모 기병들이 포위진을 형성하면서 느리지만 착실하게 수도를 벗어난 빈민가 사람들과 성문을 조여오고 있었다.

"우리는 분명 저들에게 뒤진다! 하지만 야간의 이런 혼란 속에서는 기병이 힘을 발휘하지 못한다! 적들은 기병뿐이다! 돌격 거리가 없는 지금으로써는 우리가 유리하다! 우리는 여기서 적에서 최대한의 타격을 입혀야 할 것이다! 망설이는 자들은 죽는다! 명심하라! 전쟁의 천사는 용기있는 자들만을 존경하며, 그런 자들만을 살려둔다! 겁을 집어먹는 자는 죽는다! 병사들이여! 페스트를 이 땅에 뿌린 왕비의 군대에게 복수를!"

막스프릿츠는 허공으로 검을 휘두르며 고함을 질렀다. 대화재와 비명을 지르는 무력한 빈민들, 그리고 도시가 전멸할지도 모르는 페스트 때문에, 또한 도덕심을 마비시키는 밤이었기 때문에 병사들은 술에 취한 것처럼 광기에 휩싸였다. 무력한 시민들을 죽여본 시민병들은 군대와 싸워도 상대를 죽일 수 있다는 집단적인 착각에 빠져 버렸다. 그 근저에는 짐승 같은 눈빛을 빛내며 고함을 지르는 막스프릿츠의 선동도 주효했다.

"1차 시민병들도 싸워 이겼다! 우리라고 못하나?!"
"악마 같은 놈들을 이 기회에 다 찢어 죽이자!"

"우아아아! 시민병 만세!"

막스프릿츠는 흥분한 얼굴로 병사들을 바라보면서 다시 한 번 함성을 질렀다. 국왕 폐하는 죽어 마땅한 죄를 저지른 자신을 사면해 주었다. 그리고 시민병이지만 자신에게 군대를 주며 적과 싸우라고 격려해 주었다. 감옥 안에서 몇 번이고 자신을 자학하며 어서 죗값을 치르고 죽기를 기도하던 그에게 왕명에 의한 사면은 뜻밖의 조처였다.

그는 국왕이 굽어보는 발치에 엎드려 진심으로 눈물을 흘렸다. 이미 죽은 거나 다름없던 그에게 국왕은 또 다른 삶을 부여해 준 것이다. 그는 몇 번이고 바닥에 이마를 찧으며 국왕께 충성을 맹세했다. 그리고 자신에게 주어진 시민병들을 이끌고 기필코 전과를 세우겠노라고 다짐했다.

그래서 그는 진심으로 시민병들을 선동하며 투지를 불태웠다. 이번에는 실수하지 않겠다는, 그리고 반역죄와 명령 불복종이라는 죽어마땅한 중죄를 저지른 자신을 사면해 준 국왕께 충성의 대가를 보여주겠다는 다짐을 했다.

"시민병 만세! 가서 싸우자!"

사면받고 또 다른 삶을 부여받은 막스프릿츠는 고함을 지르며 롱소드로 어두운 밤하늘을 휘저었다.

〈 7 〉

"성문 안으로 들어가라! 성문을 닫을 기회를 주지 마라!"

"돌격 앞으로!"

유겐하이트 기병단장의 명령이 떨어지자 선봉을 맡은 경장 기병대가 성문으로 돌격을 시작했다. 말들이 울부짖고 고삐를 당기는 기병들의 기합 소리, 그리고 빈민가 사람들의 비명 소리가 찢어졌다. 발굽에 채인 사람들은 마치 종이 인형처럼 무력하게 날아갔다. 기병들의 워 피크는 아무런 방어구도 없는 민간인들의 정수리를 사정없이 부수고 뇌수를 흩날렸다. 지옥의 밤이었다.

"제기랄!"

하지만 성문에서 엄청난 기세로 쏟아져 나오는 사람들을 거슬러 올라가는 것은 쉽지 않았다. 사람들의 기세에 밀린 말들이 넘어지면서 네 다리를 허공으로 휘저으며 버둥거렸고, 말에 깔린 기병은 부러진 허리와 다리의 고통 때문에 비명을 질렀다.

검푸르게 죽은 얼굴로 힘겹게 달려나오던 사내가 무릎을 꿇고 검붉은 피를 한 움큼 토해냈다. 하지만 그는 등 뒤에서 몰려 나오는 사람들의 발에 밟혀 더 이상 보이지 않게 되어버렸다. 사람들이 매달리자 성문 주변에 구축해 놓았던 방벽이 무게를 이기지 못하고 무너졌고, 그 돌 더미는 그대로 그 밑을 지나던 기병의 머리에 직격했다. 돌에 맞아 목뼈가 부러진 병사는 혀를 빼문 얼굴로 말에서 굴러 떨어졌다.

"커헉!"

등 뒤로 무기를 숨기고 빈민가 사람들 틈에 섞여 나왔던 시민병이 방심한 기병의 옆구리를 찔렀다. 기병은 뜨거운 내장을 주르륵 흘리며 바닥에 떨어져 사지를 버둥거렸다. 흥분한 시민병들은 페스트에 감염될 위험 따위는 이미 까맣게 잊어버렸다. 전공을 세우는 자에게 준남작의 지위를 내린다는 조건은 많은 시민병들의 눈을 멀게 했다. 경우에 따라서는 준귀족 대우를 받는 신분을 얻을 수 있다는 조건은 시민병들에게 확실히 매력적이었다.

"뭐, 뭐야, 이 자식들은?!"

"주, 준남작이다! 전공을 세우면 준남작이 된다! 으흐흐!"

"이 자식들 미친 거 아냐?"

공포를 잊기 위해 아편을 씹은 시민병들은 입가에 침을 흘리며 덤벼들었다. 기병 장교는 혀를 차면서 말을 두어 걸음 뒷걸음질치게 만들었고, 아편에 취한 시민병이 유령처럼 다가오자 기다렸다는 듯이 워 피크를 휘둘렀다. 워 피크에 관자놀이가 꿰인 시민병은 사지를 늘어뜨리며 부들부들 떨었다. 또 다른 시민병이 덤벼들자 기병 장교는 워 피크를 미련없이 버리며 롱 소드를 뽑아 상대의 미간에 롱 소드를 수직으로 찍었다. 피가 튀고 뼈와 살점이 후두둑 흘러내렸다.

"공격! 다 죽여 버려!"

기병 장교는 흥분한 얼굴로 고함을 질렀다. 허공을 향해 앞발을 치켜들었던 전투마가 사납게 푸르렁거리며 앞발로 사람들을 내리찍었다. 부러진 뼈가 피부를 뚫고 허옇게 튀어나왔고, 부러진 부위가 너덜거리는 사람들이 멍한 얼굴로 넘어졌다.

기병대는 필사적으로 성문으로 들어가기 위하여 사람들의 흐름을 돌파하려고 했고, 공포를 잊기 위해 아편을 과다하게 복용한 시민병들은 입가에 침을 흘리며 좀비들처럼 덤벼들었다. 그리고 양측의 전투 한가운데 휘말려 버린 빈민가 사람들은 목숨을 애걸하며 비명을 질렀다.

"싸워라! 물러서지 마라! 국왕께서 보고 계신다!"

막스프릿츠는 롱 소드를 휘두르며 고함을 질렀다. 그는 이미 스스로의 열기에 도취되어 있었다.

"우워워어!"

아편에 취한 시민병들은 공포도 잊은 채 맹수들처럼 포효했다. 마치 지옥에서 기어 올라온 마물 같은 섬뜩한 목소리였다. 시민병들은 갑옷도 갖추지 못한 상황에서 손에 잡히는 무기를 닥치는 대로 들고 휘둘렀다. 개중에는 생전 처음 잡아본 할버드를 휘둘러 빈민가 사람들과 아군까지 공격하는 자들도 있었다. 전선은 전혀 통제되지 않았다.

"아아악!"

머리 위에서 벌채용 도끼가 맹약기사단 병사의 머리를 찍었고, 아수라장 한복판에서 아이를 끌어안고 웅크리고 있던 여자의 등허리 위로 끈적거리는 뇌수가 쏟아져 내렸다.

"야이! 미친새끼야!"

또 다른 병사가 아편에 취한 시민병의 목을 찌르며 고함을 질렀다. 병사는 피를 뒤집어쓴 몰골로 웅크리고 있던 여자의 옷깃을 잡아당기며 으르렁거렸다.

"이 미친 여편네야! 저쪽으로! 저쪽으로 도망쳐! 죽고 싶어?!"

"아! 아! 아!"

여자는 정신이 나간 눈으로 병사를 바라보면서 아이를 더욱 거세게 끌어안았다. 숨이 막힌 아이가 버둥거리며 빼액 울었다. 병사는 또다시 덤벼드는 시민병의 심장에 롱 소드를 박아 넣고 좌우로 거칠게 휘저었다. 그리고 다시 한 번 여자에게 고함을 질렀다.

"도망가라고! 빨리 도망쳐! 애를 죽일 셈이냐?! 정신 차려!"

고향에 두고 온 아내와 자식을 떠올린 맹약기사단 병사는 안타까운 목소리로 고함을 질렀다.

"클레인! 빨리 도망쳐!"

병사는 어지러운 난전 속에서 아내의 이름을 부르며 고함을 질렀다. 여자는 멍한 눈으로 고개를 들었고, 공포에 질려 이를 딱딱거렸다. 맹약기사단 병사는 자꾸만 그녀와 자신의 아내를 혼동하면서 고함을 질렀다.

"클레인! 이 미친 여편네야! 티롤을 데리고 도망치라고! 안 들려?!"

여자의 곁에 머물며 미친 듯이 롱 소드를 휘둘러 대는 병사는 안타까운 목소리로 자꾸만 고함을 질렀다. 그 고함 소리가 여자의 이성을 얼마간 일깨워 주었다.

"아아!"

여자는 괴로워서 버둥거리는 아이를 힘주어 끌어안으며 무작정 뛰기 시작했다. 병사는 고개를 돌리며 고함을 질렀다.

"그래! 클레인! 뛰어! 뛰어가! 도망쳐! 티롤을 데리고 도망쳐! 어헉!"

고개를 돌리고 낯선 여자를 아내와 혼동하던 병사는 옆구리를 찌르고 들어온 강렬한 아픔에 비틀거렸다. 마약에 취해 동공이 풀려 버린 시민병이 침을 흘리며 히죽 웃었다.

병사는 전투용 부츠로 시민병의 무릎을 걷어차며 물러섰다. 피가 콸콸 쏟아져 내렸다. 병사는 어금니가 부러지도록 힘주어 깨물었다. 그리고 마약에 취한 시민병의 얼굴에 롱 소드를 정면으로 찍어 넣어 주었다.

"이 개새끼가!"

병사는 무릎에 힘이 빠져 비틀거렸다.

"크, 클레인을 죽게 내버려 둘 것 같으냐, 이 개새끼들아?!"

그 병사는 자신의 아내와 자식들은 지금의 전쟁과는 상관없는 200킬로미터 너머의 시골에 있다는 것을 잊어먹었다. 피는 자꾸만 울컥거리며 병사의 옆구리에서 쏟아져 나왔다. 병사는 왼손으로 상처를 꾹 누르며 이를 갈면서 소리 질렀다.

"여자와 아이들을 전장으로 내쫓는 게 국왕새끼가 할 짓이냐?! 죽여 버리겠어! 다 죽여 버리겠어!!"

병사는 피가 쏟아지는 옆구리를 누르며 무릎을 질질 끌면서 앞으로 나아갔다. 마치 그 앞에 아델만 국왕이 기다리고 있다는 듯이. 병사는 다시 한 번 고개를 돌려 어두운 들판 저편을 바라보았다. 흐릿해진 그의 눈동자에는 분명히 그의 '아내와 자식들'이 허겁지겁 전장을 벗어나고 있었다. 그리고 차갑고 무거운 것이 목덜미에 와 닿았다. 200여 킬로미터 밖에 아내와 자식을 두고 온 맹약기사단 병사의 목이 하늘을 날았다.

"미쳤어! 이 새끼들은 다 미쳤어!"

전투마의 고삐를 쥐고 있던 장교는 끔찍하다는 목소리로 중얼거렸다. 어지간한 전투가 아니라면 병사들에게 아편을 먹이고 전장에 투입하는 일은 없었다. 아편은 본래 부상당한 병사들의 고통을 줄여주기 위하여 먹이는 진통제로 사용되었다. 하지만 장기적인 난전을 벌일 때 가끔씩 병사들에게 아편을 먹여 전투에 투입시키는 장교들도 있었다.

아편은 병사들의 피로와 부상에 의한 고통을 잊게 만들어주었고, 전장의 처절한 공포를 느끼지도 못할 정도로 둔감하게 만들었다. 하지만 아편은 중독성이 강했고 공포와 고통을 삼켜 버리는 대신에 병사들의 이성도 함께 삼켜 버린다. 효과적인 전장 통제는 고사하고 아군까지 오인 공격하는 일이 빈번했다. 더 이상 물러설 곳이 없는 전장에서 적어도 적과 함께 자멸하겠다는 각오가 없으면 병사들에게 아편을 나눠주지 않는다.

아편을 복용한 병사들의 위험성을 일깨워 준 가장 최근의 전투는 알카레인 전투였다. 12,000명과 8,000명이 격돌한 대규모 전투에서 양측은 좁은 알카레인 평원에서 무려 일주일에 걸쳐 전투를 벌였고, 누적된 피로와 공포에 지친 병사들에게 아편을 먹이며 전투에 참가시켰다. 그리고 전투가 끝났을 때 알카레인 평원에는 20,000구의 시체가 쌓여 있었다. 아편에 중독된 병사들은 자신의 내장이 절반이나 흘러내렸는데도 실실 웃으면서 노래를 부르며 죽어갔다. 화살을 7발이나 맞고도 검을 휘두르는 병사들도 있었다.

시민병들은 한결같이 아편에 취해 이성을 잃은 채 막무가내로 공격을 하고 있었다. 개중에는 주변을 모두 잊어버리고 아군끼리 싸우는 자들도 있을 지경이었다. 팔이 잘려 나간 시민병이 히죽 웃으면서 아군인 시민병의 복부를 찔러 내장들을 쏟아냈고, 내장이 흘러내리는 시민병은 킬킬거리며 바닥을 뒹굴었다. 팔이 잘려 나간 병사는 결국 출혈 과다와 출혈성 쇼크를 받아 바닥에 누웠고, 노래를 부르며 죽어갔다.

"이 개자식들이 약 처먹었다! 주의하라!"

장교의 지시는 전혀 쓸모가 없었다. 일선에서 싸우는 병사들은 이미 그 사실을 알고 있었다. 상당수 병사들은 아예 말에서 내려 중장보병으로 싸웠다. 말을 달리지 못하는 혼전 속에서는 차라리 그 편이 안전했다.

퍼엉!

성벽에서 던진 불붙은 기름 항아리가 박살나는 순간 불길이 치솟아 성벽 꼭대기까지 넘실거렸다. 불붙은 기름을 뒤집어쓴 병사들과 빈민가 사람들이 비명을 지르며 허우적거렸다.

"화공이다! 조심해!"

사방에서 불길이 치솟기 시작하고 전장을 대낮처럼 밝게 만들었다. 병사들은 분수처럼 솟아올라 사방으로 흩뿌려지는 불길을 피해 몸을 움츠렸다. 불길은 폭포수처럼 쏟아져 내리며 병사들을 휘감았다.

"뭐, 뭐야? 미친새끼들!"

누군가 자신의 몸에 기름을 뒤집어쓰고 스스로 불을 붙였다. 아편에 취한 시민병은 스스로 분신 자살을 시도했다. 자기 손으로 불을 붙인 시민병은 고함을 지르며 맹약기사단 병사를 끌어안았다. 기름을 먹은 불길이 버둥거리는 병사까지 태우기 시작했다. 불길에 휩싸인 두 명은 버둥거리며 바닥을 뒹굴다가 조용해졌다. 또 다른 병사가 입가에 침을 흘리며 기름 항아리를 들고 병사들 사이로 뛰어들어 불을 점화시켰다. 폭음과 함께 불길이 치솟아올랐다.

"미쳤어! 전부 미쳤어!"

기병 장교 한 명이 끔찍하다는 목소리로 중얼거렸다.

"성문 쪽에서 한바탕하는 모양이지?"

"그러게 말이야……."

보초를 서던 병사들은 밤하늘을 붉게 물들인 불길과 멀리서 들려오는 고함과 비명 소리를 들으며 중얼거렸다. 간이 요새에서는 반달형을 그린 수도 성벽에 가려 성문 쪽이 보이지 않았다. 게다가 밤에 관측할 수 있을 정도로 가까운 거리도 아니었다.

픽!

어둠 속에서 날아온 쾨렐은 보초를 서던 병사의 목을 관통해 망루 기둥에 박혔다. 목을 관통당한 병사는 벽에 못 박힌 인형처럼 축 늘어졌다. 고개를 돌리던 병사는 동료가 쾨렐에 꿰여 망루 기둥에 박힌 광경을 보고 기겁했다. 하지만 현실은 그에게 비명을 지를 틈을 주지 않았다. 또 다른 쾨렐이 날아와 그 병사의 왼쪽 귀를 뚫고 들어가 반대편 귀를 찢으며 튀어나왔다. 병사는 입을 벌린 표정으로 무너져 내렸다. 3개의 망루에서 감시를 하던 6명의 병사들은 거의 동시에 저격을 당하고 즉사했다.

"가자!"

쇼가 짧게 말하며 숲에서 튀어 나갔다. 하메른 백인대는 멍청하게 함성을 지르며 돌격하는 짓은 하지 않았다. 굳이 자신들의 습격을 자고 있던 병사들에게 알려줄 친절함과는 거리가 멀었다. 들판을 건너오면서 들고 왔던 수십 개의 사다리들이 통나무를 세워 만든 목책에 기대어졌고, 병사들은 일사불란하게 통나무 목책을 타 넘었다. 쇼는 끝을 뾰족하게 깎은 목책 위에서 용케 망루 위로 기어 올라갔다. 자연스럽고 민첩한 몸놀림이었다.

"적이다!"

"늦었다, 병신새끼들아!"

뒤늦게 그들을 발견한 병사가 고함을 지르는 순간 하메른 백인대 병사가 메이스를 휘둘렀다.

파악!

콰렐이 허공을 날아가 막사에서 튀어나오던 백인대장의 머리를 관통했다. 콰렐을 장전하고 지휘관 막사만을 노리고 있던 쇼가 정확하게 백인대장의 머리가 막사에서 나오는 순간 방아쇠를 움켜쥔 것이다.

"한 놈도 빠져나가게 두지 마라! 쥐새끼가 도망치면 우리가 죽는다!"

누군가 고함을 지르며 자고 있던 병사들의 막사 안으로 불붙은 화염의 파인트를 집어 던졌다.

화악!

불길이 치솟고 잠을 자고 있던 병사들을 뜨거운 불길이 휘감아 버렸다.

퍼엉!

강을 타고 내려가는 배들을 공격하기 위하여 투석기 곁에는 기름을 가득 채운 항아리들이 줄지어 세워져 있었고 그것들이 한꺼번에 폭발하면서 투석기까지 삼켜 버렸다.

"히익! 히익!"

아수라장을 비집고 병사 서너 명이 간이 요새를 빠져나갔다. 하지만 그들은 어두운 숲 한가운데 앉아 있던 그림자를 발견했다. 병사들은 겁에 질린 얼굴로 멈춰 섰다.

"끔찍하게 재수없는 밤이야. 그렇지?"

카라는 피가 엉겨붙어 굳기 시작해 뻣뻣해진 머리칼을 긁어 올리며 우울하게 말했다.

"히익! 주, 죽여!"

병사들이 롱 소드를 고쳐 잡는 순간, 뜨겁고 물컹한 무엇인가가 후드득 소리를 내면서 어두운 숲으로 날아갔다. 심장이 뽑혀 나간 병사는 가슴 한가운데 시커먼 구멍을 남긴 채 멍하니 넘어졌다. 카라는 손톱에 낀 살점을 털면서 희미하게 웃었다.

"보름달도 아닌데… 미안해……."

"아, 아, 악마다!"

두 명의 병사들은 비명을 지르며 등을 돌렸다. 그 순간 카라의 손톱이 병사의 알량한 가죽 갑옷을 뚫고 들어갔고 한 움큼이나 되는 척추를 뽑아냈다. 두 뼘이나 되는 척추가 뽑혀 나간 병사는 바닥에 머리를 박고 엎드려 꿈틀거렸다. 혼자 남은 병사는 바닥에 주저앉으며 비명을 질렀다. 인간의 이성이 견딜 수 있는 한계를 넘은 공포 때문에 병사의 동공은 풀려 버렸고, 입가로 침이 흐르고, 바지가 흠뻑 젖도록 소변을 지려 버렸다.

쾨악!

카라는 양손으로 병사의 가슴과 얼굴을 움켜잡으며 예리한 송곳니로 병사의 튀어나온 목젖을 물었다. 물컹한 선지피가 그녀의 목구멍으로 넘어갔고, 그녀는 병사의 목 근육을 물어뜯었다. 목이 절반이나 뜯겨 나간 병사는 너덜거리는 목을 주체하지 못하고 기묘한 각도로 목이 꺾인 모습으로 숲 속에 버려졌다. 카라는 어깨를 움츠려 몸서리치면서 입에 물려 있던 살점을 뱉어냈다. 그리고 입가로 흐르는 피를 소매로 닦아냈다.

'저주받은 피… 저주받을 인간들… 엄마… 보고 싶어…….'

카라는 슬픈 눈으로 눈물을 흘리며 불타오르는 간이 요새를 바라보았다. 그녀는 요새 함락전에 참가할 수 없었다. 사방에서 불길이 치솟고 있는 환경은 그녀에게 치명적이었다. 인간은 흉터를 남길지언정 화상 입은 피부를 얼마간 재생할 수 있었다. 하지만 뱀파이어인 그녀는 피부에 화상을 입으면 두 번 다시 재생이 되지 않았다. 아주 사소한 화상으로도 그녀는 죽을 수 있었다.

그리고 수도에 버티고 있는 성당 기사단은 그녀 같은 뱀파이어들이 불에 약하다는 것을 알고 있었다. 마녀나 이단 혐의를 받는 사람들에게 불에 달군 낙인을 찍는 관습은 그녀 같은 뱀파이어가 화상에 치명적이기 때문이었다. 아무리 그녀라도 성당 기사단에게 잡혀 낙인이 찍히면 상처에서 계속해서 피가 흘러나오기 때문에 아무런 반항도 하지 못하고 그대로 화형장으로 끌려간다.

카라는 그것을 두려워했다. 더 이상 함부로 힘을 사용할 수는 없었다. 수도에서 딱 한 번 쥐 떼를 불러낸 것으로 성당 기사단이 움직였다. 한 번만 더 사용하면 대륙의 모든 성당 기사단이 그녀를 찾기 위하여 움직일 것이다. 그녀가 할 수 있는 일은 이것이 전부였다. 그녀는 숲 저편에서 움직이는 인기척을 느끼고 그쪽으로 뛰기 시작했다.

"아아악!"

과연 누구의 것인지는 몰랐지만 좋은 롱 소드였다. 뼈를 잘랐는데도 이빨이 나가지도 않았고, 검신이 부러지지도 않았다. 하메른 백인대장은 손목이 잘린 병사의 목을 노리고 등 뒤로 돌렸던 롱 소드를 단단히 움켜쥐고 풀스윙을 했다. 사람을 베는 순간에 어설프게 힘을 빼면 자신의 손목이 다친다. 수도에 남겨진 아내와 아들은 이미 그의 머리 속에서 깨끗하게 지워진 이후였다. 아무런 미련도 없었고, 후회도 없었다. 차라리 이대로가 좋을 것이다. 하메른 만호프는 그렇게 생각했다. 그리고 피 묻은 롱 소드를 수직으로 들면서 고함을 질렀다.

"한 놈도 남김없이 다 죽여!"

"하메른 백인대! 앞으로!"

하메른 백인대의 기수가 된 틸로이츠가 스피어에 매단 2의 원페어 깃발을 거칠게 휘두르며 고함을 질렀다. 사방에서 함성 소리가 들려왔다. 병사들은 스스로의 투쟁 의식을 고양하기 위하여 함성을 지르며 롱 소드를 휘둘렀다.

"커헉!"

뱀브레스로 얻어맞은 병사가 부러진 이빨을 뱉어내며 물러섰다. 하메른 백인대 병사는 오른손에 힘을 주며 롱 소드를 휘둘렀다. 잘려진 살점이 눈처럼 사방으로 흩날렸다.

"……."

고함을 지르며 분전하는 하메른 백인대 병사들 사이에서 쇼가 이끌던 부하들은 라일란의 신전 출신들답게 입을 꾹 다물고 혼전 속으로 걸어다니며 지휘관급으로 보이는 적병들만 골라서 공격했다. 그들은 지독하고, 무표정하고, 개성없는 단조로운 얼굴로 롱 소드를 휘둘렀다. 어째서 싸우고 있는지, 무엇을 위해서 싸우고 있는지 고민하는 자들은 없었다. 그들은 신전을 배신하기로 마음먹은 쇼의 뒤를 따르기로 결정했고, 쇼를 자신들의 명령권자로 인정했다. 그리고 쇼는 자신들에게 이들을 죽이라고 명령했다. 그것으로 충분했다. 암살자에게는 죽일 표적과 죽이라는 명령 한마디만으로 충분했다. 국왕을 구하기 위해서하는 명분은 그들에게 아무런 가치도 없었다.

"그륵!"

3자루의 롱 소드로부터 동시에 공격당한 하급 지휘관은 눈을 부릅떴다. 암살자들의 롱 소드는 정확하게 그의 목을 찔러 경동맥을 잘랐고, 늑골 사이로 정확히 파고들어 심장을 찢었고, 옆구리로 들어와 치명적인 부위인 간을 파괴했다. 어느 것 하나로도 목숨을 건질 확률이 희박한 치명상을 동시에 세 곳이나 받은 그는 그대로 절명했다.

3명이 공격하는 동안 한 걸음 물러서 동료들을 엄호해 준 암살자가 무표정한 얼굴로 걸음을 옮기자, 그때까지 시체에 검을 찔러 넣고 있던 3명의 암살자들이 검을 뽑아 들고 움직였다. 그들은 지독하게 조용했고, 효율적이고, 치명적이었다.

"우아아!"

자포자기한 병사 한 명이 절벽에서 몸을 던졌다. 운이 좋아 절벽 아래의 강변 습지 너머로 있는 강물에 떨어지면 살 수도 있을지 몰랐다.

절벽 끄트머리에 다가선 쇼는 재빨리 사방에서 이글거리는 불길을 배경으로 조준을 했다. 그리고 콰렐을 발사했다. 등허리에 콰렐을 관통당한 병사는 그대로 습지로 떨어졌다. 쇼는 몸을 돌리는 순간 자신에게 덤벼드는 병사를 발견했다. 쇼는 미련없이 석궁을 놓으며 그 병사의 롱 소드를 어깨 위로 흘려보냈고, 왼팔로 그 병사의 팔을 꽉 끌어안았다. 어깨를 사이에 두고 병사의 경악한 눈동자와 쇼의 차가운 눈동자가 교차했다.

"컥!"

놀랄 만한 속도로 재빨리 허리춤에서 단검을 뽑아 든 쇼는 단검을 아이스 피크 그립(Ice Pick Grip)으로 쥐고는 병사의 등허리를 찔렀다. 상대의 폐를 찌르기 위해서는 롱 소드가 아닌 이상 등을 찔러야 한다. 어지간한 단검은 상대의 늑골과 근육 층을 뚫고 폐에 도달하기 힘들었다. 폐는 가슴에 있는 것이 아닌 등에 있었다. 그리고 늑골에 걸리면 스톨츠 식 단검이 아닌 어지간한 단검들은 날이 부러져 버린다. 인간의 뼈는 생각 이상으로 단단했다. 폐를 찔린 병사는 비명도 지르지 못하고 컥컥거렸다.

푸욱!

쇼는 왼팔로 상대의 팔꿈치를 단단히 감아 쥔 상태로 단검을 핑그르 돌려 햄머 그립(Hammer Grip)으로 바꿔 쥐고서 상대의 옆구리를 비스듬히 찔러 올렸다. 그리고 마지막으로 그 병사를 절벽으로 밀어 버리는 순간에 다시 한 번 그 병사의 목 부분 경동맥을 잘랐다.

"후우……."

쇼는 단검에 묻은 피를 소매에 닦아내면서 한숨을 쉬었다. 검에 피가 남은 상태로 검집에 집어넣으면 피가 말라붙어 검이 뽑히지 않는 사태가 발생하기 때문에 조건 반사로 몸이 행동하고 있었다.

또다시 콰렐이 수평으로 날아가 강철제 투구를 관통해 날아온 운동 에너지를 고스란히 충격으로 바꿨고, 뇌수가 질퍽하게 으깨졌다. 쇼 는 가슴에 매달고 있던 석궁을 천천히 장전하면서 차근차근 병사들의 뒤통수를 저격했다.

"나, 나으리! 저, 저는! 으아악!"

기술자로 와 있던 민간인이 비명을 질렀다. 메이스에 엉겨 붙었던 살점을 후두둑 털어내면서 하메른 백인대 병사는 침을 뱉었다.

"에피, 미안하다……."

"뭐?"

레이드는 에피가 뭐라고 대답하기도 전에 인어 석고상을 주먹으로 후려쳤다. 석고상은 단단한 가죽을 감은 레이드의 주먹에 맞아 힘없 이 부서졌다. 수도를 탈출하는 마당에 높이 2미터짜리 인어 석고상을 가져온 레이드의 무신경함을 탓하던 사람들은 혀를 빼물었다. 레이드 는 아무런 미련 없이 석고상을 부숴 버렸다. 그리고 석고상 안에 있던 물건을 꺼냈다. 그것은 기름을 잔뜩 먹인 천으로 포장된 지독하게 긴 물건이었다. 레이드는 익숙하게 가죽 끈을 풀었고, 안에 들어 있던 것 을 꺼냈다.

"뭐, 뭐야, 저건?"

튜멜은 어이가 없다는 얼굴로 중얼거렸다. 그것은 지독하게 낡은 투 핸드 소드였다. 검날도 유난히 두껍고 과연 레이드 정도의 거구가 아니면 누가 다룰까 싶은 대형 검이었다. 레이드는 굉장히 잘 보전된 검 상태를 가볍게 점검하고는 두 손으로 투 핸드 소드를 쥐고서 가볍 게 휘둘러 보았다. 레이드의 검은 섬뜩하게 붕붕 소리를 냈다.

"이 미친새끼야! 그거 안 쓴다고 약속했잖아?!"

에피가 울 것 같은 얼굴로 발끈하면서 소리 질렀다. 레이드는 미안하다는 얼굴로 시선을 내리깔고는 우물거렸다.

"상황이 이러니 어쩔 수 없잖아. 미안하다."

"웃기지 마! 이 바보 멍청이! 너, 그 빌어먹을 것 때문에 몇 번을 죽을 뻔했어?! 응?! 한 번만 더 그걸 들고 설치면 내가 죽여 버린다고 했지?! 그걸 뭐 하러 여기에 갖고 왔어! 부러뜨려 버렸어야 했어! 그때 그 빌어먹을 검을 대장간에서 박살 냈어야 했어!"

"에피를 잡아요!"

레미가 다급하게 소리치자 튜멜은 벙찐 얼굴로 에피를 잡으려고 했다. 하지만 에피는 흥분한 와중에서도 능숙하게 허리를 굽혀 튜멜의 손길을 피했고 몸을 날려 튜멜의 머리를 걸어찼다. 대단한 점프력이라고 감탄할 사람은 아무도 없었다.

다행히 튜멜은 투구를 쓰고 있었기 때문에 머리가 깨지는 불상사를 간신히 모면했다. 튜멜은 바닥을 나뒹굴더니 붉으락푸르락한 얼굴로 벌떡 일어섰다. 워낙 두들겨 맞는 데는 이골이 난 그였지만 모욕 때문에 그까지 덩달아 흥분해 버렸다.

"이 예의없는 계집애가!"

"시끄러! 이건 나와 이 머저리와의 문제야! 끼어드는 놈들은 다 죽여 버릴 거야!"

무기고에서 새로 장만한—정확히 말하면 훔친—롱 소드를 뽑아 든 에피는 바락바락 악을 썼다. 레미는 한숨을 쉬면서 카라의 빈자리가 이런 건가 하는 생각을 했다. 에피가 고개를 돌리는 순간 횃불에 무언가 번쩍이는 것을 발견했다. 그리고 에피는 바닥을 다섯 바퀴나 굴렀다.

레이드는 검의 옆면으로 에피를 후려치고는 쓰게 웃었다.

"어쩔 수 없어. 지금은 한 명이라도 더 전투원을 필요로 하는 상황이니까. 여기서 너나 내가 죽어버리면 시골에서 농사나 지으며 사는 것도, 도시에서 조그만 장사를 하며 사는 것도 불가능해. 이건 너와 내가 살아남기 위한 거야."

"그러니까 그 미친 검을 버리란 말이야! 넌 그거만 쥐면 이성을 잃잖아, 이 등신아!"

에피는 울컥 넘어온 위액을 뱉어내면서 악을 썼다.

"에피야……."

"시끄러! 그거 버려! 당장 버려! 차라리 내가 지키겠어! 내가 지킬 테니까 그거 버려!"

"입 다물고 내 말 들어!"

"……!"

에피는 레이드의 고함 소리에 입을 다물었다. 튜멜과 레미는 항상 허허 웃기만 하던 레이드가 고함을 지르자 깜짝 놀란 얼굴로 그를 바라보았다. 레이드는 웃지 않았다. 머쓱한 표정으로 턱을 쓱쓱 문지르는 버릇도 보여주지 않았다. 레이드는 자신의 낡은 투 핸드 소드를 내려다보면서 한숨을 쉬었다. 그리고 조용히 말했다.

"난 이 검으로 네 어머니… 그러니까 내 아내를 죽였다. 이걸 버릴 수 있다고 생각하나?"

"뭐? 지금 뭐라고 했어?"

"세상에……!"

레미는 두 손으로 입을 가렸다. 튜멜은 고개를 돌려 다른 사람들이 없는지 확인했다. 에피의 눈가로 눈물이 흘렀다.

"미안하다. 이걸로 네 엄마를 죽였다. 나로서는 어쩔 수 없었다. 열에 들뜬 너를 보는 순간 참을 수 없었다. 그래서 너를 의사에게 맡겨두고 어린 딸아이가 열병에 걸려 고통스러워하는 순간에도 정부와 침대에서 뒤엉켜 있던… 그녀와 정부를 이 검으로 죽였다. 미안하다, 내딸아."

"거, 거짓말… 거짓말이야……. 엄마가 그런 사람일 리가 없어……."

"너는 기억하지 못해. 너무 어렸고 아팠으니까."

"거짓말이라니까! 그런 뻔한 거짓말 하지 마!"

"미안하다. 정말로 미안하다. 그래서 이 검을 버릴 수 없었다."

레이드는 고개를 들고 싱긋 웃으며 레미를 바라보았다. 레미는 웃고 있는 레이드의 눈을 마주칠 용기가 없어 고개를 숙였다.

"회색남풍의 돌격대장 레이드, 지금 이 순간부로 다시 복귀합니다. 그렇게 알고 계십시오."

레이드는 자신의 무거운 투 핸드 소드를 들고 가버렸다. 레미는 이마에 맺힌 식은땀을 꾹 누르며 입을 다물었다.

"아빠가… 아빠가… 아빠가 엄마를 죽였다고? 아빠가 엄마를 죽였어? 그래서 엄마가 없었던 거야?"

에피는 바닥에 주저앉은 채 중얼거렸다. 튜멜은 손을 내밀었다. 에피는 의아한 얼굴로 튜멜을 올려다보았다. 튜멜은 지독하게 가라앉은 얼굴로 그녀를 내려다보며 어색한 표정을 지었다.

"일어나라. 어서 가자."

튜멜은 어설프게 그녀를 위로하지 않았고, 다그치지도 않았다. 그는 자신이 말재주가 없다는 것을 알고 있었다.

"그만 울고 일어나라."

"엄마가 없어서 용병대에서 혼자 무서웠어. 아빠가 전투에 나가고 혼자 남겨지면 무서웠어. 아빠가 죽어버리면 나는 혼자니까. 그래서 아빠가 주고 간 맛있는 설탕도 먹지 못하고 기다렸어. 아까운 설탕이 손에서 녹는 동안에 울기만 했어. 설탕이 아까워서 그냥 먹고 싶었어. 그치만 아빠가 피 흘리며 돌아올까 봐 무서웠어. 그래서… 그래서… 우아아!"

레미가 에피를 조용히 끌어안자 에피는 그녀의 품 안에 안겨서 울기 시작했다. 레미는 그저 조용히 에피를 다독거려 주었다.

"다들 뭐 하는데 안 오는 거냐?"

이언은 자신의 롱 소드를 다시 한 번 점검하면서 물었다. 레이드는 히죽 웃으며 턱을 슥슥 문질렀다.

"정리할 게 좀 남아서 말이야. 이번부터는 나도 싸운다."

"투 핸드 소드냐? 보병 전투에 그런 걸 쓴다고? 미친놈이구나?"

"시대에 뒤떨어진 아버지라서 말이야."

"뭐?"

이언의 질문에 레이드는 어깨를 으쓱하고는 입고 있던 하드레더를 다시 한 번 점검했다. 그리고 무거운 투 핸드 소드를 지팡이처럼 짚었다.

"부대를 하나 지휘하게 해줘. 명색이 용병대 돌격대장이었으니까 지휘 경험은 있어."

"그런 건 디르거 경에게 물어봐."

"모든 일이 끝나면……."

"……."

"에피와 단둘이 조용한 시골에서 살고 싶어."

"그러기에 좋은 장소를 하나 알고 있지."

이언은 마치 비웃는 듯한 웃음으로 웃으면서 말했다. 레이드는 이언의 웃음이 언제나 남을 깔보는 비웃음으로 보인다는 것을 알기 때문에 화를 내지 않았다. 그는 조용히 다음 말을 기다렸다.

"테일부룩이라는 영지야. 바보 남작의 영지인데, 지독한 시골이지만 파란 개구리라는 여관이 있는데 그곳 주인이 술을 정말 맛있게 만들지. 디르거 경에게 물어봐. 술이 정말 맛있다는 데 찬성할 거야."

"바보 남작의 영지가 그런 곳이었냐? 테일부룩이라… 어디에 처박혀 있는 거야?"

"라트에일에서 곧장 서쪽으로 가면 중앙산맥 언저리에 있어."

"한번 가봐야겠군."

"좋은 곳이야. 보증하지."

이언과 레이드는 거의 동시에 유쾌하게 웃었다. 모처럼 유쾌한 웃음소리였지만 성문 쪽에서 전투가 시작되었는지 시끄럽게 터져 나오는 함성 소리 때문에 시들해졌다. 이언은 힐끔 성문 쪽을 바라보면서 조용히 말했다.

"막스프릿츠가 시작한 모양이군."

"괜찮은 걸까?"

"어차피 죽어야 하는 놈이야. 병력을 무단 운용했던 장교를 살려둔 것만으로도 충분한 자비를 베푼 거야. 원래라면 즉결 처분으로 사형이잖아."

"이럴 때 써먹으려고 살려둔 거였냐?"

"응."

이언은 걸음을 내딛기 시작하면서 가볍게 대꾸했다. 레이드는 고개를 내저으면서 이언을 따라 걸었다.

"로젠 하우트 거리가 최전방에 선다. 그리고 곧바로 국왕 폐하를 비롯한 지휘부가 따른다. 그리고 그 뒤로 휴젠, 클로티스, 제일 마지막으로는 근위대 1독립대가 맡는다. 근위대 1독립대를 제외한 나머지 부대는 좌측에서의 공격에 대비하고 전방과 후방은 타 부대를 믿어라. 우측에서의 공격은 없다. 우측은 강물뿐이다. 따라서 좌측 3개 열에 가장 노련한 병사를 배치하라. 명심해라. 우리의 목적은 적과의 교전이 아니다. 최단시간에 수도 지역을 돌파하여 목표 지점까지 도달한다. 하메른 백인대가 선도할 것이다."

"네, 알겠습니다."

집결 지역이 마땅치 않았기 때문에 병사들은 골목별로 집결해 있었고, 각 급 지휘관들은 파일런의 작전 명령을 다시 한 번 숙지했다.

"관측병의 보고입니다. 성문에서 교전이 시작되었습니다. 그리고 북쪽의 간이 요새에서도 불길이 관측됩니다. 유격대도 교전을 시작한 모양입니다."

"알았다. 각 급 지휘관들은, 특히 시민병 지휘관들은 병력 통제에 만전을 기하라. 병사들에게 이번 작전의 당위성을 숙지시켜 행군 중 탈영하는 병사가 없도록 최선을 다하라. 탈영병은 가차없이 사살하도록. 그리고 집결 지점은 병사들에게 알려주지 않도록 주의하라. 탈영병이나 병사들 내부에 있을지도 모를 스파이가 적에게 집결지를 알리지 못하게 하라. 알겠나?"

"네, 알겠습니다."

"이 작전은 시간 싸움이다. 성벽을 나서면 한 걸음이라도 더 빨리 벗어나는 자만이 살아남는다. 이상 해산!"

파일런은 장교들을 해산시키고 가벼운 피로를 느끼며 한숨을 쉬었다. 나른한 피로가 그의 늙은 육체를 지배했다. 하지만 그것은 그에게는 너무나 편한 전장의 피로였다. 파일런은 오랜만에 경험하는 전장의 피로를 느끼며 가만히 눈을 감았다.

'야스민, 건강하게 살아남아야 해. 꼭 살아서 돌아올 거야.'

힉스는 고개를 돌려 야스민이 살고 있을 거리를 가늠해 보면서 생각했다. 앞에서 백인대장이 목청껏 수도를 떠나야 하는 이유를 설명하고 있었지만 귀에 들어오지 않았다. 시민병들은 알고 있었다. 전투에도 불구하고 그들은 여전히 살아남았고, 전쟁이 끝나기 전에는 집으로 되돌아갈 수 없다는 사실을. 누구 하나 불만을 소리 내어 떠들지는 않았다. 그들은 서서히 군율이라는 것이 무엇인지 배워가는 중이었다. 그렇기 때문에 근위대보다 한층 가혹한 군율을 적용받았다. 그래서 시민병들은 군율에 복종하지 않으면 살아남기 힘들다는 것을 몸으로 배웠다.

"왕비의 저주받을 사술과 폭제에 맞서 국왕 폐하께서는 친히……!"

백인대장은 목이 잠기는 데도 아랑곳하지 않고 고래고래 고함을 질렀다. 하지만 힉스는 그런 것에는 관심도 없었다. 수도는 어차피 함락당할 것이고 자의든 타의든 그가 시민병에 가담했던 사실이 밝혀지면 그는 죽임을 당할 것이다. 그럴 바에는 차라리 시민병에 그대로 몸담고 있으며 전쟁이 끝나길 기다리는 편이 좋았다.

힉스의 생각은 대다수 시민병들의 생각과 일치했다. 그리고 지난 몇 번의 전투를 거치며 시민병들은 지금 현재의 지휘관 아래에 있는다면 살아남을 확률이 높다는 것을 본능적으로 깨달았다. 애써 죽고 싶어하는 병사들은 없었다. 미미하더라도 확률이 높은 곳에 의지하고 싶어했다. 그들에게 전쟁의 목적이나 의의는 아무래도 좋았다. 단지 밥을 굶지 않고 살아남는 것이 중요할 뿐이었다. 국왕이든 왕비든 누구라도 상관없었다.

"시작해라!"

이언이 지시하자 규칙적인 북소리가 울리기 시작했다. 그와 동시에 병사들은 일제히 북소리에 맞춰 파성추를 밀었다. 지금까지 위장되어 북쪽 성벽 아래 준비되었던 파성추가 모습을 드러냈다. 단순히 성문 앞에 방벽을 쌓기 위한 자재를 취하기 위하여 북쪽 성벽 안쪽을 헐어냈다고 생각했던 병사들은 멍한 얼굴로 그 광경을 바라보았다. 바람이 불면 흔들거릴 정도로 강도가 약해진 성벽은 파성추가 충돌하자 무너지기 시작했다. 북쪽 성벽 아래는 두껍게 모래가 깔리고 나무 판이 임시로 깔려 있었기 때문에 파성추의 수레바퀴가 움직이는 데는 아무런 문제가 없었다.

파성추를 미는 병사들을 보호하기 위해 설치한 지붕에 성벽용 마름돌이 떨어지자 지붕은 아슬아슬하게 삐걱거리며 부서지지 않았다.

"뒤로 빼! 파성추 후퇴!"

"으으샤!"

수레에 고정된 파성추가 스르륵 아래로 내려왔다. 다시 북소리가 울리고 병사들은 힘줄이 불거져 나올 정도로 힘을 쓰며 파성추를 밀었다. 시끄러운 소리를 내면서 달려간 파성추가 성벽에 충돌하자 더 많은 돌들이 무너져 내렸다. 다행히 대부분의 마름돌들은 성벽 바깥으로 무너졌다.

이언이 이 지점을 탈출로로 선택한 이유는 여러 가지였다. 우선 이곳을 허물어내면 폭 40미터라는 거대한 출입구가 생긴다. 대규모 병력을 일시에 뽑아내기에는 더없이 좋았다. 그리고 정면에 집결한 적의 병력은 이 지점을 관측할 수 없었다. 마지막으로 성벽의 이 지점에서 탈출로까지는 최단 직선을 그을 수 있었다. 덤으로 그동안 정면 성문을 방어하기 위한 방벽을 만들 자재까지 충분히 얻을 수 있었다. 자재를 가공하는 시간까지 절약할 수 있었기 때문에 작업은 더 빨랐다. 사람들은 파성추로 성벽 안쪽을 부수고 단숨에 탈출구를 확보한다는 발상에 혀를 내둘렀다.

"빨리 해! 힘내라! 성벽은 곧 무너진다!"

작업을 감독하는 백인대장이 고함을 질렀고, 병사들은 다시 한 번 힘주어 파성추를 밀었다. 두 개의 내력 기둥 안쪽에 있던 40미터 구간의 성벽은 사다리꼴 형태로 성벽의 하중을 받쳐 주며 통로 구실을 하던 제2갤러리까지 철거된 상황이었기 때문에 빠르게 붕괴하기 시작했다. 한 지점이 붕괴하자 지지력을 잃은 성벽은 자체의 무게를 이기지 못하고 무너졌다.

"물러서! 성벽이 무너진다!"

병사들은 파성추를 버리고 미련없이 성벽에서 물러섰다. 요란한 소리를 내면서 성벽이 무너져 내리고 땅이 울렸다. 미리 성벽의 강도를 낮추기 위하여 충분한 물을 뿌려두었기 때문에 먼지가 피어 오르지는 않았다. 그들이 걱정하는 것은 과연 붕괴가 두 개의 내력 기둥에서 멈춰줄 것인지, 아니면 성벽 전체가 무너지기 시작할 것인지였다. 다행히 한쪽 내력 기둥의 일부가 붕괴했지만 전체적인 붕괴로 이어지지는 않았다. 더 이상 붕괴가 없음을 확인한 장교들은 빠르게 명령을 내렸다.

"로젠 하우트 거리! 앞으로! 성벽을 타 넘는다!"

"클로티스 거리! 앞으로! 작업을 시작한다!"

클로티스 부대 소속 시민병들은 미리 준비된 통나무 기둥들을 둘러메고 성벽으로 달려갔다. 그리고 내력 기둥이 추가로 무너져 성벽을 넘는 병사들이 다치지 않도록 기둥을 임시로 보강하기 시작했다. 그리고 로젠 하우트 부대 시민병들은 먼저 돌 더미를 넘어서 들판으로 나갔다. 그들은 방어 대형으로 산개하여 혹시 모를 적의 공격에 대비했다.

나무 말뚝이 빠르게 박히고, 기둥이 세워졌고, 돌 더미 위를 빠르게 건너갈 수 있도록 널판들이 구축되었다. 3개의 시민병들 중에서 클로티스 거리는 이제 전투보다는 주된 임무가 된 땅을 파거나 이런 식의 토목 작업을 하는 데 익숙해졌다. 그들은 시민병들 중에서 무장이 가장 취약했지만 병사들은 삽을 비롯한 공구들을 항상 소지하고 있었다. 원래 수도에서도 클로티스 거리는 목수를 비롯한 기술자들이 많이 모여 사는 동네였다. 파일런은 그런 부대의 특성을 이미 파악한 것이다.

"거기 잡아! 널판이 뒤집힌다!"

"못 가져와! 누구 못 가진 사람 없어?!"

"널판이 짧아! 다른 거 한 장 더 가져와!"

클로티스 부대원들은 고함을 지르며 작업에 열중했다. 그들은 땀을 삘삘 흘리면서도 제법 능숙하게 작업을 진행하고 있었다. 전투에는 서툰 시민병들이었지만 태반이 기술자들이라 이런 작업에는 익숙했다. 그들은 지금이 전투 중이라는 사실을 잊고 그저 대형 공사 현장쯤으로 생각하고 있었다.

"생각보다 진행 상황이 빠르군요."

이언은 작업 진척 상황을 바라보며 말했다. 파일런은 조용히 고개를 끄덕거렸다. 생각보다 쉽게 무너질 정도로 성벽의 강도는 약해져 있었고, 클로티스 부대의 작업 속도는 빨랐다. 성문 쪽에서는 막스프릿츠가 이끄는 부대들이 전투를 벌이는 소리가 아득하게 들려왔고, 성문 근처의 빈민가를 태우는 대화재는 밤하늘을 선홍색으로 물들였다. 그리고 정면의 산자락에서는 심심찮게 불길이 치솟고 있었다. 성문 쪽에서 관측하기에는 거리가 멀었지만 그래도 안심할 수는 없었다.

"후방의 작업에 신경 쓰지 마라. 전방을 주시하라."

임시로 로젠 하우트 거리의 지휘관을 맡은 레이드는 투 핸드 소드를 무성한 풀밭에 눕혀두고 한쪽 무릎을 꿇고 앉아서 말했다. 성벽 쪽에 병력이 집중된 비스듬한 사선진으로 로젠 하우트 거리를 배치한 레이드는 언제 적이 성벽의 모퉁이를 돌아서 모습을 드러낼지 몰라 긴장하면서 백인대장 한 명을 불렀다.

"눈이 좋은 병사 셋을 데리고 성벽 모퉁이까지 전진한다. 관측되지 않도록 주의하면서 성문 쪽 상황을 관측하고 변화가 있을 때마다 보고해."

"네, 알겠습니다."

그들이 있는 지점에서 성문까지는 직선 거리로 2킬로미터 정도의 거리였다. 어둠 속에서 불을 피우지 않는 이상은 어지간해서 관측당하기는 힘들었다. 하지만 2킬로미터라는 거리는 말을 타고 달리면 금방 도달하는 거리이기 때문에 주의해야 했다. 적은 대부분 기병들이었다. 그리고 보병이라도 2킬로쯤은 가볍게 뛰어온다. 긴장 안 할 수가 없었다. 명령을 받은 백인대장은 시민병 셋을 데리고 허리를 굽히고 성벽에서 불쑥 튀어나온 총탑 쪽으로 뛰어갔다.

"헉! 헉!"

바닥에 엎드려 전방을 관측해 본 백인대장은 총탑 근처에 있는 언덕이 시야를 가린다는 것을 발견하고는 나직하게 부하들에게 명령을 내리며 언덕까지 낮은 포복으로 전진했다. 그리고 언덕 비탈면에 엎드려 고개를 빼꼼이 내밀고 성문 쪽을 관측했다. 성문 주변에서는 사방에서 불길이 치솟고 있었기 때문에 이쪽에서 관측하기는 여건이 좋았다. 반면에 저쪽에서는 동공이 밝은 빛에 익숙해져 있었기 때문에 어둠 속인 이쪽을 관측하기는 힘들었다.

이언이 수단 방법을 가리지 말고 화공을 펼치라고 지시한 것이 위력을 발휘하고 있었다. 화공은 대규모 기병들을 상대로 발을 묶어두는 구실도 했지만 한편으로는 눈을 명순응시켜 어둠 쪽을 관측하는 데 방해를 했다.

"가서 보고해. 근처에 매복조 없음. 적 병력은 성문에 집결 중. 성문은 함락 직전. 하지만 관측당하지 않음."

"매복조 없음. 적 병력 성문에 집결하여 함락 직전. 관측없음. 맞습니까?"

"가라."

"네."

백인대장의 지시를 받은 병사 한 명이 빠르게 어둠 속을 기어서 사라졌다. 백인대장은 다른 두 명의 병사들에게도 명령을 내렸다.

"절대 성문 쪽의 빛을 보지 마라. 빛을 보면 눈이 명순응되어 어둠 속에서 움직이는 적을 보지 못한다. 어둠 쪽만 관측하라. 성문은 내가 관측한다."

"네."

두 명의 병사들은 납작 엎드린 자세로 긴장한 목소리로 대답했다. 백인대장은 호흡을 최대한 조용하게 억누르며 청각을 곤두세우며 성문 쪽을 관측했다.

"완료했습니다!"

여기저기에 널판 가교를 완성시키자 작업을 감독하던 장교가 하얀 깃발을 흔들었다.

"휴젠 거리! 앞으로! 로젠 하우트 거리의 배후에 붙는다."

"휴젠 거리 앞으로! 로젠 하우트 거리의 배후로!"

"부대 앞으로! 부대 정숙! 기도비닉을 유지하라!"

잔뜩 긴장한 얼굴로 대기하고 있던 휴젠 소속 병사들이 재빨리 널판 가교를 밟으며 돌 더미를 넘어갔다. 클로티스 거리 병사들은 돌 더미 사이에서 널판을 지지하며 아군들이 넘어가는 것을 도와주었다.

"우왁!"

"조심해!"

널판을 헛디뎌 넘어지려는 병사를 돌 더미 위에서 자리를 잡고 있던 병사가 붙잡아주었다. 병사는 고맙다는 인사를 할 겨를도 없이 긴장된 얼굴로 널판을 넘어갔다.

성벽을 넘은 병사들은 지시받은 대로 곧바로 앉아서 오리걸음으로 움직여 로젠 하우트 거리 뒤쪽으로 산개했다. 목소리를 죽여 낮은 목소리로 대열과 부대원을 확인하는 구령이 오갔다.

"휴젠 거리 이동 완료!"

"근위대 앞으로! 우로 밀착한다!"

"근위대 앞으로! 전개 후 우로 밀착!"

"근위대 앞으로!"

근위대원들은 오랜 시간을 훈련받은 군인들답게 훨씬 빠르고 조용하게 널판 가교를 넘어가 신속하게 성벽의 우측, 강변으로 집결했다.

"수송 선단! 출항했답니다!"

"좋아. 하메른 백인대가 강변의 투석기들을 제압했을 것이다. 지휘부! 앞으로!"

파일런의 명령이 떨어지자 말에 오른 아델만 국왕과 왕실 수뇌부가 차례로 가교를 넘기 시작했다. 수도 탈출 작전이 본격적으로 시작된 것이다.

아델만 국왕은 위태로운 가교를 넘는 말 위에서 다시 한 번 수도를 바라보았다. 그리고 조용히 한숨을 쉬었다. 일출과 동시에 사자성에 남겨진 관리들이 국왕의 칙령을 공표하면서 전면 항복을 할 것이다. 아델만 국왕은 입을 꾹 다물고 고개를 돌렸다. 발트하임 건국 이래 처음으로 국왕이 수도를 버렸다.

〈8〉

"하아! 하아!"

긴장된 숨결이 입술 사이로 흘러내렸다. 입술 사이에서 새어 나온 팽팽한 긴장감은 입가로 묻어나며 좀처럼 몸에서 떨어지지 않았다. 생각보다 질퍽거리는 풀숲을 헤치고 걷는 것은 쉽지 않았지만 누구도 불평하지 않았다. 끈적이는 진흙과 습기가 신발 속으로 들어와 불쾌하고 갑갑했지만 병사들은 관자놀이가 파르르 떨릴 정도로 입을 꾹 다물고 인내했다.

수도를 적에게 내주고 도망치는 상황이었지만 뜻밖에도 병사들에게는 패배 의식이나 무력감이 없었다. 수도에서 탈출 작전을 벌이던 당시에는 긴장 때문에 잊고 있었던 감정이 서서히 고개를 들었다. 그것은 어떤 종류의 분함과 오기, 그리고 근성이었다.

힘겹게 떼어놓는 발길이 치덕이는 진흙 속으로 빠질수록 병사들의 마음에는 주체하기 힘든 오기가 자라났다. 그리고 한 발 한 발 앞으로 내딛는 걸음 속에서 병사들은 입을 꾹 다물고 스스로의 마음속에서 자라나는 그 감정을 똑똑히 의식했다.

'우리가 너무 불리했어. 왕비는 지난 몇십 년 동안 이 전쟁을 계획했어.'

'공성전 자체는 우리가 지지 않았어. 몇 번이나 적들을 압도적으로 이겼잖아? 적의 지원군이 아니었으면 우리가 이겼어. 우리 지휘관이 더 뛰어나니까 우린 죽지 않아.'

'그 전투가 끝났으면 우리는 승리했고, 가족들에게 돌아갈 수 있었어. 왕비라는 그년이 자꾸 더 큰 전쟁을 원하는 거야.'

'기병은 몰라도 보병은 우리가 강했어. 우린 패배한 게 아니야.'

'이건 도망이 아니야. 왕비와 정식으로 싸우기 위한 거야. 왕비가 계획한 무대가 아닌, 우리가 만든 무대에서 싸우기 위함이야.'

강변 습지를 행군하는 병사들은 대다수가 그런 감정을 품고 있었다. 병사들이 하루아침에 그런 정신으로 무장한 것은 아니다. 대륙의 어느 군대나 제각기 형태와 명칭은 달랐지만 결과적으로 정훈 교육이라는 것을 실시한다. 종교 전쟁일 경우에는 기도와 묵상의 시간을 늘려 병사들을 종교적 신념으로 무장시킨다. 그리고 타국과의 전쟁시에는 자국민의 우월성, 정당성을 역설하며 병사들의 민족주의나 애국심을 강화한다.

당연히 왕실 근위대와 시민병들에게도 밤마다 저녁 배식이 끝나면 취침 시간 이전까지 정훈 교육이 행하여졌다. 주로 백인대장들이 휘하 부대원들을 모아두고, 때로는 독립대장이나 총사령관급에서 연설 형식으로 병사들을 교육한다. 주로 병사들을 선동하기 위한 목적으로 행하여지는 이 의식을 가장 집요하게 사용하는 국가는 단연코 폴리안 이었다.

아메린이 그 시간까지 제식 훈련—전장의 숙영지에서 제식 훈련을 하는 군대는 아메린의 군대밖에 없었다—에 투자한다면, 폴리안은 이 시간을 종교적 묵상과 성직자의 설교, 그리고 단위 지휘관들이나 전장에 투입된 대학 교수들—주로 천문학이나 역사학, 지리학 교수들로 이루어진 교수진이 기술 자문 형태로 전투에 참전한다—에 의하여 폴리안 민족 특유의 전통과 역사를 강조하며 폴리안 민족의 우수성을 병사들에게 각인시킨다. 그리고 타국 포로를 병사들 앞에 내세워 태형을 가하는 등의 가혹 행위를 통하여 병사들의 도덕심을 희석시키고 타국 병사들에 대한 가학 본능과 투쟁심, 우월감을 심어놓는다.

포로를 병사들 앞에서 죽이거나 고문함으로써 자국 병사들의 투쟁 의식에 불붙이는 가혹한 방법을 사용하는 국가는 폴리안밖에 없었다. 병사들은 매일 밤마다 계속되는 무력한 포로들이 고문당하는 모습을 보면서 자신이 속한 폴리안이라는 민족이 타국보다 신체적으로 우월하며, 따라서 타 국민들을 학대할 권리가 있다는 식의 가학 본능을 각성한다. 대륙 최강의 기사단이라는 폴리안 진홍기사단의 명성의 이면에는 그런 그늘이 존재했다.

파일런이 근위대와 시민병들에게 집중적으로 투자한 것은 바로 이 정훈 교육이었다. 그의 지시를 받은 장교들은 왕비가 얼마나 사악하고 저주받아 마땅한 존재인지 역설했고, 백인대장들은 부하들에게 전투에서 살아남기 위해서 무엇이 필요한지를 강조하며 그들의 자존심과 오기를 건드렸다. 병사들은 서서히 아버지와 남편을 독살하려 했던 여자 따위가 지휘하는 군대에게 패할 수 없다는 생각이 무의식 한

컨에 자리 잡았다.

병사들은 자신들이 수도에서 물러나는 것은 더 이상 왕비의 손에 놀아나지 않기 위함이라는 사실에 수긍했다. 비축 물자의 씨를 말려버리고 미리 포위망을 구축한 상태에서 적과 싸울 수는 없었다. 그리고 다른 라이어른 맹약국들 역시 자신들을 도와 왕비의 허영을 분쇄하기로 마음먹었다는 사실은—물론 그것이 사실인지 아닌지는 병사들로서는 알 수 없지만—그들에게 용기를 불어넣어 주었다. 그리고 그런 일련의 주장들이 설득력을 갖는 것은 최근에 계속되는 전과들이었다. 왕비가 꾸며놓은 함정 안에서 이 정도 전과를 올리며 승리했다면 넓은 곳으로 나가 정면으로 왕비와 전투를 치러도 이길 수 있다고 생각한 것이다. 물론 그 전과는 당연히 지휘부에 의하여 적당한 선에서 날조된 것이다.

시민병들과 근위대에 의한 전과는 대부분 전투력이 미미한 농민병들을 상대로 올린 것들이었다. 번번이 타격을 주었다고는 하지만 적의 주력들은 여전히 괴멸과는 거리가 먼 건재한 상황이었다. 하지만 일선 병사들의 눈에는 그렇게 보이지 않았다. 괴멸된 농민병들과 함께 전장을 이탈하는 적의 주력을 보고서 그들은 무의식 중에 적의 주력도 농민병만큼의 피해를 입었다는 착각에 빠졌다. 전장에서는 전장 전체를 볼 수 있는 장교들이 아니면 그런 오판을 하기 쉬웠다. 즉, 10의 피해를 입은 농민병과 1의 피해를 입은 주력이 함께 후퇴하면 전체를 하나로 보면서 적은 10의 피해를 입었다는 산술적 오류를 만들어내는 것이다.

당연한 말이지만 파일런이 주축이 된 지휘부는 이런 산술적 오류를 오히려 과장하고 강조하여 병사들에게 주입시켰다. 전장을 관망할 능력과 여건이 없는 일선 병사들에게 착각을 심어주는 것은 지휘관에게 요구되는 또 다른 능력이었다.

"……."

아델만 국왕은 미묘한 감정이 교차하는 시선으로 고개를 돌려 후방을 바라보았다. 강변 습지는 행군하는 병사들로 가득했다. 아델만 국왕은 묵묵히 안장 위에 앉아서 다시 고개를 돌렸다.

"걱정하시는군요."

국왕의 곁에서 말을 타고 있던 레미가 조용히 소곤거렸다. 멀리서 땅을 은은하게 울리는 말발굽 소리와 함성이 들려오고 있었다. 수도에서 타오르는 불길은 이제 보이지 않았다.

"솔직히 말하면 그렇다네……."

"괜찮을 겁니다. 폐하를 따르는 사람들을 믿어보세요."

레미는 애써 침착한 목소리로 그렇게 말했다. 사실 그녀도 걱정스럽기는 마찬가지였지만 섣불리 내색할 수는 없었다.

강변 습지에 이르면서 행군 대열은 변화가 생겼다. 대기하고 있던 하메른 백인대는 습지대의 전방 300미터 앞에서 선행하면서 전장 개척 및 후발대를 위한 흔적을 남기면서 전진했고, 부대의 선도는 클로티스 거리가 맡았다. 그들은 폭넓게 대열을 짜서 전진하면서 후위 부대가 쉽게 습지를 통과하도록 했는데 이것은 여러 가지 목적이 있었다.

우선 선발대가 미처 발견하지 못한 습지대의 위험 요소와 혹시 있을지도 모를 적의 매복을 찾기 위한 1차적 목적과 함께 가급적이면 습지대의 지면 상태를 보존하기 위함이었다.

습지대의 특성상 한번 사람이나 말이 디디고 지나간 자리는 물이

고이면서 훨씬 깊숙한 수렁을 만들어냈고, 이것은 그곳을 지나는 후위 부대의 전진 속도를 둔화시키는 장해물이었다. 그렇기 때문에 선행하는 클로티스 거리는 대열 간 간격을 넓혀 습지대를 밟는 밀집도를 낮췄다.

그리고 곧바로 국왕을 비롯한 지휘부가 클로티스 거리와는 50미터 간격을 두고 뒤따르기 시작했고, 후위로는 곧바로 경장 기병대가 역시 산개한 대형으로 지휘부와 간격없이 하나의 대열을 이루며 전진했다. 습지대의 특성상 기병이 불리하기 때문에 기병 전력을 전부 지휘부 경호 부대로 돌린 것이다.

그리고 그 뒤로 휴젠 거리가 100미터 거리를 두고 뒤따르며 기병대와 지휘부의 배후를 지원했다. 휴젠 거리는 선행 부대와는 달리 밀집 대형으로 전진하면서 갑작스러운 적의 기습 시 부대의 급격한 기동에 대비했다. 말하자면 애초부터 전투 대형으로 전진하는 것이다.

맨 마지막으로는 시민병 중에서 정예화—다시 말해서 보통의 군대 정도 역량을 갖추기 시작한—되기 시작한 로젠 하우트 거리가 일반 행군 대형으로 따르고 있었는데, 휴젠 거리와의 간격은 역시 100미터였다. 마지막으로 대열을 이루는 것은 부대 전체를 통틀어 가장 군대다운 군대인 근위대가 로젠 하우트 거리와 부대 간격 없이 하나의 부대를 이루며 전진했다.

그리고 본진에서는 모르고 있었지만 쇼가 현장 지휘관의 재량으로 하메른 백인대 전력 중에서 가장 몸이 빠른 40명을 차출해 절벽 위쪽의 능선을 타고 전진하면서 지휘부의 좌측면을 경호하고 있었다. 현재 선행 부대를 지휘하는 사람은 카라와 하메른 백인대장이었고, 40명의 차출 부대 지휘관은 쇼였다.

그리고 클로티스 거리의 임시 지휘관은 에피가 맡았다. 레미와 튜멜은 지휘부에 동행했고, 이언, 파일런, 레이드는 후미에 남았다. 휴식도 없는 강행군이었지만 불평하는 병사들은 없었다.

"제길!"

기병 장교는 말이 진흙에 빠져 헛걸음질치자 욕설을 내뱉었다. 대병력이 지나가 엉망으로 변해 버린 강변 습지는 말을 달리는 것은 고사하고 걷는 것조차 힘들었다.

국왕 일행이 수도를 빠져나갔다는 사실을 알게 된 유겐하이트는 급히 1개 독립대 병력의 경장 기병을 선행 추격대로 편성 국왕과 그의 군대가 남긴 흔적을 추적하도록 만들었고, 나머지 병력으로는 일단 수도 진압에 투입했다. 만에 하나 국왕의 군대가 도망친 것이 허위 정보이고 대규모 병력이 수도에 매복하고 있다면 뒤통수를 맞을 위험이 있기 때문이었다.

그래서 유겐하이트로서는 별로 선택의 여지가 없었다. 국왕이 탈출함으로써 수도가 갖는 전략적 가치는 상실했지만 수도에 어떤 존재가 남아 있을지 몰랐다. 대규모 매복이어도 곤란했지만 소수의 정예 부대가 남아 있다가 후방에서 시민군을 재조직하는 가능성도 무시할 수 없었다. 성문으로는 여전히 빈민가 사람들이 흘러나오고 있었고, 상당수의 숫자는 바리케이드를 돌파하여 시내로 흩어졌다. 수도에 페스트가 발생했다는 정보는 유겐하이트의 간담을 서늘하게 만들었고, 그는 병사들에게 시민들과 일체의 신체적 접촉을 삼가하는 것은 물론 수도에서는 물과 식량을 비롯하여 아무것도 취하지 말하는 특명을 내렸다.

여름도 끝나가는 계절에, 그것도 수도 한복판에서 페스트가 발생했다는 사실은 믿기 어려웠지만 들판에 나와 죽어버린 사람들의 시체는 페스트의 증상들과 흡사했다. 유겐하이트는 계속하여 농성전을 벌일 거라는 예상을 깨고 성벽까지 부수고 애써 소집한 시민병들까지 포기하면서 수도를 탈출한 국왕 일행들 때문에 고민하기 시작했다. 하나같이 답이 나오지 않는 문제들이었다.

시민병을 포기했다면 국왕은 이제 알량한 근위대밖에 없을 터였다. 물론 그는 수도에서 도합 몇 명의 시민병들이 소집되었는지 알 길이 없었다. 소집된 시민병들은 당연히 그런 것을 알지 못했다. 다만 포로로 잡힌 시민병들이 정보에 의하면 그들은 전부 2차와 3차 시민병들이었다.

유겐하이트는 그렇다면 1차로 소집된 시민병들은 이미 병력이 전부 소진되었거나 남아 있다 해도 극소수일 거라고 생각했다. 그래서 그는 1개 독립대 규모의 경장 기병이면 충분히 국왕 일행의 뒤를 추격하며 지속적인 피해를 줄 수 있다고 판단했다.

"이거, 이래서는 말을 달리긴 틀렸군."

기병 장교는 혀를 차면서 고개를 내저었다. 멀리서 희미하게 동이 터 오고 있었다. 지독하게 피곤한 밤이 지나가고 있었지만 그가 이끄는 기병대는 아직 쉴 수 없었다. 그들은 매 50미터마다 표식을 남기며 잔뜩 짓이겨진 강변 습지를 행군했다. 50미터마다 진행 방향을 알리는 표식을 남기고 매 100미터마다는 별자리 위치와 주변의 특기 사항을 군용 암호로 표기했다. 추격대로 하여금 적의 도주 속도와 아군의 추격 속도를 계산하기 위함이었다. 경장 기병대는 터벅거리는 발걸음으로 천천히 앞으로 걸어갔다. 피곤한 밤이었다.

파아악!

"컥!"

목을 관통당한 기병 장교는 부릅뜬 눈으로 말에서 굴러 떨어졌다. 안전이 확보된 지역 안에서 행군 시 지휘관의 위치는 대열의 선두였다. 그리고 적의 매복이 예상되는 전투 구간에서 지휘관은 대열의 중앙에 위치해 선두와 후미 어느 쪽과도 비슷한 거리를 두며 지휘관 자신이 기습 공격의 첫 번째 희생자가 되는 것을 막는다. 하지만 추격대의 기병 장교는 겁에 질려 퇴각하는—그는 그렇게 판단했다—패잔병들이 반격할 거라고는 전혀 예상하지 못했다.

그가 애초부터 대열의 선두에 선 것은 아니었다. 하지만 습지대로 들어서면서 선행하는 기병대에게서 튀는 진흙을 고스란히 맞아야 한다는 사실이 짜증나 선두로 위치를 변경한 것이다. 결과적으로 그는 첫 번째로 저격당하는 불운을 경험하며 삶을 마감했다.

콰라라락!

이제는 파일런 부대의 전매특허가 된 1회용 궁사대가 허리까지 무성한 습지대에 엎드린 상태에서 저격을 해왔다.

"저, 적이다! 전군 방어 대형으로!"

대군이 행군하고 지나간 습지대는 깊은 수렁으로 변해 있었고, 말들은 쉽게 움직이지 못한 채 허우적거렸다. 기병들은 고함과 비명을 지르며 모여들었다.

"공격!"

"우와아아아!"

지금까지 습지대에 엎드려 있던 병사들이 함성을 지르며 일어섰다. 제일 먼저 캔들스틱 파이크 병들이 지금까지 수차례에 걸쳐 위력을 증명해 보인 캔들스틱을 세워 들고 돌격했다. 그리고 그 뒤로 바짝 붙어서 방패와 롱 소드로 무장한 나머지 병사들과 무거운 둔기로 무장한 2독립대 병사들이 함성을 지르며 철벅거리는 습지대를 건너 돌격했다.

말들은 단단하고 수평적인 지형이 아니면 효과적으로 기동하지 못하는 동물이었다. 물론 전혀 통과를 못하는 것은 아니지만 인간보다 지면에 대한 저항력이 낮았다. 게다가 현재의 전장은 사거리가 긴 무기를 장비한 중장 보병들이 유리했다.

"커헉!"

"우아악!"

사방에서 비명 소리가 터져 나오고 허리까지 무성한 풀숲으로 끈적거리는 선혈이 좌악 뿜어졌다. 캔들스틱 파이크 병들은 미리 명령을 받았기 때문에 말들만 노리고 공격했고, 풀숲으로 낙마한 기병들은 그들의 등 뒤에서 대기 중이던 롱 소드 보병들이 처리했다. 그리고 그들을 공격하려고 또 다른 기병이 접근하면 곧바로 캔들스틱이 뻗어왔다. 병사들은 질펀거리는 습지대의 진흙과 허리까지 무성해서 걸리적거리는 풀숲을 헤치며 온 힘을 다해 싸웠다. 롱 소드에 잘려진 풀들이 허공으로 날아올랐고, 그 사이로 뜨거운 피가 쏟아졌다.

"로젠 하우트! 돌격 앞으로!"

레이드가 선두에서 거대한 투 핸드 소드를 어깨로 둘러메고 고함을 질렀다. 그때까지 풀숲에 앉아 있던 시민병들이 자리에서 일어나 돌격을 시작했다. 시민병들은 아직 실전 경험이 부족해 타격력이 약하기 때문에 중장 보병대가 먼저 공격해 적을 혼란에 빠뜨린 다음에야 전장에 투입되었다. 로젠 하우트 거리의 병사들은 아군 중장 보병들의 우측 배후로 기동하여 전장으로 뛰어들었다.

"적을 강 속으로 밀어 넣어라!"

레이드는 대열의 가장 선두에서 고함을 질렀다. 그리고 두 손으로 투 핸드 소드를 쥐고 힘껏 휘둘렀다. 힘이 좋고 덩치가 큰 그가 검을 휘두르자 멋모르고 그의 근처에 서 있던 시민병들이 기겁을 하면서 물러섰다. 좁고 어지러운 난전에서 투 핸드 소드는 확실히 불편한 무기였다. 하지만 레이드는 익숙하게 투 핸드 소드를 휘둘렀다.

"컥!"

멋모르고 방패로 막으려던 기병이 팔이 부러지며 말에서 떨어졌다. 길이가 180센티미터에 달하는 투 핸드 소드가 풀스윙으로 휘둘러진 위력은 확실했다. 방패를 들었던 팔이 부러진 기병은 고통스럽게 비명을 지르다 고개를 들었다. 순간, 레이드는 앞발을 강하게 굴려 진흙 속에 발목을 박아 넣으며 그것을 지지대 삼아서 투 핸드 소드를 내려 쳤다. 끔찍한 소리가 나면서 기병의 목뼈가 안으로 부러져 들어갔고, 해머로 맞은 것처럼 투구가 박살나며 그의 두개골이 으깨졌다.

"타핫!"

레이드는 지면에 서서도 여유있게 말 위에 타고 있던 기병의 가슴팍을 투 핸드 소드로 내리찍었고, 늑골이 부러지면서 심장을 찔린 기병은 비명도 마음껏 지르지 못하고 튕겨났다.

"저 인간은 정신 나갔군요. 저러다 아군까지 잡겠습니다."

이언은 롱 소드를 들고 한숨을 쉬면서 말했다. 파일런은 아직 자신의 클레이모어를 뽑지도 않은 채 꼼꼼한 시선으로 전장을 관찰하고 있었다.

"투 핸드 소드니까 어쩔 수 없겠지."

"제가 이번 전투는 좁은 지역에서 혼전이 될 테니까 나서지 말라고 했는데 잊어먹은 모양입니다. 저렇게 무식하게 휘둘러 대면 아군끼리 대열을 짜기 힘듭니다."

"하지만 두어 사람 몫은 충분히 하고 있잖은가?"

"전장에서 천재는 걸리적거리는 방해물입니다. 차라리 저능아 10명을 지휘하는 편이 좋잖습니까? 저라면 천재 1명보다 저능아 10명을 택합니다. 그게 확실히 유리하죠."

"그렇지. 전장에서 천재가 할 일은 접시닦이뿐이지."

"맞습니다. 천재란 건 전혀 쓸모가 없습니다. 그저 시키는 대로 바보처럼 복종하는 병사 10명이 얼빠진 소드 마스터 한 명 따위보다는 낫습니다. 제가 사령관이라면 소드 마스터 같은 건 후방에서 밥이나 하라고 하겠습니다."

"레이드가 나서는 것에 불만이 큰 모양이군?"

이언은 잔뜩 찌푸린 얼굴로 혀를 찼다.

"레이드 때문에 좌우에 2명씩 4명, 후방에 4명… 도합 8명분의 전열이 비었습니다. 밀집 대형에서 8명이 빈다는 건 역습을 받으면 바로 무너집니다. 저 친구 하나만 공격당하면 로젠 하우트는 끝장입니다. 그렇다고 저 친구가 8명 분의 전투력을 갖고 있는 것도 아니잖습니까?"

"확실히 레이드는 천재가 아니지. 하지만 전장에서 부하들을 선동하는 방법은 잘 알고 있는 듯하군."

"그거야……."

이언은 여전히 불만스러운 얼굴로 입을 다물었다. 그리고 잠시 동안 전장에서 날뛰는 레이드의 모습을 보다가 다시 혀를 찼다. 그의 미간이 급격하게 좁혀지며 잔뜩 찡그린 표정을 만들어냈다.

"전혀 안 그래 보이던 인간이 꽤나 뜨거운 타입이군요. 그동안 욕구 불만이었을까요?"

"흠……."

파일런과 이언은 서로 다른 얼굴로 전장을 관망했다.

"놈들을 강물까지 밀어 넣어라! 로젠 하우트! 적을 압박하라!"

레이드는 거대한 투 핸드 소드를 수직으로 세운 채 고함을 질렀다. 그의 투 핸드 소드에 가슴을 찔린 병사가 괴롭게 버둥거렸다. 벌써 피를 뒤집어쓴 레이드는 여느 때처럼 허허 웃으며 카드 패만 만지작거리던 남자가 아니었다. 회색남풍은 그저 우연히 대륙 최정에 용병대란 칭호를 받으며 놀라운 액수로 고용되는 용병대가 아니었다. 그리고 레이드는 얼마 전까지 그 회색남풍의 부단장이자 돌격대장이었다.

레이드의 전투 방식은 확실히 파일런의 그것과는 또 달랐다. 파일런은 자신이 유리한 상황에서도 절대 아군보다 한 발자국도 나서지 않고 어깨를 나란히 하고 싸웠다. 하지만 레이드는 아무런 미련도 없이 불리한 상황인데도 앞으로 뛰어들었다. 평생 동안 전장을 찾아다니며 갖가지 유형의 전투를 경험했지만 파일런은 여전히 뼈 속까지 정규군의 습관이 배어 있었다. 하지만 레이드는 그렇지 않았다.

캉!

레이드의 검을 가까스로 튕겨낸 병사는 그 위력을 이기지 못하고 진흙 위로 엉덩이를 찧으며 넘어졌다. 레이드는 그 회전력을 그대로 살려 다시 한 번 몸을 돌리며 등 뒤에서 덤벼드는 또 다른 병사를 노리고 수평으로 검을 날렸다. 몸이 거의 1회전을 할 정도로 격렬한 공격이었다.

"커헉!"

깜짝 놀라며 방패로 방어하던 그 병사도 역시 무력하게 튕겨져 버렸다. 레이드는 뒤로 한 걸음 내디디며 다시 몸을 돌리며 그 반동을 그대로 검의 회전력에 실었다. 진흙탕을 뒤집어쓴 몰골로 일어서던 병사가 몸을 움츠렸지만 이미 늦었다. 목이 절반이나 찢겨 나가며 부러진 목뼈가 튀어나왔다. 레이드는 곧바로 미련없이 등을 돌리며 방패로 방어하다 넘어진 병사를 겨누고 검을 똑바로 찔렀다. 오랜만에 세상의 공기를 호흡한 그의 투 핸드 소드가 병사의 투구를 찢으며 들어가 머리를 박살 냈다.

"헉헉! 헉!"

레이드는 숨을 헐떡이면서 시퍼런 눈빛으로 사방을 빠르게 둘러보았다. 별로 길지 않은 머리칼이 피에 젖어 엉망으로 뒤엉켜 있었고, 수염이 비죽비죽한 턱을 따라서 핏방울이 떨어졌다.

"당신이 그 잘난 검을 휘두르는 동안에 아들이 죽었어! 당신 책임이야!"

"우리 집안이 내가 이 짓을 하지 않아도 먹고 살 만한 집구석이라고 생각해? 난 즐거워서 목숨 걸고 싸우는 줄 알아?!"

"1년에 집에 있는 시간이 1달이나 된다고 생각해? 나 혼자서 모든 걸 떠맡아야 했어! 루스가 죽은 건 당신 때문이야! 아이가 그렇게 자주 아팠는데… 그렇게 병약했는데… 한 번이라도 아픈 아이의 침대 머리맡을 지켜봤어?"

"…하지만… 어째서 의사에게 데려가지 않았지?"

"돈이 없었으니까! 난 내 아들이 죽는 게 좋아서 그런 줄 알아?"

그는 더 이상 아무런 말도 하지 못했다. 단지 서 있을 힘이 없어 주저앉아 버렸다. 그리고 주먹으로 바닥을 치며 통곡하기 시작했다. 그의 아내는 얼음장처럼 차가운 눈으로 그를 바라보며 울었고, 그를 경멸했다. 병약했던 아들의 죽음은 그의 가정이 위태롭게 쌓아오던 행복을 일순간에 무너뜨려 버렸다. 그리고 그는 바닥으로 추락했다.

"나라면 말이야… 이딴 짓은 관두겠어."
"뭐?"
전투에 지쳐 버린 몸을 무너진 성벽의 잔해에 기댔을 때, 친구는 그에게 지나가듯 말했다. 그는 불타오르는 성을 바라보면서 어색하게 웃었다. 사방에서 승리의 함성이 터져 나왔다. 그들은 승리했고, 약속했던 배당금을 받을 수 있었다.
"꼬맹이가 불쌍하지 않아? 나라면 꼬맹이의 행복을 위해서 악마에게 영혼이라도 헐값에 팔겠다."
"영혼 같은 건 어차피 헐값이야."
"이 짓 당장 때려치워! 모자라면 내가 돈을 보태주겠어. 이래 봬도 제법 짭짤한 돈을 모았거든."
"후후후, 짠돌이 시머가 돈을 주겠다고?"
"너 같은 인간 쓰레기를 위한 게 아니라 꼬맹이를 위해서야. 숙영지에서 철모르고 노는 아이를 보면 내가 다 안쓰러워."
"그 안쓰러운 아이를 놓고 고작 300파이트만 받겠다던 게 누구지?"
시머는 눈썹을 꿈틀거리며 발끈했다. 그는 지친 몸을 기대고 쉬고 있던 무너진 성벽을 발로 걷어차며 고함을 질렀다.
"할 수만 있다면 정말 300파이트를… 아니, 내 전 재산을 걸고 너

같은 쓰레기한테서 꼬맹이를 데려오고 싶어! 그래서 살아 있는 놈들보다 시체가 많은 이 쌍놈의 동네에서 꼬맹이를 꺼내주고 싶어, 이 개자식아!"

"후후후……."

"두고 봐! 언젠가는 너 같은 새끼한테서 그 꼬맹이를 떼어놓고야 말겠어!"

하지만 시머는 그의 꿈을 이루지 못했다. 그는 그 다음 전투에서 날아온 콰렐을 6발이나 맞고 죽었다. 피범벅이 되어 버려진 그의 손을 잡아주었을 때 그는 울었다. 그리고 말했다.

"꼬맹이를 데리고 떠나… 제발……."

언젠가 도박판에서 그가 돈이 떨어졌을 때 꼬맹이를 담보로 300파이트를 꿔주었던 시머는 그렇게 죽었다. 하지만 그는 전혀 슬프지 않았다. 그저 턱을 쓱쓱 문지르며 어두워져 가는 하늘을 힐끔거렸을 뿐이었다.

"우아아아아! 우아아!"

레이드는 상처 입은 짐승처럼 필사적으로 고함을 질렀다. 그의 가슴 한켠에 쌓여 있던 응어리는 끝없는 외침이 되어 토해졌다. 그는 구역질을 할 정도로 고함을 지르며 무거운, 자꾸만 무거워지는 검을 휘둘렀다.

넘어지는 순간에 롱 소드가 미간을 노리고 날아들었다. 레이드는 팔꿈치를 세우며 자신의 검으로 방어했다. 불꽃과 함께 둔중한 충격이 느껴졌다. 습지대의 무성한 풀들을 헤치며 뻗어간 다리. 옷 속으로 진흙이 들어와 몸은 차갑게 식었다. 수평으로 나는 검과 수직으로 팅겨 올리는 검. 내딛는 무릎이 시큰거린다. 검을 뻗을 때는 어금니를 악물고.

"크핫!"

"흡!"

교차하는 검은 상처를 입은 듯 몸을 떤다. 핏방울이 눈가로 스며들고 혈관은 미친 듯이 꿈틀거린다.

"우아아아! 우아아아!"

레이드는 여전히 고함을 질렀다.

'어째서 나는 항상 가해자 취급을 받아야 하나? 어째서 모든 일은 항상 내 책임이어야 하나?'

레이드는 짐승처럼 고함을 지르며 검을 내려쳤다. 한 번, 두 번, 세 번. 불꽃이 튕기며 검이 부러져 나갔다. 레이드는 핏발 선 눈으로 다시 한 번 검을 내려쳤다. 네 번. 그리고 레이드의 손상된 양심처럼 붉은 피가 사방으로 튀었다. 다섯 번, 여섯 번, 일곱 번. 난자당한 시체는 더 이상 움직이지 않았다. 마치 온몸의 뼈가 모조리 부러진 듯한 지독한 모습이었다.

"헉! 헉!"

그는 숨을 헐떡이면서 머리를 흔들어 얼굴을 타고 흐르는 피를 튕겨냈다. 머리는 한없이 차가워지고 가슴은 한없이 뜨거워졌다. 마치 추운 겨울 벽난로 앞에 앉아 있는 느낌이었다.

"그래! 죽어버려! 다 죽어버려! 루스고! 에피고! 그리고 나도! 다 죽어버려!!"

회색남풍의 마녀 에피의 아버지, 미친 회색곰 레이드는 정말로 상처 입고 광분한 회색곰처럼 전장을 누볐다. 그는 압도적인 실력으로 전장을 이끌고 있는 것이 아니었다. 오히려 그는 몇 번이고 죽을 뻔한 고비를 용케 넘겨가고 있었다. 그 모습은 삶보다는 죽음에 가까웠다. 마지막 숨을 남겨두고 헐떡이는 환자처럼 레이드는 위태롭게 싸웠다.

"병사들이여, 싸우자!"

"우워어!!"

파일런이 지휘하는 중장 기병대는 착실하게 적들을 압박하며 조여 나갔고, 레이드가 지휘하는 로젠 하우트 거리는 이제껏 없는 폭발력으로 적들을 강물 쪽으로 밀어 넣었다. 맹약기사단 경장 기병대는 정면에서 빈틈없이 압박해 오는 중장 보병과 측면에서 치고 들어와 반대 편 강물로 밀어 넣고 있는 시민병들을 상대로 고전했다. 몸을 돌려 빠져나가려 했지만 진흙탕은 말들의 효과적인 기동을 방해했고, 전열이 얇아진다 싶으면 곧바로 밀고 들어오는 중장 보병들 때문에 섣불리 몸을 빼지 못했다.

"우, 우와앗!"

강물 쪽으로 밀렸던 기병 한 명이 갑자기 깊어진 강물에 휩쓸려 떠내려갔다. 무거운 갑옷을 걸치고 물에 빠지면 그것은 죽음을 의미했다. 한번 가라앉은 병사는 두 번 다시 떠오르지 않았다. 경장 기병들은 더욱 절박한 심정으로 몸부림쳤지만 측면에서 치고 들어온 시민병들은 절벽을 등지고 서서히 이동하여 기병대의 후방을 포위하기 시작했고, 그들의 빈자리는 예비대로 남겨져 있던 중장 보병 2독립대가 메우기 시작했다.

"적들을 강물 속으로! 이대로 괴멸시킨다!"

파일런의 고함 소리가 쩌렁쩌렁 울렸다. 살기등등한 고함 소리가 먼동이 터 오는 새벽 하늘을 메웠다.

"우워워워!"

레이드의 고함 소리와 함께 남들의 두 배 길이를 가진 검신이 허공에서 춤추듯 흔들거렸다.

"병사 10명을 데리고 적의 후방으로 가보게. 추가적인 병력이 있는지."

"네, 디르거 경."

파일런의 명령을 받은 이언은 곧바로 대열 후미에 있던 병사들을 차출해 절벽 쪽으로 붙어서 후방으로 뛰어갔다. 말들의 기동이 불편한 습지대에서 매복해 있던 3배나 많은 보병들에게 기습을 당한 맹약 기사단 경장 기병대들은 점점 더 많은 숫자의 병사들이 물살에 휩쓸렸다. 무엇보다 지휘 장교가 첫 번째 기습으로 목숨을 잃어 지휘부가 상실된 여파가 뒤늦게 드러나고 있었다.

"저것도 인간이냐?"

힉스는 대열 저쪽에서 자꾸만 고함을 지르며 날뛰는 것처럼 싸우는 거구의 사내를 보면서 혀를 찼다. 무심코 그런 말을 내뱉었지만 그도 여유만만한 상황은 아니었다. 힉스는 이제 체인메일을 걸치고 조금 헐렁하지만 투구까지 걸치고 롱 소드를 들고 있었기 때문에 외모로 본다면 어엿한 군인이 되어 있었다. 시민병들은 저마다 힉스처럼 전투가 끝날 때마다 적의 시체로부터 갑옷과 무기를 빼앗아 무장했기 때문에 아직까지 쇠스랑을 갖고 싸우는 시민병들은 없었다. 다만 이것저것 닥치는 대로 주워 입었기 때문에 복장을 보면 형편없었다.

"으으으……."

부상당한 병사 한 명이 풀숲에 누워 신음했다. 힉스는 침을 삼키며 슬금슬금 접근했다. 어깨에 심각한 상처를 입은 병사는 비스듬히 누운 채 끙끙거렸다. 병사와 힉스의 눈이 서로 마주쳤다. 힉스는 이를 악물고 롱 소드를 단단히 움켜잡았다.

"으……."

그 병사는 빈손을 들어 보이며 싸울 의사가 없음을 밝혔다. 그는 싸우고 싶어도 싸울 수 없었다. 당장 치료를 하지 않으면 죽을 수도 있는 부상을 입은 병사를 발견한 힉스는 잠시 동안 망설였다. 병사는 흐릿해진 눈빛으로 자꾸만 손을 내저으면서 항복 의사를 밝혔다.

푸욱!

힉스의 롱 소드가 끝내 무력하게 누워 있던 병사의 목을 찔렀다. 병사는 원망스러운 눈으로 힉스를 올려다보면서 울컥 피를 토했다. 힉스는 누가 가르쳐 주지도 않았는데 목을 찌른 롱 소드를 좌우로 비틀었다. 마지막까지 필사적으로 항복을 말하던 병사의 손이 힘없이 떨어졌다. 힉스는 땀방울이 맺힌 얼굴로 헐떡거리며 주변을 둘러보았다. 어디를 보아도 정신없는 전투가 벌어지고 있었다.

"헉! 헉!"

힉스는 서둘러 병사의 손에 끼워져 있던 건틀릿을 벗겼다. 그리고 이전까지 쓰고 있던 가죽 장갑을 벗어버리고 그 병사의 건틀릿을 손에 끼워보았다. 건틀릿은 방금 죽은 병사의 체온과 땀으로 축축했다. 하지만 손에 잘 맞았다. 양손에 건틀릿을 낀 힉스는 병사의 시체를 버려두고 다시 앞으로 전진했다. 그는 힐끔 고개를 돌려 수도 쪽을 바라보았다. 튀어나온 절벽에 가려져 수도는 보이지 않았다.

"꼭 살아서 돌아갈 거야, 야스민. 그리고 너랑 결혼하겠어!"

힉스는 스스로에게 다짐하듯 중얼거리며 풀숲을 헤치고 전진했다.

"준위님?"

클로티스 거리 지휘관인 장교가 의아한 얼굴로 말을 걸었다. 에피는 뒤를 돌아보면서 늦춰진 걸음을 다시 재촉하면서 자꾸만 등 뒤를 힐끔거렸다. 그녀의 얼굴에는 짙은 그늘이 드리워져 있었다.

"후미에서 전투가 시작된 것 같아……."

"네? 제 귀에는 아무런 소리도 들리지 않습니다만?"

"틀림없어. 전투가 시작된 거야!"

에피는 울 것 같은 얼굴로 중얼거렸다. 대열의 선두에서 걷던 병사들이 그녀를 자꾸 힐끔거렸다. 에피는 입술을 꾹 깨물며 다시 걸음을 재촉했다. 하지만 그녀는 대여섯 걸음 만에 기어코 멈추고 말았다.

"준위님, 대열이 흐트러집니다."

"미안해요, 오빠. 지휘를 인계할래요. 대신 맡아줘요. 가봐야겠어요."

에피는 황당한 얼굴로 더듬거리는 장교의 대답도 듣지 않고 대열을 이탈해 후방으로 뛰기 시작했다.

"자, 잠깐만요! 저, 저기!"

하지만 에피는 이내 걸어오는 병사들 사이로 사라져 버렸다. 장교는 이런 진창에서 잘도 그런 식으로 뛴다고 감탄하다가 이내 정신을 차리고 흐트러진 병사들을 다그쳤다.

'바보… 지독한 바보야!'

에피는 귀찮게 흔들거리는 검집을 꾹 누르며 있는 힘을 다해 후미 쪽으로 뛰었다. 곧바로 뒤따르는 지휘부와의 부대 간격이 50미터였기 때문에 클로티스 거리의 행군 대열을 돌파한 에피는 금세 지휘부와 마주쳤다.

"에피? 에피, 어디 가는 거니?"

"미안, 언니! 바보한테 가는 거야!"

에피는 당황한 얼굴로 자신을 부르는 레미를 지나쳐 뒤쪽으로 뛰면서 소리 질렀다. 그리고 이를 악물고 뛰어갔다. 거칠게 자란 풀뿌리에 걸린 에피는 달려오던 반동 때문에 두 바퀴나 굴러 버렸다. 진흙이 그녀의 머리에 엉망으로 뒤엉켰다. 에피는 뺨에 달라붙은 진흙을 털어내며 숨을 몰아쉬었다. 그리고 다시 지면을 밀어내며 일어서 뛰기 시작했다.

자신에게 맡겨진 임무 따윈 관심도 없었고 책임감도 느끼지 못했다. 단지 가야 했다. 무엇도 그녀를 막을 수 없었다. 그녀는 가야 했다. 그래서 에피는 헐떡거리면서도 쉬지 않고 뛰었다. 매복하여 전투가 벌어졌는지 후위 부대와의 간격이 넓어졌다. 에피는 어둡고 축축한 텅 빈 습지대를 혼자 달리며 쉴 틈 없이 솟아오르는 불안감에 몸을 떨었다. 자꾸만 피를 흘리며 넘어지는 레이드의 모습이 눈에 밟혔다.

"······!!"

풀숲을 헤치는 에피의 손에서 피가 흘렀다. 다급하게 달려오면서 어딘가의 풀에 베인 상처일 것이다. 하지만 에피는 그 상처를 의식하지도 못한 채 필사적으로 달리기만 했다.

"살아만 있어줘! 그냥 살아만 있어줘! 혼자는 무섭단 말이야!"

에피는 울먹이는 얼굴로 뛰어가면서 외쳤다. 텅 빈 습지대는 그녀의 외침에 대답하지 않았고, 끊임없이 찰박거리는 소리만 되돌려보냈다. 강변에서 바람이 불어왔지만 그녀는 시원함을 느끼지 못했다. 오히려 그녀의 얼굴은 뜨거웠고 못내 답답했다.

"헉! 헉!"

레이드는 턱까지 차 오른 숨을 뱉어내며 입속에 고인 핏덩이를 뱉어냈다. 어딘가 상처를 입었는지 몸이 자꾸만 나른해졌다. 하지만 그의 분노는 점점 더 주체를 잃고 방황했다. 그래서 레이드는 다시 한 번 힘주어 검을 휘둘렀다. 풀숲이 뜯겨 나가고 병사가 비틀거리며 넘어졌다. 그에게 덤벼들던 레이드는 걸음을 헛디디며 넘어졌다. 풀숲 사이에 널브러진 시체를 보지 못했던 것이다. 비틀거리며 넘어졌던 병사가 벌떡 일어나 고함을 지르며 그에게 덤벼들었다.

레이드는 왼손으로 몸을 뒤쪽으로 밀어내며 한 손으로 무거운 검을 들어 공격을 막아냈다. 그리고 진흙투성이가 된 왼손으로 지면을 차면서 일어섰다. 아슬아슬했다.

쐐애액!

날카로운 소리가 나면서 재차 공격을 하려던 병사의 눈에 화살이 박혔다. 레이드는 반사적으로 화살이 날아온 방향을 돌아보았다. 한참을 뛰어와 헐떡이는 에피가 두 번째 화살을 시위에 메기고 있었다. 손이 떨려 시위를 두 번이나 놓친 에피는 이를 악물며 기어코 시위를 당겼다. 그리고 시위를 놓았다. 거의 수평으로 쏘아진 화살은 풀숲을 헤치며 덤벼들던 병사의 심장을 관통했다.

"에피! 넌 선발대였잖아?!"

"말 걸지 마! 죽여 버릴 거야!"

"에피!"

쐐애액!

그녀의 대답을 대신하여 화살이 날았다. 화살은 적 병사의 투구를 스치고 튕겨 나갔다. 레이드는 이를 악물며 뛰어가 있는 힘껏 투 핸드 소드를 수평으로 휘둘렀다. 투 핸드 소드는 베는 무기는 아니었다. 하지만 위력이 약한 것은 결코 아니었다. 일격에 척추가 부러진 병사는 비명을 지르며 넘어졌다.

쐐애액! 쐐애액! 쐐애액!

그녀의 주특기라고 할 수 있는 놀라운 속도의 연사와 함께 화살들이 어지러이 혼전을 뚫고 날아다녔다. 갑자기 화살들이 날아들기 시작하자 레이드의 주변에 대치해 있던 병사들은 기겁을 하며 당황했다. 자꾸만 강변 쪽으로 밀리며 어쩔 수 없이 밀집해 있던 병사들은 눈 감고 쏴도 맞을 정도였다. 게다가 200미터 너머의 표적도 저격하는 에피의 실력으로 20미터 전방에 밀집해 있는 병사들은 불공평할 정도로 일방적이었다.

"에피! 뭐 하는 거야?! 어째서 여기 있는 거야?!"

"시끄러! 입 닥쳐! 아무 말도 하지 마! 제일 죽이고 싶은 건 너야!"

화살이 또다시 수평으로 날아가 어떤 병사의 목에 맞았다. 목에 맞은 화살을 움켜잡으며 물러서던 병사는 동료들 사이로 쓰러졌다. 레이드는 등을 돌려 에피 쪽으로 뛰어갔다.

"그만 해! 아군이 맞는단 말이야!"

레이드는 미친 듯이 화살을 시위에 걸던 에피의 손목을 잡으며 고함을 질렀다. 에피는 울고 있었다. 뛰어오면서 계속 울고 있었는지 그녀의 얼굴은 눈물과 진흙으로 엉망이었다. 레이드는 또다시 자신에게 참을 수 없는 분노와 짜증을 느꼈다. 자꾸만 꼬여가는 모든 것들이 증오스러웠다.

"거봐! 다쳤잖아! 다친다고 했잖아! 내가 그렇게 미워?! 나 같은 건 그냥 버려두고 죽고 싶은 거야?! 죽고 싶어?! 그럼 내가 죽여줄까?!"

"에피, 이건 내 피가 아니야!"

에피는 눈물이 범벅된 얼굴로 레이드를 노려보면서 주먹으로 레이드의 옆구리를 때렸다. 레이드는 숨 막히는 고통을 느끼며 한쪽 무릎을 꿇었다. 진득한 피가 한 손 가득히 묻어 나왔다. 레이드는 언제 이곳에 부상을 입었던 건지 의아했다.

"그 상처는 뭐야?! 엄마를 죽였다면 차라리 나까지 죽여! 그냥 우리 여기서 다 함께 죽어버릴까?! 응?! 그럴까?!"

"크흑!"

레이드는 뒤늦게 찾아온 상처의 고통을 느끼며 억지로 일어섰다. 에피는 그대로 주저앉아 울기 시작했다. 등 뒤에서는 중장 보병들과 시민병들에게 죽임을 당하는 병사들의 비명 소리로 어지러웠다. 하지만 지금 이 순간 그 모든 것들은 어느 것 하나 상관없는 일이 되어버렸다.

레이드는 쓰게 웃으면서 상처를 눌렀다. 치명상도 아니고 활동에 지장을 줄 만한 상처는 아니었다. 단지 지금까지 아무것도 모르고 방치하고 있어서 출혈이 좀 많았을 뿐이었다. 그의 옆구리는 피에 흠뻑 젖어 있었다. 그는 뒤늦게 어지러움을 느꼈다. 핑크 빛으로 밝아오는 하늘이 어쩐지 휘청거려 보였다.

"일어나라. 이제 전투가 거의 끝나간다."

"……"

에피는 어린아이처럼 주먹으로 눈물을 훔치며 일어섰다. 등 뒤에서 기세 좋은 함성이 터져 나왔다. 레이드와 에피는 동시에 고개를 돌렸다.

"무기를 버리고 갑옷을 벗어라!"

파일런은 포위당한 병사들에게 소리 질렀다. 어깨를 붙이고 불안한 얼굴로 밀집해 있던 병사들이 머뭇거렸다. 그들은 이미 무릎 깊이의 강물에 발을 담그고 있었고 사방으로 포위당해 있었다. 병사들은 섣불리 무기를 버리지 못하고 주변을 힐끔거렸다. 에피는 소매로 눈물을 문질러 버리고 시체 더미를 넘어서 강변 쪽으로 걸어갔다.

쒜애액!

"컥!"

쇄골 바로 윗부분에 화살이 박힌 병사가 짧은 숨을 비명처럼 토하며 쓰러졌다. 병사들의 시선이 에피에게로 집중되었다. 에피는 두 번째 화살을 시위에 메기며 하이 톤으로 소리 질렀다.

"빨리 무기를 버려! 안 그러면 대가리에 화살을 박아버리겠어!"

병사들은 핼쑥한 얼굴로 강물 속에 무기를 던져 버리고 서둘러 갑옷을 벗기 시작했다. 전투마에서 내려 보병처럼 싸우던 병사들은 전투 의욕을 잃고 체념과 불안이 교차하는 얼굴로 갑옷들을 벗어 던졌다. 한결같이 피가 흐르는 무기를 겨누고 포위한 병사들은 입을 꾹 다물고 그들의 행동을 잠자코 경계했다.

"전원 강물 속으로 뛰어들어라. 그리고 건너편 상변까지 헤엄쳐 건너라. 그러면 살려주겠다."

파일런의 말에 갑옷을 벗은 병사들은 본능적으로 강물을 돌아보며 핼쑥해졌다. 여름이 끝나가는 라이어른의 강들은 장마 때문에 중앙산맥에서 흘러 내려오는 엄청난 수량의 강물 때문에 수위가 높아지고 거칠어졌다. 폭이 좁은 곳도 100미터는 되는 강물을 헤엄쳐 건너라는 소리였다. 벌써 여러 명의 동료들이 강물에 휩쓸려 두 번 다시 떠오르지 않았다. 병사들은 수심이 얼마인지 알 수도 없는 강물에 발을 담그고 웅성거렸다.

"검을 쥔 자들은 누구나 강을 건넌다. 살아남으려는 자들만 살아남는다. 당장 강물로 뛰어들어라! 그렇지 않으면 강제로 밀어 넣겠다!"

파일런은 후퇴한 그들이 수도에 있을 본진에게 어떠한 정보도 전해주길 원치 않았다. 그들은 말 그대로 그냥 실종되어 버려야 했다. 전투가 끝나 지쳐 버린 병사들이 무사히 강을 넘어 헤엄칠 확률은 극히 낮았고, 운이 좋아 살아남는다 해도 다시 강을 넘어와 본진으로 도망칠 확률은 희박했다. 그 정도의 체력을 가진 병사가 남아 있을 턱이 없었다. 강을 건넌 병사들은 그대로 걸어서 강을 따라 거슬러 올라가야 했다.

캔들스틱을 든 병사들 몇 명이 위협적으로 한 걸음 나섰다. 살점이 너덜거리는 창날에 밀린 병사들은 움찔 놀라며 물러섰다. 사람이 강물의 흐름으로부터 버틸 수 있는 최대 한계는 무릎 깊이였다. 그 이상의 수심에서는 인간의 다리와 허리 힘으로는 버틸 수 없었다. 지쳐 버린 병사들은 서로의 어깨를 잡으며 휩쓸려 내려가지 않기 위해 필사적으로 비틀거렸다.

"다시 한 번 경고한다. 강을 건너는 자들은 살려주겠다."

"제발 자비를!"

병사들 중 누군가 애절하게 소리쳤다.

"전장에서 자비란 없다. 부대! 앞으로!"

"우와아! 사, 살려줘!"

중장 보병 근위대와 시민병들이 무기를 겨누고 전진하자 맨 뒤에 있던 병사들이 비명을 지르며 강물에 휩쓸려 버렸고, 병사들은 살아남기 위해서 물속에 뛰어들어 필사적으로 헤엄치기 시작했다. 헤엄을 칠 줄 모르는 병사들은 어쩔 수 없이 강물에 휩쓸려 익사했다. 전투에 지쳐 버린 병사들은 예상대로 세찬 강물을 거스르며 헤엄치지 못했다. 대부분의 병사들이 허우적거리다 검푸른 강물 속으로 사라졌다. 그 광경을 지켜보던 중장 보병과 시민병들은 무거운 얼굴로 입을 다물었다.

"명심하라! 너희가 대열을 잃고 방황한다면 다음번에는 너희가 저 꼴이 될 것이다. 승리를 의심하지 마라. 승리 이외의 선택이란 있을 수 없다. 살아남기 위해서 투쟁하라! 알겠나?"

숙연해진 병사들 사이로 파일런의 고함 소리가 쩌렁쩌렁 울렸다. 병사들은 최면이라도 걸린 듯 일제히 대답했다.

"네, 알겠습니다!"

"로젠 하우트 거리, 선두에 선다! 중장 보병 2독립대는 가운데! 1독립대가 후미를 맡는다! 전속으로 본대와 합류한다! 부대별로 집합!"

"로젠 하우트! 8열 종대로!"

"기준!"

"기준을 중심으로 8열 종대! 반 팔 간격!"

"각 부대 점호!"

"대열을 맞춰라! 본대와 합류한다!"

이제는 점호와 부대 집결에 익숙해진 병사들이 구령을 붙이며 모여들었다. 그리고 백인대장의 지시를 받은 병사들이 풀숲을 헤치며 부상자들을 찾으러 다녔다. 병사들은 빠르게 풀숲을 헤치며 고함을 질렀고, 여기저기서 부상당한 병사들이 힘겹게 대답했다.

"아아악!"

이따금 간헐적으로 비명 소리가 들려왔다. 부상자들을 찾는 병사들은 간혹 아직도 생존해 있는 부상당한 적 병사를 발견하면 부상 경중에 상관없이 단검으로 목을 찌르며 죽여 버렸다.

넓은 개활지에서 각자의 숙영지를 세우고 벌이는 대규모 회전에서는 전장 정리 시에 부상당한 적의 병사들을 보통 어지간한 경우가 아니면 그대로 전장에 버려두었다. 그러면 한쪽이 전장 정리를 마치고 물러가면 곧바로 반대쪽에서 병사들을 투입하여 전장에 남겨진 부상당한 아군들을 수습했다. 딱히 그러한 법전이 있는 것은 아니었지만 오랫동안 대륙의 군대 안에서 내려오는 불문율이었다. 때로는 심각한 부상을 당한 적 병사에게 간단한 지혈 정도의 치료를 해주는 경우도 있었다.

파일런도 오래전에 포로로 잡혀 치료를 받은 경험이 있었다. 하지만 지금 파일런이 싸워야 하는 전쟁은 그런 여유가 없었다. 적 병사는 단 한 명이라도 줄여야 했고, 아군이 도주하는 상황에 대한 어떠한 종류의 정보도 남겨선 곤란했다. 그렇기 때문에 파일런은 부상당한 적 병사들을 모조리 죽이라고 명령했다. 전쟁에선 어쩔 수 없는 행위였다.

파일런은 피로한 얼굴로 눈을 감았다. 또 하나의 전투가 끝났다. 그는 어서 쉬고 싶다는 생각을 하면서 부대원들이 집결하는 광경을 지켜보았다. 파일런은 이언이 뛰어갔던 강변 저편을 힐끔거렸다. 병사들의 흔적은 보이지 않았다. 이언은 제법 깊숙한 곳까지 정찰을 나갔음이 틀림없었다. 파일런은 그라면 늦지 않은 시간에 철수하여 대열의 후미를 경계해 줄 것이라고 생각하며 다시 한 번 피로한 눈을 감았다.

〈 9 〉

　턱까지 차 오르는 숨 때문에 헐떡거리던 병사는 결국 길모퉁이에 멈춰 서고 말았다. 심장이 당장이라도 폭발할 것만 같았다. 피를 흘리는 병사의 얼굴에는 뿌리 깊은 절망과 고통이 뒤엉켜 있었다. 병사는 바닥에 깔아놓은 마름돌 위에 점점이 떨어지는 핏자국을 내려다보면서 결국 무릎을 꿇었다. 그의 다리는 이제 더 이상 주인의 명령을 거부했다. 대지는 언제나처럼 삶에 지친 자들을 포옹하고 그 삶의 무게를 덜어준다.

　"겨, 결국 이렇게… 크흐흐……."

　상처 입은 병사는 길바닥에 엎드려 울기 시작했다. 결국 수도는 함락되었고, 국왕은 마지막 순간에 수도를 떠나야 했다. 무엇을 위해 목숨을 바쳐 싸워야 했고, 무엇을 위해 순박하던 동료들이 죽어야 했는가? 어차피 함락될 수도였고, 피난할 국왕이었는데. 그럼에도 불구하고 많은 사람들이 죽어야 했고 지금도 죽어가고 있었다.

"우와아아!"

병사는 갑자기 하늘을 올려다보면서 거칠게 울부짖었다. 무력한 짐승의 울음처럼 들리는 통곡 소리는 비명으로 가득 찬 수도를 더욱 비참하게 만들었다. 간간이 불길이 치솟고 함성과 비명으로 가득 찬 수도는 지옥의 한켠을 그려놓은 풍경화처럼 보였다.

수도의 모든 방어선은 이미 예전에 무너져 있었고, 몇 번이고 후퇴를 거듭하던 전선은 이제 아무런 의미조차 없었다. 전선이 무너진 상황 속에 버려진 시민병들은 무력하게 눈물 흘리고 고통 속에서 비명을 지르며 삶의 마지막 순간을 구걸하다 죽어갔다. 누구도 그들에게 명령을 내려주지 않았고, 누구도 그들을 구원해 주지 않았다. 하지만 누구도 삶을 구걸하던 그들을 비난할 수 없었다.

삶을 구걸하는 자를 비난할 수 있는 사람은 아무도 없었다. 그리고 그런 현실 속에서 수도의 시민들은 문을 걸어 잠그고 전투의 여파가 자신들에게 미치지 않기만을 기도했다. 마찬가지 이유로 그런 시민들을 비겁하다고 비난할 수 있는 사람은 없었다.

강철 말굽이 단단하게 포장된 도로를 달려오는 소리가 들렸을 때, 병사는 어금니에 힘을 주며 일어섰다. 그동안의 전투를 겪으면서 올해 16살인 소년병이었던 병사의 얼굴에는 죽음을 앞두고 침대에 누워 있는 노인처럼 깊은 피로와 체념이 쌓여 있었다. 16살짜리 병사는 상처 입은 옆구리를 누르며 일어섰고, 들고 있던 롱 소드를 움켜잡았다. 하지만 그 자신도 그것이 전혀 쓸모없다는 것을 알고 있었다. 시민병으로 징병된 병사는 나이도 어렸지만 무엇보다 한 번도 훈련을 받아본 경험이 없었다. 훈련된 군인들을 상대로 싸우는 것 자체가 무리였다.

"이 빌어먹을 개새끼들아!"

소년 병사는 롱 소드를 하늘로 쳐들며 고함을 질렀다. 그는 생을 포기한, 지독히 지친 눈으로 적을 바라보았다. 전투마를 다그치며 달려오는 병사는 투구를 깊숙이 눌러썼기 때문에 눈이 보이지 않았다. 하지만 콧잔등까지 내려오는 투구 아래로 드러난 입가에는 잔인한 미소가 걸려 있었다. 소년 병사는 눈을 감으며 롱 소드를 내렸다. 따스한 피가 흘러내리며 그의 지친 몸을 나른하게 감싸주었다.

팍!

휘둘러진 워 피크가 소년 병사의 맨 머리를 찍었다. 소녀처럼 작고 가냘프던 16살짜리 소년의 시체는 워 피크에 걸려 길바닥에 선홍색 피를 뿌리며 질질 끌려갔다. 20미터 가량을 질질 끌고 가던 기병은 말을 멈춰 세우면서 여전히 매달려 있던 소년 병사의 시체를 털어냈다. 으깨진 머리 사이로 허연 뇌수가 꾸물꾸물 흘러나왔다. 기병은 또 다른 사냥감을 찾아 잔인한 미소를 지으며 말을 몰았다. 수도에서 시작된 학살의 파티는 이제 겨우 시작에 불과했다.

"컥! 컥! 커컥!"

피투성이가 된 시민병은 두 손으로 밧줄을 필사적으로 잡아당기며 버둥거렸다. 거대한 전투마를 타고 있던 기병은 도망치던 시민병의 목에 밧줄을 걸었고, 자신의 안장에 그 밧줄을 묶었다. 그리고는 밧줄을 풀기 위해 필사적으로 버둥거리는 시민병을 바라보며 히죽거렸다.

"타핫! 이랴!"

전투마는 갑작스러운 명령에 깜짝 놀라 사납게 푸르릉거리며 돌로 포장된 광장을 달리기 시작했다. 광장 바닥에 누워 버둥거리던 시민병의 목뼈가 바로 그 순간 우둑 소리를 내면서 부러졌다. 기병은 이따금 뒤를 힐끔거리며 말을 다그쳐 몰았다. 목뼈가 부러진 채 짐짝처럼 밧줄에 끌려가던 시민병의 시체가 길모퉁이에 걸려 으직 소리는 내면서 터져 나갔다. 석회를 바른 건물에 선명한 핏자국이 튀며 기하학적인 무늬를 그렸다.

"우우! 꺼져라!"

기병이 밧줄을 풀어내기 위하여 말을 멈춰 세웠을 때 좁은 골목길에서 나이 어린 꼬마가 호기롭게 돌멩이를 던졌다. 꼬마가 던진 돌멩이는 기병의 머리에 정통으로 맞았지만 아무런 충격도 주지 못했다. 전투 시에 머리만 확실히 돌리면 무시무시한 롱 보우의 화살도 튕겨내는 투구였다. 대여섯짜리 꼬마가 던진 돌멩이는 맑은 소리를 내면서 투구에 맞아 튕겨났다. 기병은 잔인한 미소를 지으며 말에서 내렸다.

"이 꼬마 녀석이?!"

꼬마는 기병이 말에서 내리자 후닥닥 등을 돌려 도망쳤다. 하지만 꼬마가 어른의 발걸음보다 빠를 수는 없었다. 꼬마는 겨우 세 걸음 만에 기병의 묵직한 건틀릿에 잡혔다.

"이게 죽을려고……!"

기병은 여유만만하게 히죽거리며 꼬마를 길바닥에 내던졌다.

"이게 무슨 짓이에요?! 어린애잖아욧!"

앙칼진 여자의 목소리가 터져 나오자 기병은 웃음을 멈췄다. 젊은 여자는 숨도 제대로 쉬지 못하는 꼬마를 끌어안으며 사나운 눈으로 기병을 노려보았다. 한 치의 망설임도, 양보도 없는 시선이었다. 흐트러진 머리칼 아래로 드러난 고운 얼굴을 발견한 기병은 입맛을 다시며 웃었다. 그리고 하늘을 올려다보면서 유쾌하게 웃었다.

"매일처럼 열심히 기도했더니 신께서 이런 선물을 주시는구나. 어쩐지 오늘 아침에 괜히 기분이 좋더라니까."

기병은 들고 있던 워 피크를 말안장에 꽂아두고는 단검을 뽑아 들었다. 야스민은 입술을 깨물며 더욱 힘주어 꼬마를 끌어안았다. 침머만 거리에서 치즈를 팔던 그녀는 수도에 살고 있는 많은 여자들처럼 자신의 애인을 전쟁터로 내보낸 여자였다. 그녀는 힉스가 지금 살아 있는지 죽었는지도 알지 못했지만 살아 있다고 굳게 믿기로 했다. 그는 시민병으로 끌려가면서 다짐하듯 몇 번이고 그녀에게 말해 주었다. 사랑한다고.

그녀는 징병을 나왔던 근위병들에게 모진 매질을 당해 피가 낭자하던 힉스의 모습을 기억했다. 그리고 필사적으로 자신의 얼굴을 붙잡고 키스해 주던 그의 뜨거운 체온을 기억했다. 난생처음 남자에게 입술을 허락한 그녀는 자신의 입술을 열고 들어오던 그의 혀와 그 혀에 감돌던 지독히 비린 피 맛을 기억했다. 그녀는 한시도 그를 잊은 적이 없었다.

야스민은 가늘게 신음하는 이름 모를 아이를 힘주어 끌어안으면서 눈을 감았다. 어째서 알아차리지 못했을까? 어째서 그동안 바보처럼 그가 자신을, 자신이 그를 사랑해 왔다는 사실을 알지 못했을까? 어째서 자신을 사랑해 주던 남자의 사랑을 받아주지 못하고 그를 떠나보내야 했을까? 어째서…….

'무슨 짓을 당해도 꼭 살아남아서 기다릴 거야. 살아서 돌아와 줘.'

야스민은 부들부들 떨리는 어깨를 움츠리며 입술을 깨물었다. 새삼 그와 보냈던 지난 시절들이 빠르게 스쳐 갔다. 항상 자질구레하게 이것저것 가져다 주던 힉스는 조금 어눌했지만 성실한 남자였다. 그리고 그녀도 그런 힉스가 마냥 싫지만은 않았다.

'혹시 이게 필요할까 싶어서 가져왔어.'

힉스는 어색하게 웃으며 얼굴을 붉혔다. 야스민은 한숨을 쉬면서 고개를 저었다.

'너, 바보지? 이렇게 큰 솥을 뭐에 쓰라고 가져온 거야?'

'아니, 난 그저 혹시 필요할까 싶어서. 어차피 팔지는 못하는 물건이야. 아! 물론 버리려던 걸 준다는 말은 아니고… 그러니까 그게… 에라, 모르겠다! 하여간 집에 가져가. 난 그럼 이만…….'

'힉스, 잠깐만!'

그녀가 불렀을 때 힉스는 이미 길모퉁이로 사라져 버린 이후였다. 야스민은 허리에 두 손을 얹고서 한숨을 쉬면서 피식 웃었다. 그리고 힉스가 사라져 버린 길모퉁이를 보면서 중얼거렸다.

'이 무거운 걸 나보고 어쩌라고? 이왕 줄 거면 집까지 가져다 줘야지. 바보 같아 정말.'

기병의 난폭한 손길이 그녀의 옷깃을 잡아 찢었을 때 그녀는 눈물을 흘렸다. 찢겨진 옷자락 사이로 어깨가 드러났다. 파르르 떨리는 눈꺼풀 사이로 희미하게 눈물이 묻어났다. 수치심 때문이 아니었다. 단지 어째서 그때 그의 넘치는 사랑을 실감하지 못했을까 후회하는 눈물이었다. 어눌한 성격의 힉스를 대신해서라도 자신이 좀 더 적극적이었다면 자신들 두 사람의 삶은 달라졌을지도 몰랐다.

두 사람은 아마도 이 세상을 살아가는 모든 평범한 사람들처럼 평범하지만 무난하게 사랑했을 것이고 무난하게 결혼했을 것이다. 힉스는 여전히 대장간에서 사람들에게 솥과 쟁기를 만들어주며 돈을 벌었을 것이고, 그녀는 개구쟁이 아이가 침대에서 떨어져 다치지 않을까 전전긍긍하며 하루를 보냈을 것이다. 그렇게 나이를 먹어갔을 것이고 그와 그녀의 아들, 혹은 딸들은 그들 부부처럼 무난하게 사랑하고 무난하게 결혼했을 것이다.

야스민은 한 번도 뜨거운 사랑을 동경해 본 적 없었다. 그리고 한 번도 분에 넘치는 삶을 탐한 적도 없었다. 그저 한없이 평범하지만 지극히 일상적인 삶을 원했다. 하지만 이제는 너무 늦었다. 왕족이라는 높으신 어른들이 벌인 전쟁은 너무나 간단하고 허무하게 그녀의 꿈을 부숴놓았다.

촤악!

그 순간 뜨거운 것이 그녀의 머리 위로 쏟아졌다. 야스민은 놀란 얼굴로 눈을 들었다. 기병은 목에서 뿜어져 나오는 핏줄기를 막기 위해서 손을 허우적거렸다. 그의 목에서 흘러나온 피가 길바닥에 깔린 마름돌을 흠뻑 적셨다.

"빨리 도망쳐! 어서! 아이를 데리고 도망쳐!"

머리에서 심하게 피를 흘리는 시민병 한 명이 쉰 목소리로 고함을 질렀다. 그는 자신의 상처는 무시한 채 오금이 저려 주저앉아 있는 야스민의 뺨을 세차게 때렸다. 뺨이 떨어져 나갈 것만 같은 얼얼한 고통이 스치고 지나가자 그녀의 의식이 돌아왔다. 그녀를 구해준 시민병은 비틀거리며 말 쪽으로 기어가는 기병의 등허리를 발로 밟았다. 그리고는 들고 있던 롱 소드로 반쯤 죽어가던 기병의 머리와 등허리를 몇 번이고 반복해서 찔렀다. 등허리를 관통당하면서 폐를 다친 기병은 비명도 지르지 못하고 끙끙거렸다.

"이 개새끼야! 빨리 뒈져라!"

머리를 다친 시민병은 고함을 지르며 몇 번이고 기병이 더 이상 움직이지 않을 때까지 롱 소드를 찔렀다. 기병은 길바닥 한가운데에 길게 누워서 더 이상 움직이지 않았다. 정신을 차린 야스민은 아이를 끌어안고 좁은 골목길 안쪽으로 뛰기 시작했다. 길모퉁이를 도는 그녀의 눈에는 자신을 구해준 이름 모를 시민병과 힉스의 모습이 자꾸만 겹쳐 보였다.

"살아남을 거야! 살아남아서 기다릴 거야. 그러니 꼭 돌아와! 웃으면서. 다쳐서 돌아오면 화낼 거야!"

썩은 물이 고여 있던 골목길을 뛰어가던 야스민은 숨찬 목소리로 그렇게 중얼거렸다. 그녀의 품 안에 안겨 있는 아이는 여전히 의식이 없었다.

"내가 이런 쓰레기 처리나 해야 한다니……."

코퍼 기사대장은 씁쓸한 얼굴로 웃었다. 작전 미숙의 책임을 물어 일개 지휘관으로 전락한 그는 마땅찮은 얼굴로 건성으로 부하들을 지휘했다. 게일 정벌군에 참가하지 못하고 수도에 남겨졌을 때도 자존심이 상했는데 이제는 그 자리에서도 밀려났다. 자신보다 젊은 유겐하이트라는 작자가 기병단장으로 머물며 페나 왕비군의 기병들을 총괄하는 것도 마음에 들지 않았고, 그가 말 한마디로 자신을 일개 보병대 지휘관 취급 하는 것도 마음에 들지 않았다. 그리고 무엇보다 그를 열받게 만드는 것은 유겐하이트를 보좌하며 기병대 부관으로 있는 뤼클로스(RuiKlos)라는 새파란 애송이였다. 전쟁터에서는 전혀 어울리지 않는 곱상한 계집애 같은 얼굴에, 표정도 계집애처럼 새초롬하게 뜬 눈으로 실소를 날리는 그 애송이는 매번 코퍼 교수라고 불리우는 자신을 열받게 만들었다.

코퍼 기사대장은 뤼클로스라는 가문 이름을 들어본 적도 없었다. 별로 유명하지도 않고 지위가 높지도 않다는 의미였다. 게다가 무슨 재주로 그렇게 곱상한 얼굴에 20대 초반이라는 어린 나이로 기병대 부관이라는 어마어마한 직책을 거머쥐었는지 도통 이해할 수가 없었다.

"흥, 틀림없이 밤마다 유겐하이트 녀석의 잠자리라도 시중드는 모양이지. 더러운 지펠(Zifele:남자 동성애자. 아피아노 지펠 지방에서 유래) 같은 녀석."

"네? 뭐라고 하셨습니까?"

계속되는 지휘 실책으로 병사들에게까지 지휘력을 의심받고 잔뜩 의기소침해진 부관 하우젠이 건성으로 물었다. 장교, 그것도 부대 부관이라는 지위까지 오른 장교가 부하들에게 지휘력을 의심받는다면 그것은 아주 심각한 문제였다. 부관이라는 직책은 단순히 총지휘관을 보좌하는 임무로 끝나지 않았다. 단위 부대에서 부관이라는 직책은 가장 할 일이 많은, 다시 말해서 지휘관이 되기 위하여 경험을 쌓기 가장 좋은 자리였다.

부대 부관은 서열상 단위 부대에서 제2인자였고, 부대에 따라서는 부관이라는 명칭 대신에 부대장이라는 명칭을 사용했다. 그들의 가장 큰 임무는 역시 지휘관의 전술 지휘를 일선 장교들에게 전달하는 역할이었고, 때로는 상관의 전술 고문—경험의 차이 때문에 조언다운 조언을 할 기회는 별로 없었지만—역할을 해야 했다. 그리고 지휘관의 부재, 혹은 부상 시에는 지휘권을 넘겨받아 부대를 통솔해야 한다. 경우에 따라서는 부대를 양분할 때 나머지 한쪽 부대를 지휘하기도 해야 하며 상관의 명령에 따라 부대의 선봉이라는 중책을 맡기도 했다. 그리고 한편으로는 지휘관의 신변을 확인하고, 그의 측근으로 움직이며 지휘관의 신변을 경호하는 경호원으로서의 임무까지 모두 부관의 업무에 포함되었다.

결국 하나의 단위 부대 안에서 가장 많은 업무를 수행하는 것은 부관이었다. 그렇기 때문에 대규모 부대, 혹은 유명한 지휘관 밑에서 부관으로 지내는 것은 그 자신의 경력에 무엇과도 비교할 수 없는 이점을 제공한다.

그런 부관의 자리에 있으면서 부하들에게 지휘관으로서의 역량을 의심받는다면, 그리고 상관마저 작전 책임을 물어 강등당한 상황이라면 하우젠으로서는 군대 생활은 이제 가망이 없었다.

병사들 사이에서 소문은 무엇보다 빨리 번져 나간다. 그는 이제 어디로 전출을 가도 부하들에게 지휘력을 의심받으며 지내야 할 것이다. 그리고 또한 그것 때문에 그가 최고 지휘관으로 승진할 가망성은 아주 희박했다. 하우젠은 만년 부관으로 지내면서 상관과 부하들 모두에게 비웃음을 사다가 전역한 부관들을 수없이 봐왔다. 자신과는 별로 상관없을 것이라고 믿었던 상황이 자신에게 닥친 것이다. 하우젠은 자포자기한 체념을 배웠고, 그의 근무 집중도는 더욱 악화되었다. 물론 그 결과는 더욱 깊어지는 부하들의 불신이었다. 전시 상황에서는 장교들의 전역을 허용하지 않는다는 규정이 하우젠에게는 크나큰 불행이었다.

하우젠은 군인의 길을 포기하고 고향으로 내려가 가문 영지의 한 귀퉁이를 상속받아서 그렇고 그런 시골 영주로서 살아가고 싶었다. 항상 등 뒤로 따갑게 쏟아지는 부하들의 시선을 견디기 힘들었다. 하지만 현실은 결코 그의 편이 아니었다.

"자네가 신경 쓸 일은 아니라네."

"실례했습니다."

하우젠으로서는 불행하게도 믿고 있던 상관까지 그의 편이 아니었다. 따지고 보면 지금까지의 실책들은 직접적으로 그의 책임이 거의 없다고 해도 과언이 아니었다. 코퍼 기사대장은 분명 계속해서 무리한 작전을 시도했고, 그런 작전들은 실전 경험이 부족한 하우젠으로서는 감당하기 어려운 상황을 만들어냈다. 그와 같은 상황이라면 어지간한 경험과 재능을 갖지 못한 젊은 장교들 대부분이 하우젠과 같은 실수를 반복할 것이다. 하우젠은 억울하다는 생각이 들었지만 무엇을 누구에게 하소연할 것인가라는 문제에 도달하면 매번 체념하게 되었다. 말 그대로 누구에게 무엇을 하소연한다는 말인가?

작전의 실패는 분명 그 작전을 최초로 입안한 지휘관의 잘못이지만, 만약 지휘관이 자신을 대신할 희생 양을 고른다면 그 첫 번째 표적은 바로 으레 그를 곁에서 보좌하던 부관이 고스란히 뒤집어쓰기 마련이다. 벌써 여러 번 실책을 범했다고는 하지만 경험의 양과 질에서 비교할 수 없는 코퍼 기사대장과 부관 하우젠을 저울질한다면 코퍼 쪽이 단연코 희소 가치가 높았다. 즉, 하우젠 같은 젊은 부관급은 사방에 널려 있었다. 작전의 책임을 물어야 하는 지휘부에서도 그 점을 알고 있었다.

'전쟁이 끝나면 나는 바로 재판이 회부될 테지……'

누군가가 책임을 져야 한다면 그 책임을 도맡아야 하는 사람이 바로 자신이라는 것은 누가 가르쳐 주지 않아도 알 수 있다. 장교로서 교육을 받으며 진급해 온 하우젠은 그 점을 알고 있었다. 하우젠은 답답한 기분이 들어서 고개를 들었다. 삶이 우울했다.

"긴급 전령입니다!'

사자성의 앞뜰에 서 있던 유겐하이트 기병단장은 자신만의 상념에
서 벗어나 현실로 되돌아왔다. 사자성에는 그의 예상대로 전투 인원
이 거의 없었다. 아델만 국왕이 남아 있던 전투원들을 싸그리 긁어서
도망쳤으리라는 그의 추측은 정확히 맞았다. 피난 대열에 끼지 못했
던 대다수 시녀들과 관리들은 핼쑥해진 얼굴로 줄줄이 끌려 나왔다.
반항하는 자들은 아무도 없었고, 단지 군인들의 비위를 거슬려 죽임
을 당하지 않기 위해서 필사적으로 비굴해진 모습들이었다. 그들에게
는 더 이상 사자성에 몸담고 있었다는 자부심이 없었다.

"뭐냐?"

"연락병입니다! 아, 아군 추격대가 사라졌습니다!'

"뭐? 사라져? 그 인원들이 어디로 사라지나? 무슨 소리야?'

유겐하이트는 가만히 표정을 억누르며 질문했다. 바닥에 한쪽 무릎
을 꿇고 숨을 헐떡이던 연락병은 주변에 몰려서 있던 병사들 때문에 쉽
게 입을 열지 못했다. 유겐하이트는 심호흡을 하고는 부관을 불렀다.

"뤼클로스."

"네, 기병단장님."

"치워."

"네, 알겠습니다."

곱상한 소녀 같은 외모의 뤼클로스는 크게 숨을 들이마셨다. 그리
고 그 가냘픈 외모와는 어울리지 않는 큰 목소리로 고함을 질렀다.

"부대! 각자 위치로! 경호대는 경호 반경을 25미터로!'

"경호대! 경호 반경 25미터! 실시!"

기병단장을 호위하던 기병들이 말을 움직여 반경 25미터짜리 원형 방어진을 만들며 멀리 물러섰다. 소란스러운 사자성 영내에서 25미터 정도의 거리면 어지간한 고함 소리가 아니면 들리지 않는다. 이제부터 경호대가 구축한 25미터 안으로 들어오는 자들은 지위 고하를 막론하고 지휘관에게 위해를 가하고자 하는 의도로 판단하여 상관 명령 없이 그 자리에서 참수된다. 그것을 알리기 위해서 경호대 기수는 지휘부 회의 중을 알리는 깃발과 접근 금지를 알리는 붉은 바탕에 흰색 사선으로 설타이어(Saltire)가 그려진 깃발을 내걸었다.

난폭하고 잔인하게 사자성 잔류 인원들을 끌어내던 병사들은 갑작스럽게 내걸린 두 개의 깃발을 힐끔거렸지만 이내 고개를 돌리고 자신들의 임무로 되돌아갔다. 지휘부에서 뭘 하든 병사들 개개인으로서는 아무런 관심도 없었다.

"자아, 이제 제대로 보고해 보겠나?"

"네, 금일자 지급 명령에 당하여 연락병 시벨리안은 아델만 국왕과 도피 병력을 추격 중인 제2경장 기병대에게 긴급 훈령을 전달하기 위하여……."

"요점만 말해."

"네, 시정하겠습니다! 경장 기병대의 자취를 더듬었지만 교전 흔적과 함께 경장 기병대가 발견되지 않았습니다. 패주한 것 같습니다."

"뭐? 교전 흔적? 피해 규모는? 내가 언제 그 머저리들에게 적과 교전하라고 명령을 내렸지? 난 그저 적의 후미를 추격하라고 했을 텐데?!"

유겐하이트 기병단장은 자신도 모르게 큰 소리로 씹어뱉듯이 말했다. 그 서슬에 놀란 연락병은 어깨를 움츠리며 목이 부러지도록 고개를 숙였다. 갑자기 터져 나온 지휘관의 고함 소리 때문에 경호대 병사들이 불안한 얼굴로 힐끔거렸다. 유겐하이트는 주변 병사들의 사기를 고려해 자신을 가다듬으며 화를 삭였다.

교전 후 부대 괴멸이라는 보고는 그에게 적지 않은 충격을 주었다. 일단 괴멸된 부대가 무엇보다 소중한 경장 기병대라는 사실도 그에게는 충격이었지만, 그 경장 기병대를 와해시킬 전력이 적에게 남아 있었다는 사실은 더 큰 충격이었다.

그리고 그는 적과의 교전을 명령한 적이 없었다. 그저 '추격'하라고 명령했지 '추격 후 섬멸'하라고 명령하지는 않았다. 그저 단어의 차이라고 생각하기 쉽지만 군대에서는 그 단어의 의미가 전혀 달랐다. 이것은 엄연히 해당 장교의 책임이었다. 만약 그 장교가 무사히 부대를 이끌고 복귀한다고 해도 그 장교는 직위 해제 내지는 사형을 면키 어려웠다. 불가피한 교전으로 해석하는 범위가 어디까지냐의 문제가 있었지만 지나친 접근으로 인한 교전이었다면 해당 장교는 지시 불이행 내지는 명령 불복종으로 사형당하기에 충분했다.

일반적인 추격 작전을 벌이면서 교전을 피하기 위해서 가장 선행되어야 하는 것은 기도비닉을 유지하면서 거리를 확보하는 것이다. 적의 흔적을 잃어버리지 않을 정도이면서 또한 적의 매복이나 기습을 피할 수 있는 거리를 두는 것은 전적으로 야전 장교의 역량 문제였다. 너무 먼 거리를 두면 적이 흔적을 지우며—강을 건너는 방법 따위—도주할 우려가 있었고, 너무 지근 거리로 추격을 하면 적이 반전이나 매복 등의 방법으로 교전을 걸어올 위험이 있었다.

보통 개활지에서는 최대 관측 거리에 아슬아슬하게 걸쳐진 정도의 거리를 두고 추격하는 것이 정석이었다. 그리고 적이 추격대를 뿌리

치기 위하여 일부 군대를 돌리면 그들과 교전하지 않고 충분한 거리를 두고 물러난다. 시계가 제한된 지형 상황에서는 지휘관 재량으로 거리를 좁히게 되는데, 이때는 적의 매복이나 유인, 기타 추격대를 혼란시킬 목적으로 행하는 모든 교란 작전에 대비하여 추격대는 부대 전원이 임전 태세에 당해야 하며, 지휘관은 지속적으로 소규모 척후대를 사방으로 보내어 해당 지형에 관한 모든 정보를 수집해야 할 의무가 있었다.

밤이고 시계가 제한된 습지대라고 하지만 그곳에서 어이없게 매복에 걸렸다는 것은 지휘관이 적절한 전술 교리에 의거하여 지휘 조치를 하지 않았다는 말로밖에 해석될 수 없었다. 유겐하이트는 제법 쓸만한 장교를 보냈다고 생각했는데 그런 초보적인 지휘 조치조차 하지 못하는 장교였다는 사실에 이를 갈았다.

수도를 함락시키는 것보다 더 큰 피해를 입은 것을 뭐라고 해명해야 할지 암담할 지경이었다. 유겐하이트는 건틀렛을 끼운 손으로 주먹을 쥐며 몇 번이고 심호흡을 하면서 일단 화를 삭였다. 최고 지휘관이 흥분한 군대는 전술적으로 이미 심각한 페널티를 안고 싸우는 셈이다. 유겐하이트는 속으로 몇 번이고 그 사실을 자각시키며 감정을 씻었다.

"예측되는 피해 상황은?"

자신의 잘못인 것처럼 고개를 숙이고 지휘관의 눈치를 보던 연락병은 불안한 목소리로 입을 열었다. 그는 제발 장교의 분노가 자신을 향하지 않기를 빌었다.

"아군 피해는 최소한 150명에서 200명으로 추산되며, 적군에 대한 피해 상황은 알 수 없습니다. 제가 전장에 도착했을 당시에는 적군은 이미 전장 정리를 마치고 이탈한 상태였으며 전장에는 적군의 부상병

및 시체가 없었습니다."

"자신들의 피해 상황을 우리에게 알리지 않기 위해서 시체를 강물 속으로 버렸을 것입니다, 기병단장님."

행여 연락병에게 무의미한 분노를 터뜨릴 것을 염려한 부관 뤼클로스가 조심스럽게 끼어들었다. 유겐하이트는 물끄러미 부관을 바라보면서 자신이 그 정도 역량밖에 되지 못하는 지휘관으로 보이냐는 표정을 지었다. 부관 뤼클로스는 마치 감정을 종잡기 힘든 소녀 같은 얼굴로 고개를 숙였다. 외모야 어찌 되었든 그는 유능한 부관이었다.

"교전 규모를 추측할 수 있었나?"

"그 일대의 습지가 모두 심각한 진창으로 변해 있었기 때문에 정확한 규모는 추산하기 어렵습니다. 적어도 2개 독립대 규모는 될 거라고 예측됩니다."

"외람된 의견이지만, 소규모 병력들을 주변에 풀어서 패잔병들을 수습해야 합니다. 아무리 습지대에서 두 배 이상의 병력에게 매복 기습을 당했어도 상식적으로 전멸은 있을 수 없습니다. 강변 습지 어딘가와 인근 들판에 패잔병들이 있을 것입니다. 아마 대부분은 귀환하리라고 여겨집니다."

"흐음… 도망치는 와중에도 병력 일부를 돌려서, 그것도 2개 독립대 규모나 되는 대군을 매복으로 돌릴 여력이 있을 줄이야. 도망치는 상황이지만 여전히 지휘 체계가 굳건하다는 의미일 테지. 게다가 추격대를 대비한 매복을 준비할 정도로 여유가 있단 말이지? 그것도 모자라서 추격대를 괴멸시키고 부상자와 전사자들을 수습할 여유까지 있다니……. 믿을 수 없어. 그렇다면 이건 도망이라고 볼 수 없겠군."

"네. 수도 농성이 전술적으로 불리하다는 것을 간파하고 활로를 개척하고 있다고 봅니다."

"그래, 자네 말이 맞아. 적들은 싸울 의욕을 잃고 도망치는 게 아니라 제대로 싸우겠다는 생각으로 전장을 바꾸자는 거야. 우리는 싫어도 그 거래에 응해야 하는 거고."

유겐하이트 기병단장은 머리 속으로 지금 왕비파 군대가 어디까지 진출해 있을지 계산해 보면서 잠시 동안 상황을 정리했다. 그동안 부관 뤼클로스는 상관에게 방해가 되지 않는 선에서 목소리를 낮춰 연락병에게 자질구레한 정보를 질문했다. 혼자서 상황을 정리하던 유겐하이트는 문득 떠오른 잡념 때문에 실소를 흘렸다.

"이런이런, 이래서야 잘난 코퍼 교수와 다를 바가 없군 그래. 코퍼 교수가 이 사실을 알면 노래를 부를 테지?"

"……."

"이런 상황에서 귀중한 경장 기병대 한 개 부대를 고스란히 날려먹다니. 게일과의 전투에서도 그러지 않았는데 말이야. 이거 꽤나 쓰라린 타격이군 그래. 적 지휘관이 누군지는 모르지만 성벽을 부수고 도망치는 비상식적인 작전하며, 대부분의 전투 병력을 매복시킨다는 엄청난 발상하며. 이거 여간내기가 아니겠어. 좀 힘들지도 몰라, 이 전투는. 그렇지 않나, 뤼클로스?"

"잡스런 편법은 정석을 이기지 못하는 것이 전술의 기본 상식입니다."

"그래, 정석으로 나가야겠지."

"지휘부를 설치하겠습니까?"

유겐하이트 기병단장은 자신은 부관 운이 정말 좋다고 생각했다.

부관은 쓸데없이 나서지도 않았지만 부관으로서 어떤 식으로 행동해야 하는지는 확실하게 파악하고 있었다. 잠시 동안 부관을 바라보며 고민을 하던 유겐하이트는 고개를 저었다.

"아니, 그럴 시간이 없다."

"그럼 일단 소규모 추격대를 파견하겠습니다, 기병단장님."

역시 뛰어난 부관이라고 유겐하이트는 생각했다. 추가로 추격대를 파견하겠다는 발상은 어떤 부관이든 말할 수 있었다. 하지만 뤼클로스는 소규모 추격대라고 말했다. 그의 생각을 정확히 읽었다는 의미였다. 유겐하이트는 만족스럽게 미소를 지어 보였다.

"그래, 이번에는 멍청하게 매복에 걸리거나 교전하지 않도록 정신 제대로 박힌 놈을 지휘관으로 붙여서 꼭 소규모로 내보내. 미친 자식이 아니라면 전공에 눈이 어두워 교전하지는 않을 테지. 소규모라는 게 중요한 거야. 하하하."

"네, 알겠습니다."

"그리고……."

유겐하이트는 경례를 붙이던 부관을 불러 세웠다. 그리고 소란스러운 사자성을 바라보면서 중얼거리듯 말했다.

"일몰 시간 이전까지 수도 진압을 완료하도록. 야간에 휴식을 취하고 내일 일출과 동시에 추격을 시작한다. 그리고 왕비 폐하 쪽으로 전령을 보내서 적이 에펜도르프 부근으로 도주 중이라고 전해. 왕비 폐하시라면 적절한 조치를 취하면서 그쪽으로 오실 거다. 지금쯤이면 일단 본대가 메센스비히(Messenswig)를 통과했을 거다. 북서 방향으로 북상하면 곧바로 에펜도르프에 도달할 것이다."

"죄송합니다만, 어째서 에펜도르프입니까? 습지를 벗어나 곧바로 방향을 서쪽으로 잡아 페임가르트로 넘어갈 수도 있습니다."

유겐하이트는 고개를 저었다.

"페임가르트 왕실과 어떠한 교섭도 없었을 것이다. 그런 대군을 이끌고 페임가르트 영토로 들어가지는 못할 것이다. 서쪽 페임가르트의 첫 번째 도시는 뤼켄 슈타텐인데 이 부근 일대는 평야 지대야. 우리가 대규모 기병 전력을 갖고 있는데 평야 지대로 도망치지는 않을 테지. 만약 서쪽으로 도망친다면 뤼켄 슈타텐까지 평야 지대라 적들은 그런 개활지에 머물며 페임가르트 왕실과 교섭을 해야 한다. 적들도 바보가 아닌 이상 그런 무리수를 두진 않을 거야. 적들은 틀림없이 야르 강을 따라 내려가면서 북쪽 도시들을 의지해 싸울 거야. 나는 그렇게 확신한다."

"절차상 한번 질문해 본 것입니다. 저도 기병단장님의 의견에 동감합니다. 페임가르트로 가는 길목에 있는 대도시는 부퍼탈(Wuppertal)이 유일한데 그곳은 암흑 시대 이후에 건설된 교역 도시이기 때문에 도시를 방어할 성벽이 취약합니다. 그런 곳에 의지하지는 않을 것입니다."

"한시라도 빨리 수도를 진압한다. 그리고 곧바로 추격에 들어간다. 진압이 늦으면 휴식없이 출발한다는 것을 병사들에게 숙지시켜라."

"네, 알겠습니다."

부관 뤼클로스는 다시 한 번 경례를 붙이고 돌아섰다. 유겐하이트는 만족스러운 얼굴로 고개를 끄덕였다.

병사들은 피에 젖은 눈으로 거리 저편을 노려보며 헐떡거렸다. 항구 근처까지 내몰리면서 이제 동료들은 20여 명밖에 남아 있지 않았다. 대다수는 성벽에서, 아니면 수도 거리에서 죽임을 당하고 시궁창에 버려졌다. 시체들이 하수구를 막았고, 더러운 오물들과 썩은 물들이 찰박거리며 거리로 넘쳐 나며 악취를 풍겼다. 불타는 집들이 있었지만 누구 하나 밖으로 나와 화재를 진압할 엄두도 내지 못했다. 누구도 살기등등한 병사들의 눈에 뜨여 엄한 화를 당하길 원치 않았다.

"도망치고 싶은 사람은 도망쳐도 좋다."

전직 수도 경비대장이었지만 지금껏 감옥에 투옥되었다가 희생 양으로 내몰린 막스프릿츠는 무겁게 말했다. 금기와도 같던 말이 튀어 나오자 병사들은 당혹한 얼굴로 그를 돌아보았다. 막스프릿츠는 얼굴을 타고 흐르는 피를 털어내며 쓰게 웃었다. 그리고 하늘을 올려다보면서 말했다.

"도망치고 싶은 자는 지금 무기를 버리고 재주껏 달아나라. 수도 어디엔가 숨어 있든지 수도를 벗어나서 한동안 숲에서 몸을 숨기고 있어라. 적들은 국왕 폐하를 추격하기 위해서 금방 수도를 떠날 것이다. 길어도 3일 정도만 숨어 있으면 살아남을 수 있다. 떠날 사람은 떠나라."

하지만 막스프릿츠는 너무 늦었다는 것을 알고 있었다. 시내의 요소요소마다 깔려 있는 적의 포위망 속에서는 도시에 숨는 것도, 도시를 떠나는 것도 불가능했다. 적들은 거리에서 얼쩡거리는 성인 남자들은 모두 적으로 간주하고 학살을 자행하고 있었다. 대부분 시민병들이었기 때문에 적들로서는 누가 일반 시민이고 누가 시민병인지 구별할 수 없었기 때문에 보이는 족족 무조건 죽이고 있었다. 그 혼란 속에서 살아남을 확률은 지극히 희박했다.

실제로 대열을 이탈해 도망치는 사람들은 없었다. 병사들은 어디로 도망치든 자신들은 어차피 죽을 운명이라는 것을 알고 체념하고 있었다. 적들은 항복하는 자들까지 죽인다는 것을 지금까지 눈으로 확인했다. 새삼 이제 와서 무기를 버린다고 달라지는 것은 아무것도 없었다. 모든 것들은 이제 돌이킬 수 없는 방향으로 흘러갔고, 그 속에서 시민병들은 멋대로 버려진 채 그 자신들의 의지 따위는 아무런 상관도 없는 결과를 맞이해야 했다.

막스프릿츠는 가만히 눈을 감으며 지난날들을 더듬어보았다. 그저 그런 귀족 집안의 막내로 태어나 별다른 미래도, 꿈도, 희망도 없는 삶을 살아왔다. 그나마 무인 집안이었다는 집안 덕분에 그는 군대에 몸을 담았고, 수도로 흘러 들어와 수도 경비대원이 되었다. 그리고 결혼을 했다면 자식들이 한창 열애에 빠질 나이가 될 정도로 나이를 먹었다. 하지만 그는 아내도 자식도 없었다. 그는 수도 경비대와 결혼을 했고, 수도를 지키는 존재라는 점에 자부심을 느끼며 홀로 쓸쓸한 밤을 지새는 것의 위안으로 삼았다.

하지만 그는 스스로의 역량이 부족하다는 것을 뼈저리게 경험했고, 현실의 높은 벽에 부딪혀 좌절했다. 그는 스스로의 무능함 때문에 죄 없는 부하들을 희생시켰고, 그가 그렇게 절대적으로 충성하는 국왕 폐하의 신변을 치명적으로 위태롭게 만들었다.

감옥 속에서 자학에 빠져 어서 빨리 사형당하기를 기다리던 그에게 성문 방어 임무가 떨어지고 시민병들이 주어졌을 때 그는 어렴풋하게 느꼈다. 국왕은 자신을 버릴 것이고 자신은 소모품으로 쓰여지다 버려질 것이라는 것을. 하지만 그로서는 그것이 억울하다고 생각되지 않았다. 그의 목숨이 지금껏 부지된 것은 이날을 위해서였다고 깨닫게 되었다.

어찌 보면 허무하다면 허무한 삶이었다. 별다른 희망도 없이 임기응변으로 살아오던 삶의 마지막은 하잘것없는 소모품이 되어 아무런 의미도 갖지 못한 채 죽어야 했다. 그는 이제 너무 지쳐서 자신의 삶에 어떠한 의미도 부여하고 싶지 않았다. 그저 그냥 이대로 싸우다가 수도 어디에선가 별 볼일 없는 시체로 죽을 뿐이라고 생각했다.

희망없는 삶을 살아왔기에 오히려 뜨거운 가슴을 가졌던 막스프릿츠는 다시 한 번 자신의 삶을 마지막으로 불태웠다. 다혈질이지만 부하들에 대한 애정이 깊었던, 하지만 그것을 표현하는 데 인색하고 용기가 없었던 사내는 마지막으로 함께 죽어야 할 부하들을 바라보면서 웃었다.

"미안하다, 전우들아……."

막스프릿츠의 그 말은 시민병들의 지친 가슴 한켠에 아릿한 아픔을 선사했다. 이제 죽어갈 서로들에게 미리 작별 인사를 하는 것이다. 시민병들은 체념 어린 눈으로 서로의 얼굴을 보면서 무언의 작별 인사를 했다. 그리고 서로의 명복을 미리 빌어주었다.

"자아! 가자!"

막스프릿츠는 피가 엉겨 붙어 미끄러운 롱 소드를 다잡으면서 특유의 쩌렁쩌렁한 고함을 질렀다. 피에 젖어 뻣뻣한 수염이 파르르 떨렸다. 시민병들은 눈물을 흘리며 고함을 질렀다.

"우워워워워!"

그들이 갖고 있는 마지막 삶에 대한 미련은 수도를 어지럽게 뒤흔들었다. 그 미련에 놀란 비둘기들이 어디선가 날아올랐다.

"공격!"

맹약기사단 장교의 명령이 떨어지기 무섭게 경장 기병들이 말을 달렸다. 그리고 롱 소드와 워 피크가 어지럽게 하늘을 장식했다. 말에 채인 시민병이 피를 흩뿌리며 날아갔다. 그리고 살점이 뜯겨 나가 너덜거리는 목을 움켜쥔 병사가 허리 깊이의 시궁창에 빠져 더 이상 움직이지 않았다.

"크헉!"

말에서 굴러 떨어진 병사가 고통에 찬 비명을 질렀다. 말뚝을 박을 때 사용하는 작업용 해머를 들고 있던 시민병은 기병의 투구를 노리고 단번에 해머를 내려쳤다. 투구가 찌그러지면서 투구 아래쪽으로 질퍽한 피가 뿜어져 나왔다. 사지를 부들부들 떨던 기병은 흠칫흠칫 희미한 경련 속에서 잊혀져 갔다.

"살려줘! 살려줘!"

내장이 흘러나온 시민병이 울면서 필사적으로 비명을 질렀다. 하지만 누구도 그를 도와주지 못했다. 시민병은 희미하게 스러지는 자신의 마지막 삶을 필사적으로 움켜쥐며 살기 위해 발버둥쳤다. 하지만 결국 그는 거의 대부분 흘러나온 내장을 한아름 끌어안은 자세로 더이상 움직이지 않았다. 마지막 눈물이 피에 젖은 그의 콧잔등을 타고 흘렀다.

눈보라처럼 사방으로 뿌려지는 핏덩이 속에서 고통과 비명은 모든 것을 지워 버렸다. 과거도, 현재도, 미래도 없었다. 그저 번득이는 롱소드와 본능, 거칠게 뱉어지는 호흡만이 존재했다.

"크와아!"

막스프릿츠는 기괴한 고함을 지르며 롱 소드를 뿌렸고, 다급한 김에 방패를 들지 않았다는 것도 잊은 채 손을 내밀던 병사의 손가락이 잘려졌다. 잘려진 손가락들이 파편처럼 사방으로 튀었고, 병사는 비명을 지르며 몸을 뒤집었다. 막스프릿츠는 피를 뒤집어쓴 몰골로 허연 이를 섬뜩하게 번득이면서 등을 돌리고 비명을 지르는 병사의 척추에 롱 소드를 박아 넣었다.

시민병들은 한결같이 피에 흠뻑 젖은 몰골로 눈물을 흘리고 고함을 지르며 필사적으로 싸웠다. 머리부터 발끝까지 피를 뒤집어쓴 그들은 마치 원래부터 핏빛으로 태어난 자들처럼 보였다. 그들은 살점과 끈적이는 핏덩이를 털어내면서 피에 젖은 눈을 번득이며 마지막 삶의 미련을 필사적으로 움켜쥐고 흔들었다. 그들의 피부는 진홍의 핏빛이었고, 그들의 눈물은 피에 젖었으며, 그들의 마음 또한 진하고 뜨거운 피에 젖었다.

"엘가! 크릌!"

부인이었을지도 모르고, 애인이었을지도 모르고, 어쩌면 사랑스런 딸의 이름이었을지도 몰랐다. 피에 젖은 시민병은 삶의 마지막을 토해내며 넘어졌고, 흥분한 기병들은 이미 질퍽이는 피 웅덩이 속에 누워버린 시체를 재차 난도질하며 씩씩거렸다.

"어?"

막스프릿츠는 의아한 눈으로 허전한 어깨 쪽으로 고개를 돌렸다. 도끼에 잘려 나간 오른쪽 어깨에서 놀랄 만큼 많은 피가 뿜어져 나왔다. 그리고 마지막까지 그의 곁에 머물던 롱 소드와 그의 오른팔이 피에 젖은 돌 바닥에 나뒹굴었다. 하늘이 어지럽게 흔들린다고 생각하는 순간 그는 넘어졌다.

막스프릿츠는 길바닥에 누워 출혈 쇼크로 푸득푸득 떨면서 충혈된 눈을 허옇게 뒤집었다. 흐릿해지는 의식 너머로 언젠가 느꼈던 산들바람이 불어오는 착각이 들었다. 죽는 순간에는 무언가 멋진 말을 남기리라고 다짐했던 막스프릿츠는 막상 그 상황이 닥치는 순간에 아무것도 할 수 없었다. 그저 짐승처럼 컥컥거리며 온몸을 부들부들 떨었고, 잘려진 부위에서 뿜어져 나온 피는 그 자신을 홍건하게 적셨다. 멋진 말을 내뱉고 죽는다는 것 자체가 살아 있을 때나 가질 법한 치기 어린 다짐이었다.

퍽! 퍽! 퍼벅!

사방에서 날아온 워 피크가 마지막까지 부들거리던 막스프릿츠의 육신을 찍었다. 20여 군데가 넘게 워 피크에 찍혀 버려 너덜거리는 그의 몸은 이제 더 이상 경련하지 않았다. 그리고 막스프릿츠는 이제 더 이상 이 세상에서 호흡하던 존재가 아니게 되었다.

"전투 중지! 부대! 동작 그만!"

말 위에 올라서 상황을 지켜보던 장교가 흥분한 병사들을 진정시키기 위해서 고함을 질렀다. 여기저기서 함성을 지르며 무기를 휘두르던 병사들이 하나둘씩 동작을 멈췄고, 시끄러운 고함 소리가 잦아들었다. 마지막 병사가 이성을 되찾고 워 피크를 내렸을 때 피에 젖은 거리는 갑작스러운 침묵에 빠져 당황했다.

장교와 병사들은 멀뚱한 눈으로 씩씩거리며 주변을 둘러보았다. 마지막까지 항전하던 20여 명의 시민병들은 선홍색 피에 젖어 더 이상 움직이지 않았다. 아직까지 멀리서 들려오는 고함 소리를 배경으로 피에 젖은 시민병들의 시체는 유난히 기괴하고 을씨년스러웠다.

〈 8권으로 이어집니다 〉

Part 0

크로니클 단편집

영웅을 위한 자장가(Lullaby With Great Wanderer)

리빈스크(Rybinsk) 강 중류에 있는 작은 마을 랴잔(Ryazan)은 스톨츠 왕실 지도는 물론이고, 마을 주변의 영지를 관할하는 영주의 지도에도 누락될 만큼 작은 마을이었다. 마을이라고 해봤자 고작 10여 채의 집이 있었을 뿐이고, 마을의 촌장을 체코나 영감네가 맡은 이유라는 것도 체코나 영감네가 비쩍 마른 젖소 한 쌍과 송아지 한 마리를 가진 '부자'였기 때문이었다.

영주의 지도에도 누락되었기 때문에 매년 수확 철이 끝나도 영주가 보낸 관리가 세금을 걷으러 오지도 않았고, 한 해 걸러서 징병과 세금 계산을 위해서 왕실에서 파견된 징병관의 호구 조사도 없었다. 그저 있는 것이라곤 지독하게 가파른 산비탈과 겨울이면 얼어붙을 정도로 엄청나게 쏟아지는 눈밖에 없는 마을이었다.

중앙산맥의 험준한, 그래서 누구의 발길도 닿지 않았던 산맥 속에서 시작된 리빈스크 강은 라잔 마을을 지날 때까지도 사랑에 빠진 젊은 청년처럼 격렬하고 거칠게 흘렀기 때문에 강을 타고 오가는 사람들도 없었다. 그리고 가장 가까운 마을까지 가려 해도 중앙산맥의 험한 산악 지대를 닷새나 걸어가야 했다. 그래서 라잔 마을은 처음 생겼을 때부터 지금까지 난폭한 산비탈 사이에 숨겨져 세상과는 무관하게 살아갔다.

마을 사람들은 산비탈에 감자와 고원 지대에서도 견디는 채소 따위를 심었고, 강에서 낚아 올린 물고기 따위에 의지해 자급자족하는 마을이었다. 고단하던 겨울이 끝나고 눈이 녹기 시작해 리빈스크 강물이 더욱 거칠고 세찬 급류가 되는 봄이 시작된 어느 날, 한 가지 사건이 이 조용한 마을을 발칵 뒤집어 버렸다.

"꺄아악! 시, 시체다! 사람이 죽었어요!"

아침부터 엄마의 잔소리를 듣고 졸린 눈을 끔벅이며 물을 뜨러 왔던 제코프 네 큰딸 나샤는 비명을 지르며 집으로 도망쳤다. 다섯 식구들의 모든 식수와 생활용수를 책임지는 물 양동이를 어디론가 내던져 버렸다는 것도 그 당시에는 알지 못했다.

벌써 16살이나 먹은 다 큰 처녀인 큰딸이 아침부터 비명을 지르며 집 안으로 뛰어들자 잔뜩 화가 난 제코프 부인은 나샤의 귀를 잡아끌고서 강변으로 향했다. 뭐라고 알아듣지도 못할 소리를 질러대는 큰딸은 강변으로 가지 않기 위해서 필사적으로 버둥거렸지만 반평생 거칠고 험한 스톨츠의 산비탈에서 살아온 엄마의 굵은 팔뚝을 이기기에는 역부족이었다. 그리고 뚱뚱하고 성질 사나운 제코프 부인이 강변에 도착했을 때 그녀는 큰딸 나샤와 함께 나란히 비명을 지르며 등을 돌리고 도망쳤다.

다시 한 번 아직도 잠에서 덜 깬 제코프 씨가 철딱서니없이 나란히 비명을 지르며 '물가에! 물가에!' 라는 묘한 소리만 반복하는 아내와 큰딸에게 짜증을 내면서 강변으로 걸어나왔다. 그리고 이번에는 제코프 씨가 비명을 지르며 강변에 아내와 큰딸을 내팽개치고 도망쳤다.

제코프 부인과 나샤는 물론 이번에도 어김없이 비명을 지르며 그 뒤를 따라 도망쳤다. 하지만 역시 제코프 씨는 집안의 가장이었다. 그는 집 안으로 도망가 아직까지 자고 있는 막내아들을 붙잡고 소리를 지르는 추태는 부리지 않았다. 그런 면에서 그는 확실히 집안의 가장이었다. 그래서 그는 비명을 지르며 촌장인 체코나 영감네로 도망쳤다. 물론 고래고래 비명을 지르며 헐레벌떡 도망치는 제코프 씨의 등 뒤에는 찢어지는 비명을 지르는 제코프 부인과 나샤가 있었다.

다행히 체코나 영감은 그들처럼 비명을 지르며 또 어디론가 도망치지는 않았다. 그는 마을에서 존경받는 촌장이었고, '부자' 여서 '대범' 하다는 평가를 받는 완고한 노인이었다. 노인은 자신이 놀랐다는 것을 숨기기 위해서 가만히 먼 산을 바라보았다. 강변으로 몰려든 마을 사람들은 과연 촌장은 다르다는 감탄을 했다. 한참 만에 놀란 가슴을 진정시킨 노인은 마을의 젊은 사내들에게 바위에 걸린 시체를 끌어 올리게 했다.

시체는 어떤 젊은 남자의 시체였다. 죽은 남자는 스톨츠에서는 보기 힘든 금발 머리였고, 조각상이 아닐까 싶을 정도로 하얗고 맑은 피부를 갖고 있었으며 대단한 미남이었다. 빳빳하고 옷깃이 높게 재단된 푸른 실크로 만든 고급스러운 옷을 입고 있었고, 역시 대단히 비싸 보이는 망토를 두르고 있었다. 신고 있던 가죽 부츠도 아주 꼼꼼한 솜

씨의 장인이 제작했을 것 같은 고급이었다. 그리고 죽은 남자는 오른손에 예리한 레이피어를 쥐고 있었고, 왼손에는 투명해 보일 정도로 얇은 실크로 만들어진 천 조각을 쥐고 있었다.

길게 찢어진 그 천 조각은 지체가 높은 귀부인의 손수건으로도 보였고, 어찌 보면 하늘거리는 드레스 자락으로도 보였다. 사후 경직 때문에 뻣뻣해진 그 미남자의 시체는 강물에 휩쓸려 떠내려왔는데도 이상할 정도로 상처 하나 입지 않았다. 물에 흠뻑 젖은 시체는 긁힌 상처 하나 없이 말짱한 모습으로 죽어 있었다. 그냥 얼핏 보기에는 마치 조용히 잠들어 있는 듯한 평온한 표정이었다.

죽은 남자의 얼굴을 그제야 자세히 보게 된 마을 아낙네들과 처녀들은 공연히 얼굴을 붉히며 소리 죽여 소곤거렸다.

"잘생겼어……."

"누굴까? 어째서 죽은 걸까?"

"저런 미남이 아깝게……."

여자들이 수군대는 소리를 듣자 마을 남자들은 공연히 화를 벌컥 내면서 죽은 자를 앞에 두고 수군거리면 좋지 않은 일을 당한다는 미신을 강조했다. 여자들은 남자들의 뻔한 질투와 심술을 입술을 삐죽내미는 것으로 받아쳤다. 강변에 모여 있던 마을 사람들은 시소한 일로 말다툼을 시작했다.

"이 여편네가! 빨리 아침밥이나 만들어!"

"지금 사람이 죽었는데 밥이 넘어가요? 식충 같으니라고!"

"뭐야? 이 여편네가! 그래, 이 죽은 남자가 당신 옛 애인이기라도 한 거야?"

"왜 소리를 지르고 그래요?! 말이 나왔으니 하는 말인데, 솔직히 이런 잘생긴 귀족을 알고 있었다면 내가 미쳤다고 당신에게 시집왔겠어? 차라리 이 남자의 첩으로 들어앉아 버리겠다. 흥, 꼴에 질투는……."

"이게 미쳤나? 그래, 마누라질보다는 첩질이 좋다 이거야?!"

"흥! 첩질도 첩질 나름이지. 당신도 눈이 있으면 보시구려. 살아생전 저런 보들보들한 옷을 본 적이나 있수? 저런 걸 몸에 휘감고 다닐 정도면 돈이 한두 푼 있는 것도 아닐 텐데, 첩질을 해도 떵떵거리며 살 수 있을걸? 내가 뭐 틀린 말 했나?"

"아니, 근데 이 여자가! 시끄러! 입 다물어! 어디서 말대답이야?!"

"왜? 난 말도 못해? 나도 입이 뚫려 있는 몸이라우!"

사소하게 시작된 말다툼은 결국 여기저기서 서로를 물어뜯는 혈투로 발전했고, 아침 새벽부터 마을은 이전까지 유례가 없던 단체 부부싸움으로 변질되었다. 대답할 말이 궁해진 남정네들은 우악스럽게 아내를 후려팼고, 열받은 아낙네들은 죽이네 살리네 하면서 남편의 머리채를 잡아 뜯었다. 잘생긴 시체를 보면서 헤벌쭉 웃던 여동생이 못마땅해진 오빠가 여동생의 머리를 쥐어박았고, 화가 난 여동생은 오빠의 팔뚝을 물어뜯었다.

그런 난장판 속에서도 정체 모를 시체는 빳빳하게 굳은 모습으로 강변에 버려져 있었다. 밝아오는 아침 햇살을 맞아 죽은 사내의 머리칼에 매달린 물방울들이 반짝반짝 빛내며 떨어졌다. 눈부신 햇살을 받은 죽은 사내의 뺨은 마치 수줍어하는 것처럼 붉어진 것 같은 착각이 들었다.

"죽은 사람 앞에서 지금 뭣들 하는 짓이야?!"

마을 촌장 체코나 영감은 정정한 목소리로 호통을 쳤다. 노인은 꼬장꼬장한 눈으로 마을 사람들을 하나하나 노려보면서 입술을 파르르 떨었다. 마을 사람들은 일제히 드잡이질을 멈추고 입을 다물었다.

체코나 영감이 이 난장판 속에서 유일하게 싸우지 않았던 이유는 간단했다. 재작년 겨울에 아내가 죽은 홀아비였기 때문에 싸울 상대가 없었다. 그 사실을 기억하지 못하는 순박한 마을 사람들은 역시 촌장님은 무언가 달라도 다르다는 생각을 하며 얌전히 입을 다물고 촌장 영감의 말을 기다렸다. 그는 진정으로 존경받는 촌장이었다.

무언가 마을 사람들이 감탄하며 자신을 존경해 줄 말을 해야 한다는 강박 관념을 갖게 된 체코나 영감은 시간을 벌기 위해 일단 길게 헛기침을 했다. 그리고 말을 돌려 마을 사람들의 경박함을 꾸짖었다. 한창 떠들고 나서도 뾰족한 수가 생각나지 않은 체코나 영감을 구해 준 것은 작년에 눈사태로 남편을 잃고 과부가 된 체샤 부인이었다.

남편이 죽은 이후로 마을 사람들과 별로 어울리지 않으며 혼자서 텃밭을 일구곤 하던 체샤 부인이 말을 꺼내자 마을 사람들은 흠칫 놀랐다. 매일처럼 죽은 남편의 무덤을 찾아가는 착한 과부라고 칭찬하면서도 어쩐지 마녀 같다느니, 남편이 죽은 이유가 어쩌면 사고가 아니었을지도 모른다느니 하는 근거없는 소문을 수군거리며 거리를 두던 마을 사람들이었다.

체샤 부인은 그 소문을 듣고도 화를 내지 않았다. 그저 조용히 의미를 알 듯 모를 듯한 미소를 지으며 고개를 돌리곤 했다. 그래서 마을 사람들은 그녀를 촌장인 체코나 영감처럼 어렵게 대했다. 자진해서 그녀에게 말을 거는 사람들도 없었고, 그녀 역시 자진해서 누군가와 이야기하기보다는 그냥 남편의 무덤 앞에 앉아서 멍하니 있는 것을 좋아했기 때문에 그녀와 마을 사람들 사이에는 눈에 보이지 않는 벽이 존재하고 있었다.

"우선 죽은 사람을 위한 기도라도 드리고 매장하는 편이 좋지 않을까요?"

체샤 부인은 또 그 특유의 의미를 알 듯 모를 듯한 희미한 미소를 지었다. 마을 사람들은 허둥지둥 시선을 돌리고 딴청을 피웠다. 그녀는 원래 수줍음이 많은 내성적인 성격이었기 때문에 마을 사람들에게 살갑게 애교를 떨며 수다를 떨지 못했고, 나름대로 부드러운 미소를 짓는다고 생각하는 표정도 다른 사람들이 보기에는 어딘지 묘한 의미를 숨기고 있는 껄끄러운 웃음으로 보였다. 남편이 살아 있는 동안에는 남편이 도맡아서 마을 사람들을 상대했기 때문에 문제가 없었지만 남편이 죽은 이후로 그녀는 좀처럼 쉽게 이웃들과 친해지지 못했다. 그래서 체샤 부인은 너무 심심해서 죽은 남편의 무덤가에 멍하니 앉아 있곤 했지만 이것도 마을 사람들 눈에는 어딘지 거북살스러운 위화감을 갖게 만드는 원인이었다.

"그런데 기도를 드리려면 이 남자가 누군지 알아야 하는 거 아닐까요? 이름도 모르는데 기도는 무슨 수로 올립니까?"

마누라가 이마에 남긴 손톱 자국을 손끝으로 만져 보던 롤란 씨가 이의를 제기했다. 마을 사람들 중에서 가장 산을 잘 타기 때문에 어쩌다 큰 마을로 나가 자급자족할 수 없는 물건들—이를테면 옷이나 못, 쟁기 같은 것들—을 짐승 가죽과 바꿔오던 사냥꾼인 롤란 씨는 회색곰만 한 덩치와 시커멓게 그을린 얼굴과는 대조적으로 유난히 예법이니 세상 사는 이치에 밝았다.

마을 사람들은 아마도 롤란 씨가 마을에서는 유일하게 바깥 세상과 접촉하기 때문일 거라고 생각했다. 물물 교환을 하기 위해서 한두 달에 한 번씩 큰 마을로 나가기 때문에 자신들 중에서는 유일하게 넓은 세상을 두루 구경—랴잔 마을 사람들의 의식 체계 속에서 큰 마을은 세상의 모든 것을 알 수 있는 장소였다—하는 인물이기 때문에 엄청난 지식과 식견을 갖고 있다고 여기고 있었다. 마을 사람들은 호기심 어린 눈으로 롤란 씨를 바라보았다.

방금 전까지 드잡이질을 하던 롤란 부인조차도 존경하는 눈으로 남편을 바라볼 정도였다. 롤란 씨는 거만하게 턱을 들고 헛기침을 하면서 좀처럼 쉽게 입을 열지 않았다. 롤란 씨는 세상을 두루 살펴보곤 하는 자신의 경험—고작해야 시골 마을을 하나 더 알고 있는 셈이었지만 어쨌거나—을 강조하며 차기 촌장의 자리를 노리고 있었다.

특별히 이렇다 할 유희나 놀이가 없는 마을 사람들은 롤란 씨와 체코나 영감이 촌장 자리를 두고 은근하게 대립하는 신경전을 즐겁게 관망해 오곤 했었다. 그들은 촌장의 자리를 누가 차지할 것인가는 별로 관심이 없었다. 단지 두 사람이 서로 으르렁거리는 싸움이 즐거웠다.

"내가 저번에… 그러니까… 예전에 짐승 가죽을 팔러 나갔을 때 이 몸이 장례식 광경을 봤다 이 말씀이야. 거기서 보니까 죽은 사람을… 에… 뭐라고 하더라?—그가 찾는 단어는 '고인'이었다—하여간 죽은 사람은 다른 식으로 부르더라고. 하여간 그러면서 이 사람은 살아생전 어떠어떠한 일을 했고, 우리는 그의 어떤 모습을 기억합니다 어쩌고 하면서 장례를 치르더라고. 그러니까 장례를 치르려면 이 남자의 이름이 뭔지 알아야 한다는 말씀이야."

롤란 씨는 턱을 잔뜩 치켜들고 거만스러운 얼굴로 말하며 자신의 박식함을 뽐냈다. 마을 사람들이 예상하고 있었지만 당연히 체코나 영감이 곧바로 발끈했다.

"그게 무슨 상관인가? 죽으면 어차피 사람은 다 똑같아. 그냥 양지바른 곳에 곱게 매장해 주고 명복을 빌어주면 족한 게야!"

"아, 그러니까 그 명복을 빌려면 이름을 알아야 한다는 말입니다."

"허참! 사람이 성질머리 하고는… 죽은 사람 앞에 두고서 그런 걸 따져서 뭐 하나?"

마을 사람들은 체코나 영감과 롤란 씨가 얼굴을 붉히며 싸우는 광경을 즐겁게 바라보면서 자기들끼리도 누가 옳은지 입씨름을 시작했다. 이름도 정체도 모호한 젊은 남자의 시체는 여전히 강변에 눕혀져 물을 뚝뚝 흘리고 있었고, 마을 사람들은 두 파로 나뉘어 격렬하게 말싸움을 벌이고 있었다.

"매장에도 예법이 있는 겁니다!"

"죽은 사람을 앞에 두고 이게 무슨 짓이란 말인가?"

"그럼 영감님도 죽을 때 그냥 이름없는 자로 매장해 드릴까요?"

"뭐야?! 죽긴 누가 죽어?! 난 안 죽어! 촌장 직에 눈이 멀어서 네놈이 나를 죽이려 드는구나?! 허! 세상이 아무리 험해졌다지만 새파랗게 젊은 놈이 노인네보고 어서 빨리 죽으라고 다그치다니… 말세야! 말세야!"

"거 영감탱이가! 누가 죽으라 했다고 그래요? 그리고 새파랗게 젊은 놈이라니? 내 나이도 벌써 올해로 마흔이 넘었수다!"

롤란 씨와 체코나 영감은 이제 자신들이 왜 싸우기 시작했는지 잊어먹었고, 마을 사람들까지 덩달아 흥분해서 서로의 편을 들며 언성을 높였다. 그중에서도 특히 롤란 씨와 체코나 영감은 서로 멱살잡이 직전까지 치닫고 있었다.

노인이라지만 체코나 영감은 지금도 앞장서서 산을 탈 정도로 정정했다. 하지만 마을에서 가장 힘이 좋고 체구가 큰 사냥꾼 롤란 씨와 주먹다짐을 벌여서 이길 거라고는 보기 힘들었다. 합쳐 봐야 몇 명 안 되는 마을 아이들은 흥미진진한 눈으로 과연 누가 먼저 주먹을 날릴 것인지를 지켜보았다. 사태가 이 정도로 이상한 방향으로 흐르기 시작하자 젊은 남자의 시체는 아예 뒷전으로 밀려나 버렸다.

롤란 씨를 앞세운 젊은 사람들은 마을 노인네들이 너무 고리타분하다느니, 권위적이라느니, 바깥 세상 돌아가는 것은 하나도 모르고 있다느니를 소리 높여 떠들었다. 그리고 체코나 영감을 비롯한 나이 지긋한 노인들은 요즘 젊은것들은 바깥 세상에서 나쁜 것만 배워 와서 버릇도 없고, 세상 무서운 줄 모르고 있다고 언성을 높였다.

"그럼 이름을 붙여주면 되잖아요?"

낚시꾼 킬로프 씨네 외아들 미첸이 불쑥 말했을 때, 마을 사람들은 병쩐 표정으로 동작을 멈췄다. 올해 8살인 미첸은 마을에서 조숙하고 종잡을 수 없는 아이로 유명했다. 미첸은 8살의 나이로 올해 16살인 제코프 씨네 큰딸 나샤에게 청혼을 했었고, 당연한 일이지만 나샤에게 머리통을 쥐어 박히며 거절당했다.

마을 사람들은 그런 미첸을 보면서 뭔가 달라도 다른 아이라면서 행여 큰 인물이 될 재복일지도 모른다고 말하곤 했다. 물론 8살의 조숙한 소년이 16살짜리 처녀 티가 나는 소녀에게 청혼하는 것과 큰 인물이 될 재목과의 상관 관계가 무엇인지는 아무도 몰랐다. 하여간 미첸의 말에 마을 사람들은 싸움을 멈췄다.

"호오, 그러면 되겠군."

체코나 영감은 고개를 주억거리며 동의했다. 하지만 롤란 씨는 눈살을 찌푸리며 절대 그럴 수 없다는 비장한 얼굴로 말했다.

"그건 우리가 붙여주는 이름이지 이 남자의 이름은 아니잖습니까? 그럴 순 없습니다."

"그게 뭐 어쨌다는 말인가? 어쨌든 이름은 이름이잖나?"

"내 이름이 롤란이고 영감님 이름이 체코나이듯이 이 죽은 남자의 이름도 따로 있을 겁니다. 그걸 우리 마음대로 바꿀 수 있습니까? 내가 영감님을 자벨이라고 부른다고 해도 영감님 이름은 여전히 체코나잖습니까? 내 말이 틀렸습니까?"

마을 사람들은 고개를 끄덕이면서 역시 바깥 세상을 드나드는 롤란 씨는 뭔가 달라도 다르다고 중얼거렸다. 또다시 의미없는 말싸움으로 번지려는 분위기를 간신히 막아선 사람은 체샤 부인이었다. 그녀는 야릇한 눈웃음으로 사람들을 둘러보면서 말했다.

"밤새도록 이렇게 싸울 게 아니라 일단 묏자리를 정하고 묻으면서 의논해요. 그리고 태어날 때 카말이라는 이름으로 태어났어도 죽을 때는 제닌이라는 이름으로 죽을 수도 있다고 생각해요. 그러니까 우리 모두 이 남자에게 적당한 이름을 붙여주고 명복을 빌어줘요."

그녀의 의견 덕분에 마을 사람들은 일단 매장 절차를 밟으면서 고민하기로 의견 일치를 보았다. 롤란 씨를 비롯하여 힘이 좋은 마을 남자들이 시체를 산비탈 위쪽으로 옮겼다. 물론 여기서 다시 마을 사람들은 과연 마을 주변 어디에 매장하는가를 놓고 한참 동안 싸워야 했다. 결국 어렵사리 매장지가 결정되었고, 마을 사내들을 중심으로 묏자리를 파기 시작했다.

여전히 롤란 씨와 체코나 영감이 서로 으르렁거리는 동안에 사내들은 서로 번갈아가면서 묏자리를 파기 시작했고, 여자들은 각자의 집으로 돌아가 배를 채울 음식들을 준비해 오기 시작했다. 여자들은 모처럼 집 안 구석에 숨겨두었던 과실주와 아이들이 찾아내지 못하게 벽난로 속에 숨겨둔 치즈를 꺼내왔다. 아이들은 떼지어 뭉쳐 다니며 이제 흐드러지기 시작한 봄의 산비탈에 핀 들꽃들을 꺾어 화환을 만들고, 저희들끼리 신나서 소리를 지르고 노래를 불렀다.

마을의 유일한 결혼 적령기 남녀인 제코프 씨네 큰딸 나샤와 마카로프 씨네 외아들 얼은 사람들 눈을 피해서 슬그머니 산비탈 너머로 사라졌다. 얼은 올해 20살로 아버지인 마카로프 씨와 함께 밭을 일구는 청년이었다. 남자들은 여전히 번갈아 무덤을 파면서도 두 파로 나뉘어 으르렁거렸기 때문에 이들 남녀는 은근슬쩍 자신들끼리의 밀회를 즐길 수 있었다.

"아무리 자네가 그래도 내가 살아 있는 동안에는 촌장 자리는 양보 못해."

"그 나이 먹도록 영감님도 꽤나 지독합니다."

싸우다 지쳐 버린 롤란 씨와 체코나 영감은 나란히 앉아서 쌈지 담배를 피우기 시작하면서 혀를 내둘렀다. 어쨌거나 두 사람은 잠정적으로 휴전하기로 마음먹었다. 당분간은 여전히 체코나 영감이 마을 촌장으로 지낼 것이다. 그사이에 마을 남자들은 쟁기와 삽으로 무덤자리를 열심히 파고 있었다.

"이봐, 이건 너무 좁잖아?"

"아니라니까! 이걸로 충분해. 무덤이란 건 원래 넓게 파는 게 아니야."

"무슨 소리야? 그래서? 시체를 세워서 넣을 건가?"

"삽질은 안 하면서 그 사람 말도 많구만. 아, 글쎄, 내 말이 맞다니까!"

마을 남자들은 투덜거리고 이따금씩 함께 구덩이를 파고 있던 이웃을 어깨로 툭툭 밀면서 당장이라도 주먹다짐을 할 듯이 험한 소리를 주고받았다. 그들의 두목이라고 할 수 있는 롤란 씨와 체코나 영감이 양지바른 산비탈에 나란히 앉아서 쌈지 담배를 피우며 숨을 돌리고 있는 동안에 마을의 나머지 남자들은 서로 편을 갈라서 툭탁거렸지만 땅을 파는 손길은 멈추지 않았다.

그 덕분에 아낙네들이 술과 삶은 감자, 봄나물을 넣어 끓인 죽, 귀한 치즈 조각을 한아름씩 들고 돌아왔을 때 무덤을 파는 작업은 거의 끝나 버렸다. 그 즈음에는 산비탈에서 하나 가득 들꽃을 꺾어 화환을 만들던 아이들도 돌아왔고, 산비탈 저 너머로 사라졌던 얼은 나샤를 데리고 은근슬쩍 사람들 사이로 끼어들었다. 얼의 등 뒤에서 따라오는 나샤의 뺨은 빨갛게 달아올라 있었다.

"그만 하고 일단 와서 좀 먹어!"

"아, 그러지."

일단 음식이 차려지자 지금까지 철천지원수처럼 싸우던 마을 사람들은 흙을 툭툭 털면서 감정의 앙금까지 툭툭 털어버리고 음식 판 주변으로 몰려들었다. 그들은 다시 화기애애한 마을 사람들로 되돌아가 있었다. 누군가 건배를 불렀고, 남자들은 잔을 흔들며 유쾌하게 웃었다. 산골의 하루라는 것이 거의 쉴 틈도 없이 힘겨운 나날들이었지만 정체 모를 남자의 시체를 묻는 동안에는 모두들 무거운 현실을 잊고 있었다.

"그런데 저 남자 이름을 뭘로 해야 하나?"

누군가 달착지근하면서도 독한 과실주를 가볍게 비우고는 턱 끝으로 구덩이 곁에 눕혀져 있는 시체를 가리켰다. 여전히 축축이 젖어 있는 남자의 시체는 처음 물에서 건져 냈던 그 모습 그대로 변하지 않았다.

"그러고 보니 우리가 저 시체를 잊고 있었구먼."

"유판은 어떨까요?"

맨 처음 시체를 발견했던 나샤의 아버지 제코프 씨가 말했다. 하지만 그의 의견은 곧바로 기각되었다. 보기 드문 미남의 이름으로는 어울리지 않는다는 이유에서였다.

"꼭 아피아노의 무역 상인 같은 이름이잖아? 저 얼굴을 보라구. 평생 동안 돈 문제는 한 번도 신경 쓰지 않았을 얼굴이라구."

물론 그런 말을 했던 사람들 중에서 먼 타국인 아피아노의 무역 상인을 봤던 사람은 없었다. 단지 어깨너머로 주워들은 풍월이었다.

"하짠은 어때요?"

"이 바보야! 그건 우리 집 개 이름이잖아?!"

제코프 씨네 막내아들 퀸트가 말했을 때 누구보다 먼저 나샤가 동생의 머리를 쥐어박으며 윽박질렀다. 그녀는 이런 멍청한 동생이 있다는 사실이 창피해 얼굴을 붉히며 얼을 힐끔거렸다. 다행히 얼은 싱긋 웃고 말았다.

"막시밀리언 크델로프는 어때요?"

갑자기 튀어나온 어려운 이름을 듣게 된 마을 사람들은 휘둥그레진 눈으로 미첸을 바라보았다. 역시 미첸은 또래 아이들과는 다르게 조숙하고 종잡을 수 없었다. 마을 사람들은 8살짜리 소년이 내뱉은 어렵고 고상한 이름을 듣고 고개를 끄덕거렸다. 솔직히 말하면 뭐라고 했는지 기억할 수 없었기 때문에 반박할 수 없었다.

"막시… 뭐라고?"

"막시밀리언 크델로프요. 어울리는 이름인 것 같아요. 그걸로 해요."

"너, 그런 이름을 어디서 들었냐?"

"작년에 집시족한테서요."

"아아, 그 떠돌이들? 너, 그런 사람들하고 어울리면 천연두에 걸린다고 말했지?"

"자자, 일단 이름은… 막시… 뭐라고?"

"막시밀리언 크델로프."

"그래, 하여간 저 남자의 이름은 그걸로 정하자구."

마을 사람들은 과연 그 이름을 외울 수 있을지 고민하면서—굳이 외워야 하는 이유가 뭔지는 아무도 몰랐다—결국 강에서 건져 낸 시체의 이름을 막시밀리언 크델로프로 정하기로 했다. 여기에는 롤란 씨와 체코나 영감도 동의했다. 솔직히 그들도 그 이름을 한 번에 외우지 못했다. 물론 두 사람은 대외적인 체면을 생각해 태연한 얼굴로 그 정도 이름이라면 어울리겠지라는 표정을 지었다. 그런 면에서 확실히 두 사람은 닮은꼴이었다.

마을 사람들은 모르고 있었지만 막시밀리언 크델로프는 스톨츠의 건국 영웅 우크라시안 트레니코프 백작의 숨겨진 조력자로 알려져 있었다. 베일로부터 독립할 때 진두에서 군대를 지휘했던 건국왕 트레니코프 백작의 참모이자 친구였던 인물이 막시밀리언 크델로프였지만 건국왕의 업적을 과장하기 위하여 역사 속으로 묻혀 버린 인물이었다. 미첸은 집시족에게서 그것을 노래한 이야기를 들었던 것이다.

"근데 크델로프 씨는 왜 죽었을까요?"

마카로프 부인이 의아한 얼굴로 물었다.

"그냥 크델로프 씨라고 하기에는 좀 그렇지 않아?"

제코프 씨가 음식을 흘리는 막내아들 퀸트의 머리를 쥐어박으며 이의를 제기했다. 덤덤히 듣고 있던 롤란 씨는 지금이야말로 자신이 나설 차례라고 확신했다. 그래서 그는 턱을 한껏 치켜들고 다시 거만한 얼굴로 말했다.

"그냥 크델로프 씨라고 하면 좀 심심하고 예의에도 어긋나는 것 같으니까 막시밀리언 크델로프 자작이라고 하자구."

롤란 씨가 자작이라고 한 이유는 간단했다. 라쟌 마을이 포함된 이 근방 산악 지대의 영주가 자작이었기 때문이다. 그래서 롤란 씨의 머리 속에 가장 먼저 떠오른 귀족 계급은 자작이었다. 아주 간단명료한 이유였다.

"막시밀리언 크델로프 자작이고, 올해 나이는… 음, 한 26살?"

"무슨 소리야? 26살치고는 너무 어려 보여."

"아, 귀족들은 우리랑 나이 먹는 게 다르다구. 끼니때마다 먹는 게 다른데 나이를 먹는 건 좀 다르겠어? 원래 귀족들은 우리들 무지랭이들보다 어려 보인다구."

"그런가?"

"그렇고 말고. 내가 저 아래 큰 마을에 내려갔을 때 귀족 어르신을 뵌 적 있는데… 누구였더라? 하여간 이름은 잊어먹었는데 그 귀족 어르신을 봤는데 세상에! 40살이 넘었다던데 외모로 보면 꼭 30대 초반으로 보이더라고. 그러니까 대충 26살로 하자구."

롤란 씨가 한껏 자신의 경험을 자랑하며 말하자 마을 사람들은 결국 그 시체의 나이를 26살로 하기로 결정했다. 그렇게 해서 강물에 떠내려온 이름 모를 젊은 남자의 시체는 올해 26살의 막시밀리언 크델로프 자작이 되었다.

마을 사람들은 원을 그리며 둘러앉아 모처럼 푸짐하게 먹고 마시며—가난한 산골 마을에서는 어지간해서 힘든 일이었다—점차 열을 올리며 막시밀리언 크델로프 자작에 관하여 토론하기 시작했다.

"그런데 어떻게 죽은 걸까? 피 한 방울 흘리지 않았잖아? 그렇다고 익사한 것으로도 안 보여. 내가 젊었을 때 익사한 시체를 본 적이 있는데 보통 익사한 시체는 퉁퉁 불어버린다구. 그리고 보면 저 빠른 물살에 휩쓸려 내려왔는데 상처 하나 없는 것도 이상해."

"듣고 보니 그렇네? 살아 있는 사람도 저 강물에 휩쓸리면 익사하기도 전에 뼈가 부러져 죽을 정도로 격한 물살인데 말이야."

마을 사람들은 과실주를 주거니 받거니 하면서 나름대로 여러 가지 가설을 내세워 봤지만 좀처럼 납득할 만한 해답을 얻지 못했다. 처음에는 그저 어디선가 실족해서 강물에 휩쓸려 익사한 것이라고 생각하던 마을 사람들은 그제야 심각한 얼굴로 고민에 빠졌다.

"상처가 없으니까 누군가와 싸우다 살해당한 건 아닐 거란 말이야?"

"그렇지만 익사한 시체로도 안 보여. 게다가 저 세찬 강물에 휩쓸려 왔는데 부서진 곳이 하나도 없는 것도 이상하고."

"거참… 묘한 일일세. 이거 혹시 악마라도 나타난 거 아니야?"

"그건 또 무슨 소리야?"

"왜, 그러니까 악마가 나타나서 저 뭐라더라?"

"크델로프 자작."

"아, 그래! 하여간 그 자작의 영혼을 빼앗아 가버린 거 아닐까? 영혼이 빠져나가면 육체가 죽어버리는 게 당연하잖아?"

"설마……."

상당히 태연한 얼굴로 시체를 놔두고 옥신각신하던 마을 사람들은 그제야 섬뜩하다는 얼굴로 막시밀리언 크델로프 자작의 시체를 힐끔거렸다. 자작의 시체는 여전히 아무런 변화도 없이 평온한 모습으로 굳어 있었다. 사후 경직도 이제 서서히 풀어져 가고 있었고 여전히 축축하게 젖어 있었지만, 햇볕 아래 드러난 얼굴과 목덜미의 물기는 거의 마른 상태였다.

"그럼 저 시체가 악마에게 영혼을 빼앗겨서 죽어버린 시체란 거야? 에이, 설마아⋯⋯."

"글쎄, 그런 건 아무도 모르는 거지."

"따지고 보면 사람이 저렇게 말짱한 모습으로 잠자듯 죽을 수가 있나?"

"말을 들어보니 그럴싸하네."

화제가 갑자기 악마의 소행 쪽으로 돌아가자 롤란 씨와 체코나 영감은 빠르게 서로의 눈치를 살피며 서로가 어떤 의견을 갖고 있을지 고민했다. 그리고 만약에 상대가 자신과 같은 의견을 갖고 있을 때 자신은 과연 동의를 해야 할까 반대 의견을 주장해야 할까를 걱정했다. 항상 그래 왔듯이 지금까지 으르렁거리고 싸운 마당에 새삼스럽게 의견 일치를 본다는 것은 자존심이 허락하지 않았다. 게다가 상황 자체도 섣불리 어떤 의견을 주장하기 힘들었다. 잔뜩 잘난 척을 했는데 알고 보니 그게 아니었더라 같은 상황에 빠지면 지금까지의 노력이 전부 허사가 되는 셈이었다.

제코프 씨, 마카로프 씨, 킬로프 씨가 주축이 되어서 마을 사람들은 아침부터 좀 과한 게 아닌가 싶을 정도로 많은 과실주를 마시며 더욱 열을 올리며 악마의 소행이라는 쪽으로 대화를 방향을 이끌어 나갔다. 덕분에 거의 모든 집에서 고이 아껴두며 숨겨두었던 과실주들이 거의 바닥나기 시작했고, 마을 아낙네들은 하나둘씩 흩어져 집 안에 있는 술이란 술은 모조리 가져와야 했다.

남자들은 벌겋게 취한 얼굴로 값비싼 치즈를 먹으며 술을 마셨고, 동네 아낙들은 자기들끼리 모여 앉아서 죽은 크델로프 자작의 코가 여자처럼 오뚝하지 않느냐, 눈동자 색깔이 어떨지 몹시 궁금하다, 그렇지만 죽은 시체의 눈꺼풀을 뒤집어볼 용기는 없다, 머릿결은 또 얼마나 곱고 아름다운가 따위를 시시콜콜하게 주고받았다. 남자들의 화제는 어찌하여 자작이 죽었으며 자작의 과거가 어땠을지를 마치 자신의 과거라도 되는 것처럼 열변을 토했고, 여자들은 죽은 자작의 외모가 얼마나 아름다운지, 그리고 살아 있었다면 성격은 어땠을지를 온갖 상상과 몽상을 덧붙여 꾸며 나갔다.

귀족으로 판단되는 자의 시체는 매장하지 말고 보존하면서 그 지방 영주에게 신고해야 한다는 의무 같은 것은 아무도 몰랐다. 애초부터 화전민 위주로 자연 발생적인 마을이었고, 너무나 외진 산악 지대에 위치하고 있기 때문에 영주의 지배를 받지 않는 마을이었기 때문이다. 그 흔하고 지긋지긋한 영주의 관리도 이 마을에서는 지난 몇 년 동안 한 번도 찾아볼 수 없었다.

그런 의무도 모르고 있는 마을 사람들은 일단 무조건 시체를 매장하려고 했지만 이제는 그것조차 잊어먹어 가는 분위기였다. 구덩이에는 삽이 버려져 있었고, 그 옆에는 여전히 축축이 젖은 시체가 덩그러니 놓여져 있었다. 그리고 마을 사람들은 묏자리 근처의 비교적 평탄한 곳에 둘러앉아 술을 마시며 열띤 토론과 입씨름을 반복하고 있었다.

남자들은 술이 몇 순배 돌아가면서 얼큰하게 취하기 시작했고, 여자들은 나름대로 모여서 모처럼 마음껏 수다를 떨고 있었다. 그리고 아이들은 자기들끼리 장난을 치고 봄이라는 계절에 어울리지 않게 푸짐한 음식을 먹어치우기 바빴다. 그리고 마을의 유일한 연인인 나샤와 얼은 마을 어른들 몰래 서로 의미심장한 눈짓을 주고받느라 정신이 없었다. 다행히 햇살도 모처럼 따스한 날씨 좋은 봄날이었다.

"검을 갖고 있는데… 기사일까?"

"당연히 기사일 테지. 혹시 누군가에게 원한을 산 건 아닐까?"

"그럴지도 모르겠군. 내 생각을 말해 볼까? 귓구멍 파고 잘 들어. 이런 이야기는 나 정도 경험이 있어야 알 수 있는 거야."

모처럼 대화에 끼어든 롤란 씨는 잔뜩 거드름을 피우면서 사람들의 주의를 모았다. 그리고 의기양양한 얼굴로 이야기를 시작했다.

"내가 보기에 말이야, 이 사건의 전모는 이랬을 거야. 저 막시밀리언 크델로프 자작은 아마도 크델로프 영지의 영주였을 거야."

"크델로프 영지는 어디 있는데?"

킬로프 씨가 불쑥 질문하자 롤란 씨는 좀 일그러진 얼굴로 입을 다물었다. 한참 동안 머리를 굴리던 롤란 씨는 손가락을 딱! 하고 튕기며 활짝 웃었다.

"잘 들어봐. 크델로프 영지는 저기 아피아노 국경 지방에 있는 도시야. 어쩐지 이름하고 어울리지 않아? 아피아노 북부 도시니까 틀림없이 무역항을 가신 항구 도시일 서란 말이야. 하늘을 씨를 듯이 첨탑이 솟아 있고, 길거리는 전부 돌로 되어 있고, 사람들은 값비싼 비단 옷들을 입고 다니지. 크델로프 자작은 바로 그런 도시의 젊은 영주인 거야. 아버지가 일찍 죽고서 형제가 없는 크델로프 자작이 홀로 가문을 상속하고 도시의 주인이 되는 거지. 보시다시피 젊고 잘생겼는 데다가 유명한 무역 항구 도시의 영주란 말이야. 귀족들 중에서도 아주 지위가 높고 인기가 좋았을 거야. 그를 사모하는 귀부인들이 온 도시에 줄을 서서 그를 기다렸을 거고. 하지만 그는 그런 귀부인들에게 아무런 관심도 기울이지 않았어. 왜냐고? 그는 남몰래 사랑하는 여인이 있었기 때문이야. 이웃 영지의 외동딸을 사랑했던 거야. 새로 들여온 찻잎을 사기 위하여 영지를 방문했던 그녀와 영지를 시찰하고 있던 크델로프 자작이 우연히 딱 하고 마주친 거야. 마침 바람이 불어서 그 귀부인의 모자가 날아갔고, 유능한 기사인 크델로프 자작이 재빨리 그 모자가 흙탕물에 젖기 직전에 탁 하고 이런 식으로 낚아채는 거지. 그리고 자작은 웃으면서 그 모자를 귀부인에게 돌려줘. 귀부인은 예의 바르게 인사를 하지. 바로 이 순간에 두 사람의 눈이 마주친 거야. 여자 쪽도 역시 자작처럼 엄청난 미모를 가졌던 거지. 두 사람은 그 순간 운명적인 사랑에 빠져 버려. 하지만 귀부인은 부모님 손에 이끌려 가버려."

"그런데 그 귀부인 이름은 뭐예요?"

사랑이라는 말에 열심히 귀를 기울이던 나샤가 손을 들면서 롤란 씨에게 질문했다. 롤란 씨는 다시 머리를 싸매고 고민을 하기 시작했다. 남녀가 사랑을 하려면 여자가 있어야 하고, 그 여자를 부를 만한 적당한 이름이 있어야 한다. 롤란 씨는 힐끔 미첸을 바라보았다. 이번에도 이상하게 머리가 좋은 8살짜리 꼬마가 실력 발휘를 할 기회를 주기 위해서였다.

"칼리스타 클록하트요."

이번에도 미첸은 씩씩하게 천재적인 대답을 했다. 역시 그녀의 이름도 집시에게서 주워들은 이름이었다. 칼리스타 클록하트는 역시 스톨츠 역사상 실존했던 인물로서 무려 5명의 남자들과 염문을 뿌리던 여자였다. 여자의 정치 참여를 인정하지 않는 스톨츠 전통에 맞서기 위하여 그녀는 상황에 따라 애인을 바꿔가며 자신의 애인을 대신 정치판에 집어넣어 간접적으로 정치를 펼쳤던 입지전적인 인물이었다. 물론 마을 사람들은 그녀의 이름을 들어본 적이 없었다. 그래서 그녀는 졸지에 마을 사람들의 편의를 위하여 아피아노 북부 지역 귀족이 되어버렸다.

"하여간 그 뒤로 크델로프 자작도, 클록하트 영애도 서로를 잊지 못하게 되었지. 하지만 그녀에게는 불행하게도 가문이 짝 지어준 약혼자가 있었던 거야. 그 남자의 이름… 베델… 베델 백작─롤란 씨는 이번에는 미첸의 도움 없이 스스로 이름을 붙였다는 데 자부심을 가졌다─이야. 베델 백작은 크델로프 자작과는 달리 못생기고 성격도 나쁜 악당이었지. 클록하트 영애는 그런 남자와 결혼해야만 하는 신세인 거야─여기서 마을 아낙네들과 여자 아이들은 혀를 차면서 안쓰러운 얼굴로 크델로프 자작의 시체를 힐끔거렸다─그런 두 사람은 우연히 어떤 파티의 무도회장에서 마주치지. 자작은 그녀에게 자신의 뜨거운 사랑을 고백하고 그녀는 그의 사랑을 받아들이지만 자신에게는 포악하고 탐욕스러운 베델 백작이라는 약혼자가 있음을 고백하고 말아. 그리고 그녀는 달빛을 받으며 울기 시작하는 거야. 크델로프 자작은 안타까운 심정으로 신께 기도하며 자신에게 힘과 용기를 달라고 애원하지. 바로 그때 약혼녀의 울음소리를 듣고 베델 백작이 나타나. 그는 곧바로 약혼녀와 자작과의 관계를 의심하면서 마냥 울고 있는 약혼녀를 다그치지. 그 광경을 지켜보던 크델로프 자작은 더 이상 참지 못하고 베델 백작의 얼굴에 장갑을 던지며 결투를 신청하고 말아. 결투는 보름 후 성당 앞에서 벌어지기로 결정나 버려. 클록하트 영애는 자신의 침실 창문을 열고 밤마다 크델로프 자작이 결투에서 다치지 않도록 기도하기 시작해. 소문이 빠르게 온 도시로 퍼져 나갔지만 사람들은 당연히 크델로프 자작이 결투에서 이길 거라고 예상하지. 말했지만 크델로프 자작은 얼굴도 잘생겼지만 뛰어난 기사였거든. 하지만 탐욕스러운 베델 백작은 그와는 달라서 검술 실력이 보잘것없었지. 이대로 가면 그는 크델로프 자작에게 결투에서 패하고 약혼녀를 빼앗길지도 모르고, 어쩌면 자신이 목숨을 잃을지도 몰라 불안해하지. 크델로프 자작이 얼마나 뛰어난 기사인지는 온 아피아노에 소문이 자자하거든. 그런 최고의 기사와 결투를 해야 하는 거야. 베델 백작은 보름 동안 밤낮으로 고민을 하지만 뾰족한 방법을 찾아내지 못해. 처음에는 무기에 독을 바를까도 생각했었지만 결투를 하게 되면 똑같은 무기 중에서 고르는 거란 말이야. 자칫하면 상대가 독을 바른 검을 가질지도 몰라. 고민을 하던 베델 백작은 문득 가문 대대로 은밀히 전해져 내려오던 책을 기억해 낸 거야. 베델 가문은 대대로 사악하고 탐욕스러운 가문이었거든. 베델 백작은 그 책을 이용해서 악마를 불러내 계약을 맺어 버리지. 자신을 보호해 주고 그 대가로 크델로프 자작의 순결한 영혼을 가져가라고. 악마는 그 거래에 응하고, 드디어 결투의 아침이 밝아 와. 그런 사실을 꿈에도 모르는 크델로프 자작은 결투를 하기 위하여 성당으로 찾아가 기도를 올리지. 그리고 결투가 시작되는 거야. 당연히 베델 백작은 처음부터 궁지에 몰리기 시작해. 마음속으로 자작을 응원하던 클록하트 영애는 비단 손수건을 꼭 쥐면서 마음을 졸이며 결투 광경을 지켜보고 있어. 바로 그때 악마가 나타난 거야. 근데 어쩐 일인지 이 악마는 자작과 베델 백작의 눈에만 보이고 다른 사람들 눈에는 보이지 않더라는 거야. 자작은 악마와 거래한 베델 백작에게 비겁하다고 화를 내지만 자신을 공격하는 악마를 막아내기도 힘들었어. 하지만 보통 사람들 눈에는 갑자기 자작이 미쳐 버려서 헛소리를 하면서 허공에 검을 휘두르고 있다고 생각하지. 왜냐하면 보통 사람들 눈에는 악마가 보이지 않았거든. 그런데 이 악마가 클록하트 영애에게도 보이더란 말씀이야. 자작이 위험해지는 순간 클록하트 영애는 용감하게 뛰어들어 악마를 밀어내고 자신의 연인을 구해. 그리고 그의 손에 자신이 쥐고 있던 손수건을 쥐어주면서 일단 몸을 피하라고 당부해. 악마는 더욱 화가 나서 날뛰기 시작하고 크델로프 자작은 우선 몸을 피하고 다시 싸우기 위해서 도망치기 시작해. 하지만 이 악마가 보통 존재인가? 당연히 자작을 추격하기 시작하지. 그래서 크델로프 자작과 악마는 한 달 밤낮을 싸우며 여기 이곳 스톨츠까지 오게 된 거야. 그리고 마침내 어젯밤에 지쳐 버린 크델로프 자작은 악마에게 자신의 영혼을 빼앗겨 버리고 죽은 거야. 어때, 내 추측이? 그럴싸하지 않아?"

롤란 씨는 과실주로 목을 적시면서 의기양양하게 말했다. 마을 사람들은 저마다 비겁한 베델 백작의 졸렬한 암수를 비난하고 용감하게 끝까지 싸웠던 크델로프 자작을 칭송했다. 그리고 클록하트 영애와의 아름다운 사랑이 비극으로 끝난 점을 아쉽게 생각했다. 그 사악한 약혼자만 아니었다면 크델로프 자작은 세상에서 가장 아름다운 클록하트 영애와 결혼하여 행복하게 살 수 있었다는 점이 못내 아쉬웠다.

마을 사람들은 고개를 끄덕이며 베델 백작이 반란죄 따위로 교수형이나 당하라고 저주했다. 상황이 이렇게 되자 체코나 영감도 가만히 입을 다물고 있을 수가 없었다.

"자넨 잘못 알고 있는 거라네. 사실은 그게 아닐세."

"뭐요? 내 말이 어디가 틀렸다는 말입니까? 왜 괜한 트집을 잡고 그래요?"

"쯧쯧… 젊은 사람이 제대로 알고 있지도 못하면서 큰소리는. 크델로프 자작은 사실 아피아노 왕실 근위대—사실을 말하자면 아피아노에는 왕실 근위대가 없고 수도 방어 기사단만 있었다—장교일세. 아주 뛰어난 장교 집안에서 태어났고, 자작 또한 유능하고 성실하며 충성스러운 장교였지. 클록하트 영애는 그의 약혼녀로 두 사람은 서로 너무나 사랑하는 사이라네. 주변 사람들 중에서 누구도 두 사람의 사랑을 의심하는 사람은 없을 정도였지. 하지만 성실한 크델로프 자작은 군무에 충실하기 위해서 좀처럼 쉽게 결혼식을 올리지 못하고 있었다네. 그리고 착한 클로하트 영애는 약혼자의 그런 사정을 너그러이 이해해 주고 있었고. 그런데 문제는 클록하트 영애의 남동생인 베델 남작이었지. 젊고 야심만만한 이 젊은이는 웃어른을 공경할 줄도 모르고 정말 버릇없는 사내였어. 노인들을 공경할 줄 모르는 젊은이들이 으레 그렇듯 이 젊은이도 야심에 눈이 멀어서 자신의 분수를 잊어먹어 버렸다네. 그래서 감히 아피아노 왕실을 상대로 반란을 계획하는 자들의 무리에 가담하고 말아. 감히 국왕 폐하를 배신하려는 거지. 두 연인이 달콤한 사랑에 빠져 있는 동안에 약혼녀의 남동생은 그런 추악한 음모에 빠져 허우적거리고 있었지. 반란 계획은 차곡차곡 진행되고, 그것도 모르는 크델로프 자작과 클록하트 영애는 행복한 나날을 보내고 있었던 거야. 그러던 와중에 클록하트 영애의 남동생 베델은 누나에게 반란을 모의한 밀서를 발각당하고 누나에게 추궁을 당해. 클록하트 영애는 당장 자작에게 이 사실을 알려주며 도움을 요청해. 약혼녀를 진심으로 사랑했던 크델로프 자작은 반란 음모의 사실을 상부에 보고하지 않았어. 그리고 베델을 만나 설득을 시도했지. 다행히 베델은 눈물을 흘리며 잘못을

뉘우쳤지. 하지만 반란 조직에서 빠져나오는 것이 문제였단 말이야. 세 사람은 힘을 합쳐서 사태를 수습하려 했어. 그런데 마지막 순간에 그만 배신이 들통나고 말았던 거야. 반란군 측에서는 악마를 소환해 세 사람을 죽이려고 했어. 제일 먼저 베델이 죽을 위기에 처했지. 바로 그 순간 크델로프 자작은 약혼녀의 남동생을 구하기 위하여 두 사람을 후미진 창고에 숨겨두고 홀로 악마와 싸우러 나섰다네. 자작의 손에 남겨진 천 조각은 그때 약혼녀가 건네주었던 손수건이 찢겨져 나간 조각이야. 크델로프 자작은 약혼녀와 베델을 구하기 위해서 아피아노의 국경을 넘어 우리 스톨츠로 들어온 게야. 그는 세상 끝까지라도 도망칠 생각이었지. 하지만 불운하게도 이 근처에서 악마에게 따라잡혔고, 악마를 피하기 위해서 강으로 뛰어들려는 순간에—악마는 흐르는 물을 건너지 못하거든—악마에게 영혼을 빼앗기고 죽은 거야."

체코나 영감이 설명을 마쳤을 때, 잠자코 듣고 있던 롤란 씨가 곧바로 발끈하면서 자신의 설명이 옳다고 주장했다. 다시 한 번 두 사람은 서로 자기가 옳다고 주장하면서 얼굴까지 붉히며 싸우기 시작했다.

두 사람이 그렇게 싸우는 동안에 남겨진 마을 사람들은 술을 마시면서 두 사람이 말해 주었던 이야기를 멋대로 합쳐 버리고 거기에 덧붙여서 살을 붙였다. 이야기는 점점 거대하게 변했고, 급기야 크델로프 자작은 식사 중에 적의 습격을 받고는 포크 하나로 200명이나 되는 적들을 물리쳤으며, 악마가 자작의 영혼을 노린 것은 클록하트 영애의 미모가 너무 뛰어났기 때문에 그 미모를 질투한 천사들이 악마를 꼬드겨 벌어진 일이라는 소리까지 나와 버렸다.

마을 사람들은 이제 크델로프 자작을 매장해야 한다는 사실마저 잊어버렸고, 점점 커지는 이야기를 주체하지 못해서 점점 더 엉뚱한 이야기를 덧붙이며 엄청나게 변질된 이야기를 수습하려고 했다. 하지만 그럴수록 이야기는 더욱 이상한 방향으로 흘러갔고, 거기에 또 이상한 이야기를 덧붙이는 악순환은 정말 끝도 없을 정도로 계속되었다.

자기들끼리의 놀이에 지쳐 버린 아이들이 술자리 틈새에 누워서 잠을 청했고, 아낙네들끼리 남편들끼리 모여서 벌어지는 이야기는 미궁처럼 복잡해지고 끝이 보이지 않게 되어버렸다. 그리고 체코나 영감과 롤란 씨는 이제 자신들이 왜 싸우기 시작했는지 잊어버리고 서로의 감정 싸움만 격해졌다.

그 혼란한 틈을 타서 이 마을의 유일한 연인인 나샤와 얼은 슬그머니 자리를 빠져나가 산비탈 저쪽으로 사라져 버렸다. 물론 마을 사람들은 이야기에 열중했기 때문에 전혀 그런 사실을 눈치 채지 못했다. 구덩이 곁에 남겨진 채 이제는 완전히 잊혀져 버린 크델로프 자작의 시체는 언제까지고 그곳에 누워 있었고, 다행히 모처럼 한 쌍의 연인들에게 마을 사람들의 눈을 피한 밀회를 마음껏 즐길 기회를 제공해 주었다.

언젠가—과연 언제 그때가 올런지는 모르지만—자작을 묻고 장례식을 마치고 나면 이 마을은 다시 평온하고 변화없는 일상으로 되돌아갈 것이다.

〈 크로니클 단편집 끝 〉

설정 자료집

Ⅰ. 국가 및 수도 일람표

＊ ‘:’ 표기 이후 표기되는 지명은 수도를 의미함.

1. 대륙 서부

대륙의 서부는 지도를 기준으로 동서 방향으로는 ‘중앙산맥’을, 남북으로
는 ‘샤웬(Shawenn) 산맥’을 기준으로 서쪽 지역을 의미한다. 크게 ‘아메린
고지(Amerin Highland)’와 샤웬 평야가 있는 ‘샤웬 반도’로 구성되어 있다.

◆아메린(Amerin):에벨리나(Evelina)

2. 대륙 중부

대륙의 중부는 중앙산맥에서 녹해(Green Sea)에 이르는 지역으로 가장
넓은 지역이다. 보통 샤웬 산맥이 끝나는 퀸즈 베이(Queen Bay)를 시작으
로 아피아노 반도(Apyano Peninsula)까지 이르는 해안선 위쪽을 지칭한다.
가장 많은 국가들이 모여 있는 지역이다.

◆크림발츠(Krimwaltz):하리야나(Hariyana)

◆아피아노(Apyano):아피아노아(Apyanoa)

◆스톨츠(Stoltz):레카야(Lakkaya)

◆베일 칸토 연합(Veil Canto Unoin):4개의 Canto(속주)가 모인 국가. 조
세권, 외교권은 쥬트 베일이 갖고 있고, 지역 방어만을 각 칸토가 위임받고
있다. 쥬트 베일의 수도 베일라렌만을 ‘수도’라고 칭하며, 각 칸토들의 이름

은 칸토 시(Canto-City)의 이름을 따른다. 즉, 네제브는 네제브 시를 중심으로 하는 특정 지역의 칸토를 의미한다. 대륙에서는 아직 이런 식의 지역 자치 개념이 확립되지 않았기 때문에 네제브의 수도는 네제브라는 식으로 이해하고 있다.

· 쥬트베일(Jut-Veil):베일라렌(Veil-Laren)

· 네제브(Nerserv):네제브

· 슈비츠(Schwitz):슈비츠

· 칼렌(Kalen):칼렌

3. 대륙 북부

대륙 북구는 오직 라이어른 영토가 펼쳐져 있는 지역만을 의미한다. 대륙에서 유일하게 북해(Nord Sea)와 백해(White Sea), 두 개의 바다를 갖고 있다.

◆라이어른 맹약국(Reiern Confhederaziate Straaten)

6개 국가가 '피의 맹약'이라는 맹약 아래 모인 연합 국가. 각국이 외교권을 제외한 모든 국가 권력을 갖고 있다는 점에서 칸토 연합 제도와는 다르다. '종주국'이라는 의미는 발트하임이 대륙의 타 국가들에 대한 외교권을 대표로 행사한다는 것을 의미한다. 맹약국들은 각국의 내정에 간섭하지 않는다는 원칙을 갖고 있지만, 현실적으로는 종주국의 발언권이 암묵적으로 강한 편이다.

· 서부 3국
◇ 발트하임(Waldheim):아인돌프(Eindolf)
◇ 페임가르트(Peimgart):란트가르트(Landgart)

◇ 브레나(Brena):테겔(Tegel)

· 동부 3국

◇ 뤼막(Luimak):뤼부룩(Ruiburg)

◇ 게일(Geil):게일란트(Geilland)

◇ 노드게일(Nord-Geil):슈렌스비홀스탈(Schrenswig-Holstain)

4. 대륙 동부

대륙 동부라고 함은 야르 산맥(Jaar Mts.) 동쪽의 광범위한 지역 전부를 지칭한다.

◆ 폴리안(Pollian):상트폴로나(Sangt-Pollona)

◆ 카민(Kamin):루친(Ruzyne)

◆ 슬라이브(Slaiv):알려진 바 없음

◆ 발헤니아(Valhenia):욥(Yoff)

◆ 파니온(Panion):알려진 바 없음

5. 북해 이북

대륙 북부 지역에서 '북해협(Nord Straits)' 너머를 의미하며, 섬인지 본토 대륙과 연결된 땅인지조차 명확하게 밝혀진 바가 없다. 본토 대륙인이 건너간 예는 극히 드물기 때문에 본토의 지도에서는 공백으로 남아 있는 지역이다.

◆ 스베린(Swerin):고테부룩(Goteburg)

6. 남쪽 대륙

녹해 이남의 대륙을 지칭한다. 거친 사막 지역으로 이루어져 있으며 사막 너머로 횡단할 만한 기술이 발견되지 않고 있다.

◆카라타고아(Khjaratagoha) : 단일 도시 국가

Ⅱ. 창설 당시의 여왕의 창기병

정식 명칭

아이델 서약을 수호하며 크림발츠의 빛을 위한 쥬니렌 3세 여왕의 창기병.
Lankler Ds Knroigen vuf Eidel' Verconte vuf Litte Krimwaltz pas
Jueniren Ⅲ. rute Guardileante Armee.

◆창설 년도 : 하페우스 3세력 660년 11월 2일
◆창설지 : 크림발츠 중부 평원 델 라아 영지
◆창설자 : 쥬니렌 3세(안나 아이델 파반트) 여왕
◆초대 총기사단장 : 페차 카이슨 자작
◆초대 장교단(창설 당시 델 라아 집결 인원)
· 쿨린 르 디페이스(Cullinne Le Diferce) 자작
· 생떼 라뜨앙(Sennte Latrant) 남작
· 휘세 판 크라티엥(Hysse Fan Cratinet) 자작
· 피에트르 메시 칼레(Pietre Meci Calais) 백작

· 메캉트 판 시펠(Mercante Fan Tifel) 남작

· 페르낭 키떼라뜨(Pernate Kyttelauten) 남작

· 퐁텐 드 보클뤼즈(Fontain De Vaucluse) 남작

· 빌브랑쉬 에즈 로크브륀(Villvranche Eze Roquebrune) 남작

· 쿠탕스 게르하스(Coutances Gerhath) 준남작

· 켓셀 프라잉게(Ketsel Fraingne) 준남작

· 티트앙트(Tittreant):유일한 평민 출신 장교

· 엑스터(Extter) 준남작

· 흑돼지 팜마스(Fammais Ot Karci):본명 미상, 준남작으로 추정

· 게오르폴트 에드메이드(Georgnefolte Admaide) 준남작

* 이상 15인이 초대 여왕의 창기병 지휘관 명단임.

초대 운용 병력(3세력 660년 기준)

◆총기사단장:페차 카이슨 자작

◆제1연대 칼레 연대:연대장 피에트르 메시 칼레 백작

· 제1돌격대:돌격대장 생떼 라뜨앙 남작 / 총원 250명

· 제1중장 기병:기병대장 메캉트 판 시펠 남작 / 총원 300명

· 제2중장 기병:기병대장 퐁텐 드 보클뤼즈 남작 / 총원 300명

◆제2연대 디페이스 연대:연대장 쿨린 르 디페이스 자작

· 여왕 호위단:호위단장 페르낭 키떼라뜨 남작 / 총원 120명

· 제3중장 기병:기병대장 빌브랑쉬 에즈 로크브륀 남작 / 총원 200명
· 제4중장 기병:기병대장 쿠탕스 게르하스 준남작 / 총원 150명

◆ 제3연대 벼락 연대:연대장 휘세 판 크라티엥 자작
· 궁사대:궁사대장 티트앙트 / 총원 320명
· 제1중장 보병:보병대장 켓셀 프라잉게 준남작 / 총원 450명
· 제2중장 보병:보병대장 흑돼지 팜마스 / 총원 380명

◆ 직할대:총기사단장 직할 부대
· 제1예비대:예비대장 엑스터 준남작 / 총원 200명
· 척후대:척후대장 게오르폴트 에드메이드 준남작 / 총원 100명

* 전체 병력 3개 연대 2,770명 / 비전투 인원 제외.

여왕의 창기병단이 3개 연대로 편제되는 전통은 초대 편성을 근거로 한다. 초대 편제는 정식 창설 부대가 아니었기 때문에 하페우스 3세가 창안한 편제를 따르지 않음.

이후 창기병단은 3개 연대 24,000명 정원의 편제로 확충되었으나, 3개 연대를 동시에 운영하는 일은 없다. 통상 1개 연대(8,000명) 규모의 작전 부대가 실전 운용되며 1개 연대는 제식 검열, 훈련을 목적으로 예비대로 편성된다. 그리고 나머지 1개 연대는 휴가, 신병 소집, 만기 전역자 등을 소화한다.

초창기 창설 과정에서 불가피하게 기병 의존도가 높았고, 현재에 이르러 이것은 창기병단의 성격을 규정하는 전통으로 자리 잡았다.

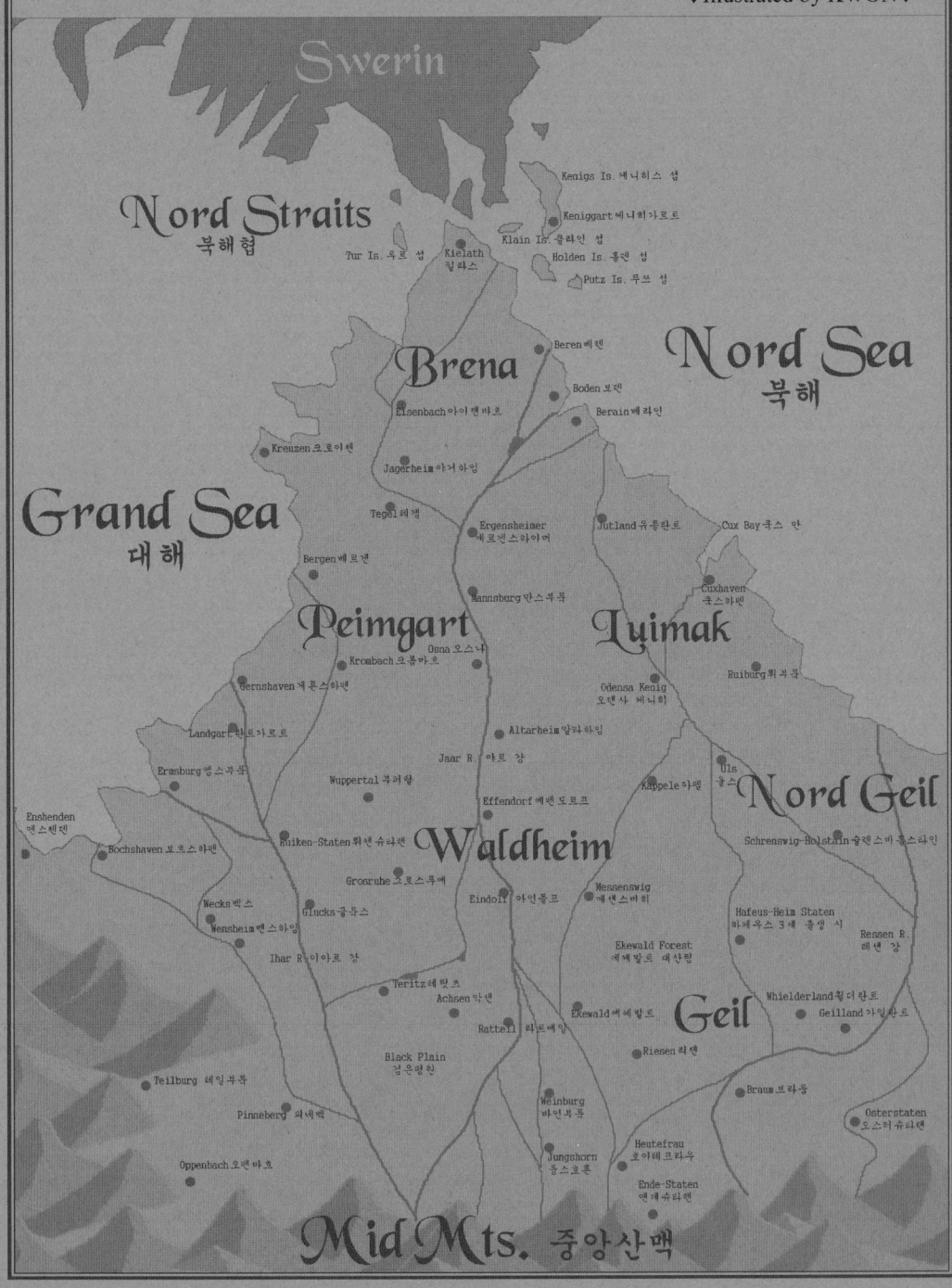

Reiern C.S. 라이어른 맹약국

◆Illustrated by KWON◆

Krimwaltz 크림발츠

Krimwaltz Highlands

Miro R. 미로 강

El Arbur 엘 아부르

Dordogne 도르도뉴

Xeodi 세오디

Jeruui 제뤼이

Montpestin 몽페스땅

Quentin 깡땅

Bloor 블루르
(아벨랄 아래의 성베릴빌)

Lesion 레숑

Korster 우스터
(성베릴빌 아래의 성베릴도시)

Frogzin R. 프로틴 강

Saur Mont 세우몽

Baskin 바스낑

Toohni 투앙니

TooAng 투앙

Saint Mael 생마엘

ChanOgmaent 샹마그망

Keel 낄

Quimper R. 큄페르 강

Arlenen 아르뇌네

Sautte-Sautt 소뜨

Pehrin 페린

Colloin 콜로앙

Quimper 큄페르

Clertiel 클레르띠엘

Del rolin 델 로랭
(엣기 낭 델레삐엥)

Mirre 미레

Plain Des Midde

Siennit 씨흐니
(성마그망 루땅브낄)

Axi-Les-Basin 아시레스 바씽

Berry 베리

Kuriyuna 쿠리유나

La Reuse 라 호즈

Anne 오네

Wydhren 위드헨

Clessant 클레상

Regtombbour 헤끄롱부
(롸잉콩부)

La Duegne 라 뒤뉴

Nydhiren R. 위드힌 강

Laval 라발

Le Phly 르 피

Wheat Plain 밀밭벌

Saint-Dogne 생도뉴

Chaubernac 쇼베르나

Roche 홋

Joss 조쎄

Marpaux R. 뮈르뽀 강

Arc de Bate R. 아끄 드 바뜨 강

Franse R. 프랑세 강

Axi-est franse 아시 에스뜨 프랑세

Chauant 쇼앙

Axi-aunt-Conte 아시-옹뜨-꽁떼

Il. de Rotian 일 드 호띠앙

Revoue 비 뉴

Ryocion 루시옹

Gendime 공딤느

Chaubes 샹베

Reim 렝스

Tullrouse R. 뛸후즈 강

Loire 로아르

Loire 로아르

Menloire 뫼로아르

Djot 디종드

Chauant 쇼앙

Loire 로아르

Plain Des Midde

Queens Bay
퀸즈 만

Green Sea 녹해

◆ Illustrated by KWON ◆